Workaholic Master swordsman becomes a distributor.
Black Guild company employee inadvertently broadcasts nationwide as he goes warriors against an S-class monster on the company line.

社畜剣聖、配信者になる 2

～ブラックギルド会社員、うっかり会社用回線でS級モンスターを相手に無双するところを全国配信してしまう～

CHARACTER

田中誠 tanaka makoto

登録済

元社畜のダンジョン配信者。通称『社畜剣聖(略してシャチケン)』。ブラックギルドの非常識な労働時間で培われた圧倒的戦闘力を持つ。

絢川凛
ayakawa rin

魔物討伐一課に所属する田中の元弟子。彼に好意を抱きアプローチを続けている。

星乃唯
hoshino yui

『ゆいちゃんねる』を運営する人気配信者。窮地を救ってくれた田中に思いを寄せる。女子大生。

天月奏
amatsuki kanade

『氷の剣姫』の異名を持つ魔物討伐一課の課長。田中の幼馴染みで、昔と変わらず彼のことを慕っている。

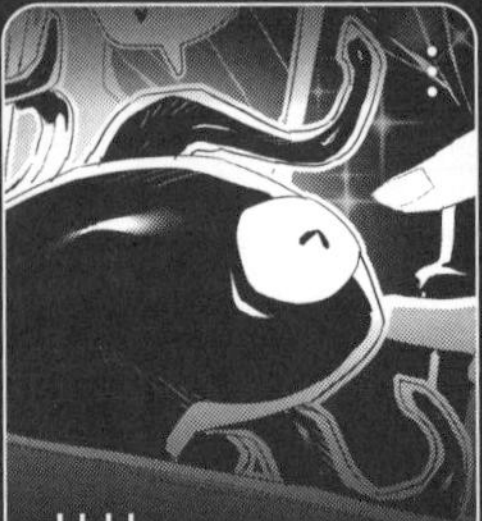

リリ
lili

EXランクモンスター、ショゴスの幼体。田中に懐いており彼と行動を共にする。

足立満
adachi mitsuru

いつも飄々としている田中の友人。彼を配信者の世界へ導いた張本人。

堂島龍一郎
dojima ryuichiro

豪快な性格の魔物対策省大臣。超強い。折を見て田中をサポートしてくれる存在。

目次　社畜剣聖２　新作

Workaholic Master swordsman
becomes a distributor.

Black Guild company employee inadvertently broadcasts nationwide as he goes warriors against an S-class monster on the company line.

第一章　…　田中、コラボするってよ

SEND

「カメラよし。画角も……よし、と。家の中で配信するのは初めてだから少し緊張するな」

ある日の昼頃。俺は自宅で配信を開始しようとしていた。

俺の自宅は1Kの小さな賃貸だ。

配信をするにあたって念入りに掃除はしたけど、男の一人暮らし感を消すことはできなかった。

こんな場所を全国に配信してしまうのは少し恥ずかしいけど「変にスタジオを借りるより自宅配信にした方が絶対にウケる」と足立《あだち》が言っていたので、仕方なく我慢する。

いつもは飛ばしているドローンを、三脚に固定。そして床に座っている俺の上半身とその前に置かれている小さなテーブルを画角に収める。

ふむ、俺も撮影が少しは手慣れてきたな。

「よし。それじゃあ配信スタート、と」

スマホを操作し配信を始める。

すると一気に視聴者数が増えて、一分も待たずに一万人の人が集まる。

〈わこつ

〈配信来た！

〈急に通知来てびっくりしたw

〈シャチケン最強！　シャチケン最強！

〈突発配信助かる

〈あれ、ダンジョンじゃない？

〈家？

〈もしかして自宅配信!?

〈自宅配信助かる。ちょうど切らしてた

〈田中《たなか》ァ！　配信ありがとなァ！

〈今日の配信【『自宅配信』田中、ペットを紹介します】って書いてあるけどマジ？

〈俺を飼うんじゃなかったのかよ！

〈私を飼ってくれる約束はどうなったんですか!?

〈ペットわらわらで草

〈なに飼うんやろ？　犬とかは世話無理そうだしハムスターとか？

〈動物好き層まで取り込もうとするとか恐れ入るわ

〈てかなんで自宅でビジネスーツなんだよw

続々とコメントが流れてくる。

そうこうしている間にも同接は五十万人を超えてドンドン伸びている。登録者数が増えたから初速の伸びが全然違うな。
　それにしてもこんな冴えない男の自宅配信にこんなに集まってくれるなんて。人生はなにが起きるか分からないな。
「みなさんこんにちは。田中誠《まこと》です。今日は来てくださってありがとうございます」
〈こん
〈こん社畜
〈こんにちはー
〈相変わらず堅苦しくて草
〈田中ァ！　肩の力抜けよォ！
〈実家のような安心感
「タイトルにある通り、今日は新しく飼うことになったペットを紹介したいと思います。少し珍しい種類なので、驚かせてしまうかもしれません」
〈え、なんだろ
〈ペットで驚くってさすがに大げさでしょｗ
〈なんだろ、コモドドラゴンとか？
〈象かもしれん
〈部屋に入らんだろｗ
〈視聴者を飼うとか言ったらさすがに驚くかもしれん

〈だったらあたしを飼いなさいよ！（憤慨）

〈今日もガチ恋勢の鳴声が元気ですね
だいぶコメントが温まってきたところで俺は胸ポケットに手を入れる。

そしてその中にいるあいつをぶにゅっとつかんで、テーブルの上に置く。

〈ん？

〈へ？

〈なにこれ？

〈黒い芋虫？

〈いやこんな虫おらんやろ
〈スライムみたいだな
〈え、モンスター？

〈もしかしてこの子って……

「この子がこの度飼うことになりました『ショゴス』です。ほら、挨拶しなさい」

「りりっ！」

挨拶を促すと、ショゴスはドローンに向かって元気な声を出しながら短い手を上げる。どうやら言葉はかなり理解できているみたいだ。

〈しょ、しょごたん!?

〈生きてたの!?

〈ええっ!?
〈マジ?
〈ありえない!?　彼はショゴスを飼うと言っているのかい!?（英語）
〈いやこれは予想外だったわｗｗｗｗ
〈はあ!?（歓喜）
〈なんでモンスターが人に懐いているんですかね（畏怖）
〈シャチケンだからでしょ
〈恐怖の対象だったショゴスがマスコット化してる……
〈いあ！　いあ！　ふんぐるい！（理解不能な言語）
〈しょごすたんキタ―――(ﾟ∀ﾟ)―――!!
〈もうやだこの配信者、好き
〈爆速でしょごすたんのスクショがＳＮＳに拡散されてて草。これもうアイドルだろ

　ショゴスはこの黒いスライムみたいなモンスターだ。以前潜ったダンジョンの奥底で戦ったモンスターで、俺はそれを配信の中で討伐した。

　しかしなぜかショゴスは小さくなって俺についてきていた。しかもめちゃくちゃ懐かれてしまったので処分することもできず、こうして飼うことになったのだ。もちろん魔物対策省の長、堂島《どうじま》大臣には許可をもらっている。

　こうして視聴者にショゴスの存在を明かすのは少し不安だったけど、みんなに受け入れられてい

るみたいでホッとした。これだけ知名度が上がれば政府の過激派も下手に駆除しようと行動できないだろう。
世論が味方してくれるのは強い。
「よく挨拶できたな、えらいぞ」
「りり……♡」
褒めながら背中をなでると、ショゴスは甘えたような声を出す。
その様はとてもモンスターには見えない。
〈か、かわいすぎる……
〈完全に萌えキャラ化してて草
〈人になってヒロイン化する展開はまだですか!?
〈ヒロインレースがまた激化するな
〈大穴登場過ぎる
〈しょごたん握手会はいつやりますか!!?!??!?!??
〈いいなあ、俺もシャチケンになでられたい
〈ワイも田中に褒められてよしよしされたいで!!
〈お前らがぶれなくて俺は嬉《うれ》しいよ
「てけり?」
ショゴスはドローンが気になるようで、ドローンに近づきレンズを間近で凝視する。

当然配信画面いっぱいにショゴスの姿が映し出され、視聴者たちは興奮する。

〈こっちキタ――――(ﾟ∀ﾟ)――――!!

〈しょごたんこっち向いて！

〈ギャワイイイィ！

〈はあ、はあ、しょごたんかわいいよ……

〈心てけてけしてきた

〈既にSNSに擬人化しょごたんイラスト上がってて草なんだ

〈人になったら褐色ダウナーヤンデレ美少女でオナシャス!!

〈性癖ハッピーセット過ぎる。もっとやれ

〈確かにかわいいけど……モンスターが街にいるって怖くない？

〈なんだアンチか？

〈人を襲わないって保証はないからなあ、怖いのも分かる

〈しょごたんが人を襲うわけ無いだろ！　ふざきんな！！111

コメントを見ているとなんだか荒れ始めてきた。

原因はモンスターを怖がる人のコメントからだ。

この人の意見ももっともだ。いくらかわいくてもモンスターはモンスター。どこかの施設で厳重に飼育されているならまだしも、俺みたいな一般人が放し飼いに近い状態で飼っていたら不安にもなるだろう。

しょごたんこっち向いて!
こっちキタ━━━━(ﾟ∀ﾟ)━━━━!!
❤❤❤❤❤❤
はあ、はあ、
しょごたんかわいいよ……
❤❤❤❤
心てけてけしてきた
ギャワイイイイイイィ!

そのことは当然堂島さんとも話し合った。

「みなさんが不安に思うのも当然です。ショゴスはモンスター、人を絶対に襲わないという保証はありません。しかし私がそのようなことはさせません。少しでも人を襲おうとしたら、その時は私が責任を持ってショゴスを斬ります。堂島さんともそう約束をして飼育の許可をもらいました」

俺はショゴスの背を人差し指でなでながらそう言う。

そんな約束をしなくても堂島さんは飼育の許可をくれたが、これは俺なりのケジメだ。情が湧いてるこいつを斬るのは心苦しいけど、半端な覚悟でモンスターを飼育はできない。

〈ほな安全やん
〈覚悟決まってて草
〈下手に閉じ込めるより田中が監視する方が安全か
〈ま、まああんたほどの実力者がそういうのなら……
〈自分を斬るという話をされてるのに甘えてるしょごたんかわいい
〈まあ怖いのも分かるけど、好意的なモンスターなんて世界を探してもいないし、貴重な研究対象を処分するのはもったいなさすぎるよね
〈ほんそれ。今世界中がしょごたん誘拐計画を立ててると思うわ
〈田中の側《そば》じゃなければすぐに誘拐されるわなw

ふう、なんとかコメントも落ち着いてきた。

これならショゴスが問題を起こさなければ大丈夫だろう。幸いショゴスは頭が良くて俺の言うこ

とをちゃんと聞いてくれる。他人を襲うことはないだろう。
〈そういえばしょごたんは名前ないの？　いやしょごたんでもいいけど、田中はそう呼ばないだろうし
〈確かに名前はほしいな
〈かわいい名前がいいなあ
〈田中ァ！　名前決めろォ！
……名前、か。確かに考えてなかった。
仲良くなるためには名前はあった方が確かにいい。だけど俺、そういうの考えるの苦手なんだよなあ。
必死に頭を働かせて、俺は考える。
「う〜ん……ショゴ助、ショゴ蔵、とか？」
「てけ……」
〈ネーミングセンスなさすぎて草
〈ショゴ助ｗｗｗｗ
〈しょごたん困惑してて草
〈ショゴス以下のネーミングセンスやんけ！
〈ごめん、彼は筋肉ゴリラなんだ。そういうのは苦手なんだ
〈シャチケンあざとすぎるｗ

〈田中ァ！　ショゴ蔵はさすがにないぞ？
非難囂々《ごうごう》。
センスがない自覚はあったけど、ここまで言われてると凹《へこ》むな……。
視聴者に名前を募集するという手もあるけど、名前は一生物だし飼い主である自分が付けたい。
ひとまず「ショゴ＋漢字」はダサいということが分かったので、他のパターンで考えよう。見た目とか……鳴き声とか。そういうところからインスピレーションをもらおう。
「見た目から取ったら『クロ』か？　悪くないけど少し犬っぽい名前な気もするな。小さいから『チビ』……ってのも安直か。大きく育つ可能性もあるしな。鳴き声から取るとしたら『テケ』？　いや呼びづらいなこれは。他のパターンで取ったら『リリ』とか？」
「りりっ！」
ショゴスは最後に口にした名前候補に反応して声を出す。
どうやらこれが気に入ったみたいだ。
〈リリちゃんか、いいじゃん
〈ようやくいいのヒリ出せたね
〈ちょっとリリちゃんファンクラブ作ってくる
〈ふんぐるい！　りり！　りり！（脳が理解を拒む言語）
〈かあいいなあ
〈リリちゃんグッズの販売はまだですか!?（食い気味）

〈なんか変な言語のコメント流れてるけど、これなに？
〈どっかの国でしょ。世界中から見られてるからな

視聴者の反応も好評だ。

ふう、なんとか納得のいく名前が付けられてよかった。大きな仕事を終えた気分だ。

そんな風に疲れた様子を見せていると、リリが自分の尻尾をぶちりと千切って俺に差し出してくる。どうやら俺を労《いたわ》ってくれているみたいだ。

「ありがとう、いただくよ」

「りりっ！」

ひょいぱくとリリの一部を食べる。

最初に食べた時はじゃりじゃりしてたけど、だいぶなめらかな口当たりになってきたな。味も最初よりよくなってる。

〈ええ!?　食べてる!?
〈自分から差し出してて草
〈献身的すぎるでしょ
〈ショゴスは奉仕種族だっていうけど……いくらなんでも奉仕しすぎ
〈自分食べられるの見て喜んでますよこの子
〈胃袋を掴《つか》む（物理）（内部）
〈愛情表現の仕方がアンパンマンなんよ

〈シャチケンもなんで普通に食べてるんですかね（呆《あき》れ）
〈自切系ヒロインか……新しいなあ
〈エッッッ
〈ほんまごめん。性癖どストライクだわ
〈リリちゃん食べたいよはあはあ
〈胃袋溶けるぞ
〈いいコンビやんけ
〈なんで自宅配信でこんなに撮れ高あるんですかね（歓喜）
俺がリリを食べると視聴者たちは大盛りあがりした。
普段から食べてるから感覚が麻痺《まひ》していたみたいだ。普通の人が見たら衝撃的な光景か。
まあでも喜んでいるみたいだからいいか。リリも多くの人に好かれたみたいだし。
「よし、じゃあ次はしこんだ芸を披露するとするか。お座り、お手！」
「りりっ！　り！」
「おかわり！　触手！」
「てけ！　り！」
〈ぎゃあああ！　触手出た!?
〈触手系ヒロインでもあったか
〈属性の渋滞

〈エッッッッッ

〈握手会がはかどるな

〈触手会定期

ペットのショゴス、リリの配信は大盛況で、夕方には視聴者数が二億人を超えていた。

まさかダンジョンに行かなくてもこんなに人が集まるなんて、驚きだ。

リリパワー、恐るべし。

〈リリたんかわいいよはあはあ

〈リリちゃんに食べられたい

〈お手々ちっちゃくてかわいいね……

〈[¥220000] 今月の給料全部です。リリ様にお役立てください

〈[¥50000] もっと貢ぎたいですが、今日はこれくらいで……クソ！　稼げない自分が憎い！

既にリリには根強い信者ができていた。

ペット動画で伸びてる人もいるけど、そういう層も取り込めたということだろうか。

まあリリは普通のペットじゃないんだけど……。

「てけ……」

「どうした？　腹でも減ったか？」

「りり！」

リリは俺の問いに元気よく返事する。

もう夕方だし、腹も減るか。ご飯の準備をしなくちゃな。
〈リリちゃんお腹ぺこぺこなっちゃったか
〈まあ自分の体千切ってたし、エネルギー足りなくなるよね
〈ていうかしょごたんはなに食べるの？
〈なんでも食べれそう
〈わいを食べてもいいんやで
〈リリちゃん強火ファンももういるのか（呆れ）
〈配信中にファンクラブ五つできてたぞ
〈オタクの行動力、ヤバすぎる
ご飯にするなら配信を切ろうと思っていたけど、視聴者たちはリリがなにを食べるかに興味を持っているみたいだ。食べるシーンも配信した方が喜んでくれそうだな。
リリも配信をストレスに感じてないみたいだし、もう少し続けてもいいか。
「リリは基本的になんでも食べます。野菜も魚も金属もなんでも食べますが、やはりお肉が一番好きみたいです」
俺は冷蔵庫から薄切りの豚肉を出して持ってくる。
「色々試しましたが、特に生肉が好きみたいですね」
「りっ！　りっ！」
リリは肉を見つけると物欲しそうにぴょんぴょん跳ねる。まるで犬みたいだな。

「お座りだ。待て」
そう言うとリリは物欲しそうな目を向けながらも言うことを聞いてペタリと座る。
俺はしばらく待てをした後、「よし」と許可を出す。
「りりっ！」
リリは肉に飛びつくと、お腹の部分を口のようにぱかりと開いて、肉をむしゃむしゃと捕食する。
口には凶暴そうな牙がずらりと生え揃《そろ》っている。
その見た目は正直少しグロい。あれだ、前にテレビで見たクリオネの捕食シーンによく似ている。
〈言うこと聞けて偉いねえ
〈お肉むしゃむしゃで草
〈うちの犬より賢いやん！
〈主従関係完全に構築できてて草
〈ほら、モンスターだから強い相手には従うようできてるんだよ
〈ああ、なるほど……
〈リリたんグロかわいいね、はあはあ
〈いあ！　イア！（名状しがたき言語配列）
〈アメリカ軍はこんなかわいい生き物に敗北したのかい？　冗談だろ？（英語）
〈まあ強いのは日本じゃなくてシャチケンだから……
「あ、後はこれも好きですね。こっちもあげてみましょうか」

そう言って俺はプラスチックに入った液体状の食べ物……『にゃ～る』を取り出す。

猫のおやつとして有名なこの食べ物だけど、試しにあげてみたら凄《すご》い食いつきがよかった。

「りり！　りり！」

にゃ～るをリリの前に出してみると一瞬にして食いついてペロペロと舐《な》め始める。やっぱり食いつきがいい。俺も食べてみたくなってしまうほど美味《おい》しそうに食べるな。

〈にゃ～るはショゴスも夢中になるのか……すごいな
〈ウチの猫と同じテンションで食べてて草
〈にゃ～るの美味《うま》さは万国共通なんやね
〈ほしい物リスト公開してください！　千個送ります！

〈【¥10000】　にゃ～る代です。ご査収ください
〈美味しそうに見えてきた……俺も買おうかな……？

一瞬にしてにゃ～るを食べ尽くしてしまったリリは「けぷ」と満足そうに息を吐く。

一気に食べたせいか体全体がぷっくり膨らんでしまっている。

「美味しかったか？」

「りり、まんぞく」

「はは、そりゃよかった……ん？」

俺は耳を疑う。

今、言葉を喋《しゃべ》らなかったか？

「リリ、ちょっと喋ってみてくれ」

「たなか、すきー」

「あ、そりゃどうも……って、やっぱり喋ってる!?」

〈シャベッタアアアアア!?

〈んぎゃわいいいいいいい!!

〈えええええっ!?!??

〈マジ!?

〈頭良すぎるだろ!

〈成長著しいな
〈ていうかなにか喋ってで『田中、好き』っていうの尊すぎる……画面の前で今拝んでる
〈わいも田中に好きって言われたい
〈最後までブレないな……

「たなか、ご主人《ごすじん》」

なんとリリは簡単な単語の組み合わせくらいなら喋れるようになっていた。

俺が話しているのを聞いて理解したのか？　学習スピードが速すぎるな。流暢《りゅうちょう》に喋れるようになる日も近いかもしれない。

「おなか、すいた」

「さっき食べたでしょうが」

「むー」
言葉を覚えるようになったから主張が強くなってきた。
あまり甘やかし過ぎないように気をつけないといけないな。
〈やりとりかわいすぎる
〈私だったら無限にご飯あげて太らせちゃう……
〈餌あげ配信だけで同接一億いくでしょこれ
〈その配信で得た金でご飯を買ってそれを上げる配信をやって……永久機関が完成しちまったなあ～！
〈俺もリリたんに「ごすじん」と呼ばれたい人生だった……
〈[¥20000]グッズ……リリたんグッズをください……（切実）
〈田中に飼われたい気持ちとリリたんに食われたい気持ち……心が二つある～
〈だいぶ変態たちが煮詰まってきたな
さて、最後に盛り上がりどころもできたし、そろそろ配信を止めるとするか。俺も腹が減ってきたしな。さすがに自分の飯は配信外でゆっくり食べたい。
「えー、いいところですが、もういい時間ですので、今日の配信はこれくらいにしておきます。リリの成長経過はSNSにも載せますので、そちらもフォローしていただけると嬉しいです。それではみなさん、今日はありがとうございました」
〈おつケン

〈お疲れ様でした！

〈今日も楽しかったぞ
〈おつリリー
〈またリリちゃんの配信お願いします！

〈にゃ～る用意して待ってます！

〈次のダンジョン配信も楽しみにしてます！

コメントが流れていく中、俺は配信終了ボタンを押す。

そして切り忘れてないか三度ほどチェックし直す。配信切り忘れは怖いので毎回こうやってチェックしているのだ。

「ふう。なんとか上手《うま》くいったな。リリもありがとうな」

「てけり！」

リリは元気よく返事する。

気づけば鳴声に戻っている、やっぱり喋るのは疲れるのだろうか。

「さて、ＳＮＳの反応でも見ようか……ん？」

スマホを開くと、メッセージが届いていることに気がつく。

差出人は星乃《ほしの》だった。いったいなんだろうと中を見てみると、それはコラボ配信のお誘いだった。

そういえばスカイタワー跡地での一件以降、星乃と会ってなかったな。

あの時の埋め合わせも兼ねて、コラボ配信もいいかもしれない。

「堂島さんに頼まれたダンジョン探索まで時間あるし、コラボ配信はちょうどいいかもな」

そう思った俺はコラボ配信を承諾するメールを送る。

すると一分もしない内に返信が届く。若い子は返信が早いな。

「えーと『ありがとうございます。では詳しい内容をご相談したいので、よければ私の家に来てくださいませんか』……だって!?」

まさかの誘いに俺は目を見開いて驚く。

なんでも星乃の弟と妹が俺のファンらしく、会いたいと言っているそうだ。

それと日頃の感謝を込めて料理をご馳走したいらしい。

その気持ちは嬉しいし、星乃の妹弟《きょうだい》に会ってあげたい気持ちもある。でも女の子の家に俺みたいなのが行って大丈夫だろうか？

最後に女の子の家に行ったのは……たぶん小学生の時に天月《あまつき》の家に行ったのが最後だ。我ながら悲しいほど経験が少ない。

「どう思う、リリ？」

「てけ？」

リリは分からなそうに首を傾《かし》げる。

どうやら簡単な言葉は理解できても複雑なことは分からないみたいだ。それでも成長速すぎるけど。

「う～～ん。まあ行ってみるか。断るのも悪いしな」

葛藤の末、行くことを決意した俺は、星乃にメッセージを送る。

するとまたしても爆速で返事が来る。

「なになに？　『ありがとうございます。それでは明日の午後からでいかがでしょうか』か。まあ明日はすることもないしいいか」

俺はそれを了承し、その後も数度メッセージを送り合い細かい時間を決める。

無事やり取りを終えた俺は「ふう」と一息ついてスマホを布団に放り投げる。

「……今更ながら緊張してきたな。俺なんかが本当に女の子の家に行っていいのか？　加齢臭とかしないか不安だな。大丈夫だと思うか？」

「り？」

俺の問いに、リリは首を傾げるだけで返事をしてはくれなかった。


星乃から誘いを受けた翌日。

俺は電車に乗って西東京のとある駅に来ていた。

「ここが星乃が住んでいるところか」

駅前に人通りはあまりない。

商店街はあったけど、あまり賑《にぎ》わっている様子はなく人はまばらだ。

大型のスーパーもなさそうだし、住むのは少しだけ不便しそうだ。

だけどこの静かな感じは嫌いじゃない。住む人の顔も穏やかで平和そうだ。ギルドを辞めたことだし俺もこういうところでのんびり暮らしてもいいかもしれない。

「りり？」

そんなことを考えていると、リリがポケットからひょこりと顔を出す。

電車の中では大人しくポケットの中に入っていろと言ったから、命令通り顔を出さなかった。どうやら電車から降りたことに気づいて顔を出したみたいだ。

「偉いぞリリ。だけどまだ人がいるからもう少しだけ我慢してくれ。家についたら出て大丈夫だから」

そう言って頭をなでると「りりっ」と短い手で敬礼してポケットの中に戻っていく。

ショゴスを飼うとなった時は不安だったけど想像以上に手がかからなくて助かる。

「さて、もらった住所だとこっちの方のはずだけど……」

スマホでマップを見ながら、俺は歩く。

時折田んぼや畑が姿を現し、道では子どもたちがはしゃぎながら下校している。なんだかノスタルジックな風景だ。とても都内とは思えないな。

ちなみに今の時刻は午後四時。星乃が大学から帰った時間に合わせてやって来た。

なんでこんな時間にと思うかもしれないけど、星乃曰《いわ》く夕飯をごちそうしたいからだそうだ。

打ち合わせにはそんなに時間がかからないと思うと言っていたし、星乃の家族に挨拶してコラボの予定を立てて夕飯食べたら終電がある内に帰ろう。

あまり長居するのも悪いしな。

「……っと、ここか」

俺が着いたのは、少し年季の入った一軒家だった。

表札には「星乃」と書かれている。あまり見かけない名字だし、どうやら間違いはなさそうだ。

「そういえば人の家にお邪魔するなんていつぶりだ？　最近行ったのは家とダンジョンと……魔物対策省くらいか。やば、最後に人の家に行ったの思い出せないな」

もしかしたら中学生まで遡るかもしれない。家と仕事場を往復するだけの毎日……社畜というのは恐ろしいと改めて実感する。

「よ、よし」

俺は少し緊張しながらインターホンを押す。

ピンポーン、と高い音が鳴り、少ししてから『はい』と声が聞こえてくる。星乃の声にも聞こえるけどもしかしたら星乃の親かもしれない、礼儀正しくしないとな。

「本日お邪魔することになっています、田中誠です。よろしくお願いします」

『あ、はい！　今出るんでちょっと待っててください！』

どうやらインターホンの相手は星乃だったみたいだ。

慌てた様子で返事をしたと思うと、家の中からドタバタと音が聞こえてくる。

「そそっかしいな、大丈夫か？」

「てけ？」

リリもポケットから出てきて不安そうに声を出す。

待つこと約十秒。昔ながらの引き戸がガラッと開いて、中から人が姿を現す。

「すげー！　本当にシャチケンだ!!」

「こ、こんにちは……」

出てきたのは星乃……じゃなくて小さな男の子と女の子だった。活発そうな男の子は俺の足に引っ付いて「すげーすげー」と騒ぎ、大人しそうな女の子は少し離れて俺のことをちらちらと見ている。

この二人が星乃の弟と妹ってことでいいのかな？　二人とも小学生くらいに見える。結構歳《とし》が離れてるんだな。

「シャチケン！　あれやってよ！　あの『シャチケンTV～エヴィデェ～』ってやつ！」

「そりゃ違う人だ」

元気百倍といった感じの男の子にそう突っ込んでいると、家の中からドタドタと足音が聞こえてくる。

「こ、こら！　田中さんに迷惑かけちゃいけません！」

そう言いながら出てきたのは、エプロン姿の星乃だった。

いつもの服装とは違い、家庭的な感じで新鮮だ。

「俺は大丈夫だよ星乃。子どもは嫌いじゃないからな」

そう言って俺は足に引っ付いていた男の子を持ち上げて肩に乗せる。

すると男の子は「すげー！　たけー！」と目を輝かせる。

「名前はなんていうんだ？」

「俺は亮太《りょうた》！」

「そうか、よろしくな亮太」

次に俺はまだもじもじしている女の子に話しかける。

「君は？」

「えっと、私は灯《あかり》、です……」

「そっか。よろしくな灯ちゃん」

そう言って手を出すと、灯ちゃんはおずおずといった感じで俺の手を握ってくれる。

どうやら緊張しているだけで、嫌われているわけじゃなさそうだ。

「す、すごい。二人とももう懐いちゃった」

「無駄に知名度があるから心を開いてくれただけだよ。中に入ってもいいか？」

「あ、はい！　もちろんです！　どうぞゆっくりしていってください！」

「ありがとう、お邪魔するよ」

俺は亮太に頬を引っ張られながら星乃の家にお邪魔する。

少し年季を感じる木造の家で、歩く度に床板がキシ、キシと小気味良く音を鳴らす。田舎にあった父親の実家を思い出すな。

「シャチケン！　こっち！」

俺の肩から飛び降りた亮太が、俺の手を引く。

連れられて中に入ると、なにやらいい匂いがしてくる。

星乃がエプロンをしていたことから考えると、料理を作ってくれているみたいだ。家庭料理を食べるのなんて、もしかしたら十年ぶりくらいかもしれない。楽しみだな。

そんなことを考えながらリビングに着くと、一人の女性が俺を出迎えてくれた。

「いらっしゃいませ、田中さん。よく来てくださいました」

その女性は落ち着いた声でそう言うと、恭しく一礼する。

歳は俺と同じか少し上くらいか？　大和撫子《なでしこ》って感じのとても綺麗《きれい》な人だ。俺は少し緊張してしまう。

「あ、はい。お邪魔します。田中誠です。こちらこそよろしくお願いします。えーと……」

「私は唯《ゆい》の母の星乃純《すみ》と申します。娘ともども、よろしくお願いいたします」

「え、お母さん!?」

俺は星乃と純さんを交互に見る。

とても母娘《おやこ》には見えない。少し歳の離れた姉妹かと思ったくらいだ。

この若さで子どもを三人も……人間って凄《すご》いな。

「田中さんには前々からお会いしたく思っていました。唯は家で田中さんのことばかり話すんですよ？」

「ちょ、ちょっとお母さん!?　変なこと言わないでよっ！」

星乃は慌てた様子で純さんをキッチンの方へぐいぐい押し込む。

どうやら親子の仲は良好みたいだ。微笑《ほほえ》ましい。

それにしても星乃家で俺はどういう風に話されているのだろうか？　気になる。

「田中さん！　もうすぐご飯ができますので、リビングで休んでいてください！　あ、ここに麦茶置いておきますね！」

星乃は慌ただしい感じでそう言うと、透明なグラスに麦茶を注いでからキッチンに戻る。

コラボの打ち合わせは先になりそうだなと考えていると、亮太が俺の手を引く。

「ねえねえシャチケン！　スマバスやろうよ！」

「お、いいぞ。フォクシーはまだいるのか？」

スマッシュバスターズ、俺が小学生の頃から流行《はや》っているテレビゲームだ。小さい頃は足立や須《す》田《だ》と時間を忘れてやったものだ。

懐かしい気持ちになりながら俺は亮太と共にテレビの前に座る。

最近はフルダイブ型のゲームが流行っているけど、俺は昔ながらのコントローラー式ゲームの方が好きだ。ふむ、コントローラーの形は少し変わっているけど、ボタン配置にそこまで変更はない。

これなら問題なくプレイできそうだ。

「俺、キャラ全員出してるんだよ！」

「へえ、それは凄い。やるじゃないか……ってかキャラ多いな。こんなに増えてたのか」

俺と亮太は並んで座りながらゲームを始める。

ゲームをやるなんて十年ぶりだけど、意外と体は覚えているもので普通に操作できた。キャラを選択しながら横を見ると、灯ちゃんがもじもじしながら立っていた。

「灯ちゃん、こっち来るか？　ほら、リリもいるぞ」

「りり？」

ポケットからリリを出すと、灯ちゃんはぱっと顔を明るくする。

「すごい！　ほんもののリリちゃんだ！」

灯ちゃんはリリを見ると目を輝かせて大喜びで近づいてくる。

リリは昨日配信でお披露目したばかりだけど、もう子どもにも知られているみたいだ。ネットの拡散力は凄いな。

「さ、触ってもいいですか？」

「もちろん。リリもいいな？」

頼むとリリは「てけ」と頷《うなず》く。意外とサービス精神が旺盛だ。

灯ちゃんは俺の膝の上に座ると、手の平にリリを乗せて優しく触る。ほっこりする光景だ。

「わっ、つるつるでぷにぷにしてる！」

「りりっ」

なぜか得意げなリリ。

どうやらつるつるぷにぷになことが自慢みたいだ。

「シャチケン！　バトル始まるよ！」

「ああ、いつでもいいぞ」

灯ちゃんに構っている間にスマバスが始まる。

なんとか操作はできるけど、腕は落ちてるな。中々思うようにコンボを決められない。

「むう、生身ならもっと速く動けるんだけどな」

キャラが思ったとおりに動いてくれない。二段までしかジャンプできないし壁登りもできないのでもどかしい。俺自身がスマバスのキャラになれればいいんだけどな。

思い切り操作をすればコントローラーが壊れるし、これは難しいぞ。

「田中さん。リリちゃんにお菓子あげてもいい？」

「もちろんいいぞ。あ、でもあげすぎには注意してくれよ」

俺はゲームに四苦八苦しながら膝の上の灯ちゃんとお喋りする。

中々大変な作業だ、モンスターハウスに閉じ込められた時より忙しいかもしれない。世のお父さんお母さんの苦労が忍ばれる。

「そうだ灯ちゃん。そうやってお菓子をあげてくれ。上手だぞ」

「えへへ、田中さん。なんだかお父さんみたい」

灯ちゃんはそう言って無邪気に笑う。

そういえば確か、星乃の父親は亡くなっていたんだったな。それなのにこの子たちがこんなに明るいのは、星乃と純さんの頑張りのおかげだろう。

親がいなくなる気持ちは俺もよく分かる。俺も中学生の時に両親が魔素中毒で入院して、そこからは一人で暮らしていたからな。

俺がいることで少しでも父親がいる気持ちを思い出してくれるなら嬉しい。

などと考えていると、後ろから足音が聞こえてくる。

「田中さん、ご飯ができ……って、二人ともなにしてるの!?」

リビングにやってきた星乃は、俺たちを見て驚いたように声を上げる。

今俺は亮太と隣合いながらゲームをして、更に膝に灯ちゃんを乗せ、そして灯ちゃんの手の上にはリリが乗っている。中々カオスな状況だ。

「す、すみません田中さん。弟たちが迷惑を……」

「いやいや、こんな風に遊ぶのは久しぶりだから楽しいよ。なあ亮太」

「うん！」

亮太は楽しそうに頷く。

しかし星乃はまだ納得していないようで、

「ほら、灯も降りなさい。あまりべたべたしないの」

「むー」

「むーじゃなくて」

そう微笑ましいやり取りをしていると、亮太が口を挟んでくる。

「分かった、姉ちゃんやきもち焼いてんだろ！　自分はシャチケンと遊べないから俺たちが羨ましいんだ！」

亮太がそう星乃をからかう。まったく、そんな子どもみたいな理由で星乃が嫉妬するわけないじゃないか……と呆れるが、当の星乃は顔を真っ赤にしながら「ちが……っ！」と慌てていた。なんだその反応、まるで図星みたいじゃないか。

するとそれを聞いていた灯ちゃんが俺の膝の上から降りる。

「あ、お姉ちゃんも乗りたかったよね。いいよ、たくさん座ったから変わるよ」

「えっ!?」

妹から姉へ明け渡される俺の膝上。

いやいや、そんなことしても乗らないだろ……と思っていると、なんと星乃は「え、えい！」と俺の膝上に乗ってくる。

「ちょ!?　星乃お前なにして……！」

「えへへ。すみません」

謝ってはいるけど星乃に降りる気配はない。

兄弟三人揃ってなんて甘えん坊なんだ。

「田中さんにこうしてるとなんだか落ち着くんです」

「いや、それは嬉しいけど、そうしていると色々まずい……」

やわらかいものが色々当たる上に、いい匂いがするせいで俺の煩悩が激しく刺激される。

このままではマズい。そう思っているとキッチンからもう一人の人物がやってくる。

「唯までなにをしているのですか。ご飯ですよ」

先程までとは違う、冷たい声で純さんがそう言う。

すると星乃は「ひゃい！」と言いながら飛び跳ね、俺から降りる。ふう、危なかった。

「娘が申し訳ありません田中さん。さ、ご飯ができましたのでどうぞ」

「あ、はい。どうも……」

俺はそう頭を下げながら、食卓に向かい、一つだけ空いている席に座る。来客用に出してくれたのだろうか？　それにしては椅子が使い込まれている気もする。

「いただきまーす！」

食卓についた俺たちは、手を合わせてそう言った。

目の前にはほかほかのご飯、お味噌汁、唐揚げ、だし巻き卵、サラダなどが並んでいる。

こんなザ・家庭料理を食べるのなんて、十年ぶりくらいだ。まるで子どもの頃に戻ったみたいでなんだか感動してしまう。

しかし星乃の母親、純さんは申し訳なさそうな顔をして謝ってくる。

「すみません、あまりいい物を出せなくて。その代わり腕によりをかけて作りましたので」

「そんな、全部ごちそうですよ！　いただきます！」

俺はそう言って唐揚げを一つ取って、口の中に放り込む。

揚げたてなだけあってアツアツで、口の中に美味しい肉汁がじゅうと広がる。衣もパリパリで最高だ。

「うん、美味しい！　何個でもいけますよこれ！」

「あらあら、それはよかったです。唯もよかったですね」

純さんがそう言うと、星乃がビクッと震える。

ん？　なんで急に星乃の名前が出てきたんだろうか。

「実は唐揚げはこの子が作ったんですよ。普段はあまり料理をしないのに、急に『お母さん料理教えて！』って言ってきたので驚きました。よほど田中さんに自分の料理を食べてほしかったんですね」

「お、お母さん!?　それは言わないでって言ったよね!!」

星乃が恥ずかしそうにそう言うけど、純さんは「あらあら照れちゃって」とどこ吹く風だ。どの家庭でも母は強いな。

それにしてもまさか俺のためにここまでしてくれるなんて……少し恥ずかしくなるな。

「もぐもぐばくばく」

「おかーさん、これおいしいね」

亮太と灯ちゃんも美味しそうに食べている。

家族仲も良好みたいだ。

「りり、たべたい」

リリも慣れない言葉を話してご飯を催促する。

俺は手頃な大きさの唐揚げを取ってリリの近くに持っていくと、大きな口がカパッと開いて唐揚げをむしゃりと食べる。この瞬間はちょっとだけグロいな。

「んま、んま」

リリも気に入ったみたいで体を左右に揺らして歓喜のダンスを踊っている。

おやつのにゃ～るを食べた時でもこのダンスは中々踊ってくれない。

ちなみにこの前このダンスをショート動画で投稿したら、なんと十億再生を達成してしまった。ネットミームにもなっていて、色々なファン動画が投稿されている。面白いのが多いので俺もついつい見てしまう。

リリ人気恐るべしだ。

「おかーさん、それとって」

「この前のダンジョンでこんなことがあって……」

「あらあら、そんなことがあったの」

「あ、そいえば宿題やってない」

「ちゃんとやりなさい亮太。私も見てあげますから」

仲良さそうに会話する星乃家。

……それにしてもこんな風に俺だけ交ざっていると、なんだか婿入りしたみたいな気分になってくるな。むず痒《がゆ》いけど、居心地はいい。

この家庭の味も昔家族でご飯を食べていた時のことを思い出してしまう。

「どうされましたか？」

箸が止まっていて不思議に思ったのか、純さんがそう尋ねてくる。

心配させてしまったみたいだ。

「い、いえ。こうやって食卓を囲んでご飯を食べるのなんか久しぶりで、少し感傷に浸ってしまいました。すみません」

「そうでしたか。……失礼ですが、田中さんのご家族はどうされているのですか？」

純さんの質問に、俺は答えるのを少しためらう。

この話は聞いてあまり面白いものでもない。だからあまり他の人に自分のことを話さないんだけど……今日の俺は、少し気が緩んでいた。ついつい口の方も緩んでしまい、それを話してしまう。

「私に兄弟はいません。そして親は……二人とも亡くなりました。魔素中毒で体調を崩し入院したんです。なんとか治療費は用意でき、退院することはできたんですが……下がった体力は戻らなくて、そのまま」

須田に借りた金と、働いて得た金で、入院費と治療費の工面はできた。

政府に伝手《つて》があるおかげで、最新の魔素中毒治療を受けさせることもできた。

だけど……両親を救うことはできなかった。

二人が亡くなったのは皇居直下ダンジョンから生還して、少し経《た》った時のことだった。

今にして思えば、俺が逃げるように仕事に打ち込み、精神を病んだのは、両親の死も一因だと思う。

「そう……でしたか」

「あ、すみません！　重い話をしてしまって。でももう乗り越えたんで大丈夫です。はは、私ももういい大人ですからね。いつまでも引きずってはいませんよ」

そう取り繕うと、純さんは困ったような表情をする。

参ったな。少し話しすぎてしまった。せっかく楽しく食事をしていたというのに盛り下げてしまったな。こんなことなら話さなければ……

「大丈夫なんて嘘《うそ》です。だって田中さん、とても悲しい目をしてますもん」

今まで黙っていた星乃が、そう発言する。

悲しい目をしていると指摘してきた彼女もまた、悲しい表情を浮かべていた。今にも泣き出してしまいそうだ。

「私もお父さんが亡くなった時は悲しくて、つらくて……泣かない日はありませんでした。家族がいなかったら乗り越えられなかったと思います」

星乃の家は母子家庭と聞いたことがある。詳しくは知らないけど、星乃も小さい時に父親を失った。俺と似た境遇だからこそ、分かることがあるんだろう。

「私は家族がいたから立ち直れました……でも、田中さんは一人で、それなのに酷《ひど》い会社で働かされて……大丈夫なわけがありません。きっと今でも悲しいはずです」

言いながら星乃の目に涙が浮かぶ。優しい子だ、俺に共感して自分も悲しくなってしまったみたいだ。まさか俺のことを思って泣いてくれる子がいるなんてな。

「ありがとう星乃。俺の為《ため》に悲しんでくれて。その気持ちだけで俺は救われたよ」

「ぐす……ひぐっ、いいえ、私なんか……」

話しながら星乃はぼろぼろと大粒の涙を流し始める。すると横に座っていた純さんが、彼女の背中を「よしよし」となで始めながらティッシュでその涙を拭いてあげる。

「ごめんなさいね、田中さん。この子はあなたのことを心配しているんです。最近あなたの会社員時代のエピソードをまとめた動画を見たみたいで……」

「ああ、なるほど……」

Dチューブは、ダンジョン配信がメインコンテンツだけど、普通の動画も投稿できる。

その中にはいわゆる「解説動画」というジャンルがあって、人工音声でなにかを解説させるのが古くから流行っているんだ。

俺のエピソードもたくさん解説されていて、星乃はそれを見たんだろう。

「悲しんでいい。そう言われても、大人の男性である田中さんには難しいかもしれません。泣きたいほどつらい時も、強がらなければいけないことも多いことでしょう。……ですのでこの先も、悲しみの行き場を失ってしまいましたら、ぜひまた我が家にお越しください。たいしたことはできませんが、また温かいご飯を作っておもてなしさせていただきます」

「純さん……」

その言葉に俺の心がふっと軽くなる。

温かく迎え入れてくれる場所がある、それだけでこんなにも楽になるものなんだな。

「ありがとうございます。また機会がありましたら、お世話になります」

「いえいえ。あなたは娘の大恩人、家族も同然です。いつでもお気軽にいらしてくださいね」

そう言って純さんは、記憶の中にある母と同じような笑みを俺に向けるのだった。


楽しい食事を終えた後、俺は星乃と軽くコラボの打ち合わせをして、帰ることにした。泊まっていいとも言われたけど、それはまだ早い気がしたので遠慮した。居心地が良くなりすぎて帰りづらくなっても困るからな。

「えー、シャチケン帰っちゃうの？　もっとスマバスやろうよ！」

「……さびしい」

亮太と灯ちゃんに引き止められた時は帰る選択を少し後悔したけど、ここはいつでも会いに来られる距離だ。また遊びに来る約束をしてなんとか納得してもらった。

「じゃあまたな星乃。コラボ楽しみにしてるよ」

「はい、今日はわざわざ来てくださりありがとうございました。食事の時は泣いてしまい申しわけありません……」

「いや、嬉しかったよ。心配してくれてありがとな」

そう素直な気持ちを伝えると、星乃は照れくさそうに頬を赤らめる。

実際彼女の言葉には救われた。純さんにもお世話になったし、手土産でも用意してまたお邪魔したい。

「私、料理勉強して、田中さんが次来るまでにもっと美味しいものを作れるようにします。楽しみにしててくださいね！」

「それは楽しみだ。また来るよ」

星乃とそう話すと、純さんが俺の近くにやって来る。

そして他の人には聞こえないくらいの声の大きさで俺に言う。

「唯がここまで明るくなったのは、田中さんのおかげです、ありがとうございます。あの子は父が死んでから無理して明るくふるまっていましたが、今は昔のように心から笑えるようになりました」

「そんな。俺はたいしたことしてませんよ」

確かにモンスターに襲われてるところから助けたが、それくらいだ。

後は星乃は自分の力で立ち直った。俺の力じゃあない。

「ふふ、謙虚なのですね。これからもあの子をよろしくお願いします。母ともども、ね」

そう言って純さんは俺の手を優しくぎゅっと握ってくる。

ど、どういう意味だ!?　その意味深な発言に俺は驚きどぎまぎしてしまう。

「ふふ、冗談ですよ。冗談」

「か、からかわないでくださいよ」

本当に冗談だったのだろうか？

これが魔性の女か……恋愛経験値の低い俺には難敵すぎるぜ。

「ちょっとお母さん！　いつまで二人で話してるの!?」

「はいはい。今戻りますよ」

そう言って純さんは離れる。

そうして玄関でいつまでも手をふる四人に見送られ、俺は帰宅するのだった。


星乃家にお邪魔してから三日後。

俺は再び電車を乗り継いで西東京にやって来ていた。

お目当ては西東京ではトップクラスに大型のダンジョン『八王子ダンジョン』だ。

結構強めのモンスターが出ることで有名で、過去にはこのダンジョンで多くの死者が出たこともあるほどだ。なんでもその時は下層に深層クラスのモンスターが出現したらしい。

だから今では下層への立ち入りが禁止されている。

ま、今回の配信は中層までにする予定だから関係ないけどな。

「あ！　田中さん！　おはようございますっ！」

ダンジョンに近づくと、そう声をかけられる。

声の主はもちろん星乃だ。いつもの探索用の服に身を包み、背中には大剣を背負っている。準備万端といった感じだ。

「おはよう。今日はよろしくな」

「はい！　こちらこそよろしくお願いします！　私、頑張ります！」

いつも以上に気合の入った星乃。

出会った頃はそれほど登録者が多いわけではなかった彼女だけど、今では登録者百万人超えの大物Dチューバーだ。

それなのに今もこまめに配信していて、ネタも頑張って変えている。その頑張りには頭が下がってしまう。

「じゃあ早速配信を開始するとするか。大丈夫か？」

「はい！　いつでも大丈夫です！」

星乃の許可が取れたので、俺はドローンを起動する。

今回は星乃がゲストという立ち位置になっているので、俺のチャンネルで配信する。ちなみにこの配信で生じる収益は折半だ。全額渡してもいいと言ったのだが、それは断られてしまった。

「よし、これで設定はOK……と。じゃあいくぞ、配信スタートっと」

ドローンに配信開始を伝える赤いランプがつく。

最初に映るのは俺一人。まだ星乃がゲストであることを視聴者は知らない。

「おはようございます、視聴者のみなさん。今日は午前中から配信に来てくださりありがとうございます」

〈わこつ
〈わこ
〈わこつ剣聖
〈待ってた
〈配信助かる
〈田中ァ！　配信ありがとなァ！
〈今日はどんなモンスターを食べるんですか？
あっという間に同接は十万人を超える。この速度、まだ慣れないな……。
本当にそんな人数が見てるのか？
「ほら、リリも挨拶しなさい」
「り？」
ポケットをとんとんと叩《たた》くと、中からリリが顔を出して、ドローンに向かって「り」と頭を下げる。そして眠いのかポケットの中にスポッと戻ってしまう。
まあ挨拶してくれただけいいか。
〈リリちゃああああああん!!
〈リリたそが元気で今日も嬉しい
〈今俺のこと見たって！
〈眠そうでかわE

〈ペロペロしたいお
〈わいもシャチケンのポケットで寝たい
〈握触手会はまだですか!??????!?!?
〈ぷにぷにでかわいいね……ちゅ
〈キモすぎて草
〈リリちゃんなら俺のポケットで寝てるよ
〈幻覚見てるやつがいるな。リリちゃんなら俺の肩で寝てるよ
　リリが現れると、コメントの勢いも加速する。
　相変わらず凄い人気だ。リリのチャンネルを作ったら登録者数が抜かれそうで怖い。リリ様と呼ぶ日も遠くないかもしれない。
「さて、今日はゲストを呼んで一緒に配信しようと思っています。それではどうぞ」
　そう呼び込むと、星乃が笑顔で俺の隣にやってくる。
　少し緊張している様子だ。あまりコラボみたいなのはやってないからだろうか。
「お、おはようございます！　ゆいちゃんねるをやってます、星乃唯です！　よろしくお願いしまひゅ！」
　最後の言葉で星乃は思い切り噛《か》んでしまう。
　星乃は恥ずかしそうに顔を赤くする。
〈ゆいちゃんだ!!

〈ゆいちゃーーーーん！
〈二人でダンジョンって久しぶりだね
〈デート配信やんけ！
〈二人のダンジョン配信はいいね。安定してそう
〈嚙んでてかわいい
〈シャチケンの側だから緊張しちゃったんだねえ（ニチャア）
〈乙女やなあ
〈力の一号と力の二号がまた配信してしまうのか（畏怖）
〈本日の脳筋配信と聞いて
〈力こそパワー
〈いいから早くいちゃついてくれ
〈ほんまやで、はよ結婚してくれや。ご祝儀スペチャの準備はできとるっちゅうねん
「えっと、今日はなんと田中さんとコラボをさせていただけることになりました！　なので今日はとっても強い田中さんに弟子入りして、ビシバシ指導してもらおうと思っています！　田中さん、よろしくお願いします！」
星乃はそう言って俺に勢いよく頭を下げる。
そう、今回はそれが主題のコラボなんだ。
星乃はその若さにしては今でも十分強い。しかしもっと強くなりたいそうだ。

だから俺に弟子入りをお願いしてきた。人に教えるのは嫌いじゃないし、俺も星乃がどこまで強くなれるかは興味がある。断る理由はなかった。

〈面白そうな企画だね
〈まだ強くなる気なのか……（恐怖）
〈シャチケンに弟子入りできるとか裏山
〈役得やね
〈弟子入りからそのまま嫁入りまでするという訳か
〈それは策士過ぎるｗ
〈楽しみ！　シャチケンと唯ちゃんを同時に見れるとか贅沢すぎる！

コメントの反応も上々だ。

これなら楽しんでもらえそうだな。

「それじゃあ早速ダンジョンに入るとしようか」

「はい！　よろしくお願いしますね、田中さん！」

こうして順調なスタートを切った俺たちは、八王子ダンジョンの中に足を踏み入れる。

「ここが八王子ダンジョンか。広いな」

ダンジョンの中は開けていて大きな空間が広がっている。

どうやらここは自然が豊かなタイプのダンジョンみたいだ。地面は草で覆われていて、木もたくさん生えている。ダンジョンの多くは洞窟のように草木がほとんどないので、こういったダンジョンは珍しい。

まあ中には水で満たされていたり全面ガラス張りみたいなもっと特殊なダンジョンもあるのだけど。

「……っと、早速お出ましだな」

ガサガサ、と近くの茂みが動き灰色のオオカミが姿を表す。

上層に出現するモンスター、灰毛狼《グレイウルフ》だ。

特に能力は持っておらず、地上の狼より少し強い程度のモンスターだ。こいつに苦戦するのはダンジョン初心者くらいだ。

「やれるか？」

「はい！　もちろんです！」

尋ねると星乃は自信満々といった感じで前に出る。

背にした大剣を抜き、堂々と構える。

『グルル……』

グレイウルフの総数は七。

腹を空かせているようで、よだれをボトボトと垂らしながら、ゆっくりと窺《うかが》うように星乃に近づいてくる。

〈ひいっ、こわ
〈上層のモンスターでも普通に怖いな

〈グレイウルフですら拳銃を弾《はじ》くくらい硬いからな
〈やっぱ覚醒者って化物だわ
〈よだれボトボトで怖い
〈ゆいちゃん美味しそうだししゃあない
〈通報しますた
グレイウルフたちはしばらく星乃を観察した後、一斉に駆け出し襲いかかってくる。
どうやら正面から勝てる相手だと踏んだようだ。まあ星乃は普通に見たら非力なかわいらしい女の子にしか見えないからな。
ただその細い腕には物凄い力が詰まってる。鍛えていけば、いずれ俺を上回ってくれるだろう。
「えーーいっ！」
星乃は剣を振り上げ、それを地面に叩きつける。
すると轟音と共に地面が抉《えぐ》れ、前方に凄《すさ》まじい衝撃波が放たれる。
『キャウ!?』
至近距離で衝撃波を食らったグレイウルフたちは、甲高い声を出しながら、倒れる。
そしてサラサラと体が消えていき、そこにはグレイウルフの牙だけが残される。ダンジョン内のモンスターの体は魔素でできていて、倒されると魔素の結合が弱くなり死体は消えてなくなるのだ。
魔素の結合が強い部分、モンスターによってその部位は違うが、だいたい牙や角みたいな部分は残ってくれる。

深層にいるような強いモンスターだと全身が残ったりするけど、下層以上のモンスターはほとんどが消えてしまう。
「やりました！　田中さん！」
「うん、いい攻撃だったぞ」
会う度星乃の動きはよくなっていっている。
きっと普段から練習をしているんだろう。家族を養うため、頑張っているんだ。
〈地面ベコベコに凹んでて草
〈グレイウルフくん、一発でやられちゃった……
〈ワンヒットセブンキルやん
〈さすが力の二号
〈早く三号《ベビー》が見たいぜ
〈これで十九歳ってマ？　普通にA級以上の強さあるよね
〈日本探索者界の未来は明るいな
〈シャチケンがいるだけでピカピカだろw
〈つっつっよ
「上層の敵じゃもうそんなに特訓にはならなそうだな。とっとと中層に向かうとするか」
「はい！　分かりました！」
俺たちは早足でダンジョンを駆け下りていく。

グレイウルフの時に派手にやったからか、上層のモンスターはビビって襲ってこなかった。

おかげですぐに中層付近まで到達することができた。

「……ん？」

走っていた俺は、中層に差し掛かったところである物を見つけ、立ち止まる。

隣を走っていた星乃も、それに気がついて立ち止まる。

「どうしたんですか？」

「いや、いい物を見つけてな」

「いい物？」

首を傾げる星乃。

俺は彼女を連れて、ダンジョンの壁際まで移動する。

すると木に隠れたところに、木製の宝箱が出現する。木に隠れていたこれの端っこが、たまたま目の端に入って見つけられたのだ。

〈お！　宝箱じゃん！

〈中になにが入ってんだろ
〈宝箱はダンジョン探索の醍醐味のひとつだよな
〈ていうかなんであんな爆速で走ってて宝箱見つけられるんだよ……

〈答え、シャチケンだから
〈知らなかったのか？　田中の目からは逃れられない……！

〈田中アイなら透視力
〈その内壁の裏側見えるとかいい出しそうで怖い
なんかコメントでわいわい言われているけど、スルーする。

みんな好き勝手言ってくれるんだよなあ。ネットではやったことないことまでできると言われていて、迷惑だ。

俺のゆっくり解説動画をこの前見たけど、そこで俺は水の上を走れるとか解説されてたし。

そんなこと配信内でやってないのに……はあ。

いや、それくらいはできるけど、やってないのにできるとか言わないでほしい。

「宝箱って私初めて見ました！　なにが入ってるんですかね？」

「待て、不用意に開けない方がいい。宝箱には罠《わな》がかけられていることが多いからな」

「す、すみません。そうですよね……」

開けたら毒が噴出したり、トゲが生えたり、天井が落下してきたり、モンスターハウスの中に転移させられたり。宝箱に仕掛けられた罠は豊富にある。

不用意に開けて命を落とした探索者もたくさんいる。

〈確かに罠は怖いな……

〈探索者の死亡割合でも、罠の比率は高いからな
〈特にミミックだと即死だからな。ほんま怖いわ
〈ミミックってあの宝箱に擬態しているモンスターだろ？　下層級のモンスターなのに上層にもた

まに出てくるから怖すぎる
〈一度動画でミミック見たけど、見た目も怖すぎた。俺が探索者だったら宝箱なんて開けないね
「それでどうするんですか田中さん？　罠を見破る方法はあるんですか？」

「あるにはあるけど、俺はそれを習得していない。『宝箱見極め検定』『ミミック見極め検定』を持ってる人は見極められるらしいけどな」

それらの検定を持っている人は斥候《スカウト》として重宝される。

戦闘能力が低くてもダンジョン探索パーティに入れてもらえるから、検定を取ろうとする人は多い。でも検定はかなり難しいらしくて、毎年数名しか合格できないみたいだ。

他にも『宝箱鍵開け検定』『宝箱中身見極め検定』などもあるらしい。

だけど俺はそれらを一つも取っていない。

「そもそもだいたいの宝箱は鍵がかかってるしな。それを開けるのは中々骨が折れるんだ」

「うーん。じゃあ宝箱は諦めるしかないんですかね？」

「いや。そんなことはない。いい方法がある」

俺はそう言って宝箱の前に座り込む。

〈……嫌な予感がする
〈宝箱くん！　逃げて！

〈どうせまた脳筋解決だぞ
〈知ってたコメ用意しとくわ

〈まーたなにかしでかそうとしてますよこの人
俺は宝箱の真ん中に狙いをつけて、手刀を打ち込む。すると宝箱の上蓋部分がミシャ！　と音を立てて粉砕される。
鍵が開けられないなら、壊せばいい。罠が発動するなら、耐えればいい。
宝箱の出す毒くらいなら全然耐えられるしな。
〈知ってた
〈知ってた
〈やると思ってたよ……
〈宝箱って不破壊オブジェクトじゃないんやね……
〈いや、見た目と違ってかなり硬いはずだけど
〈これを真似して武器をぶっ壊す初心者出そうで怖い。勘違いするなよ、普通壊せないから！
〈宝箱くん「ぬわあああ！」
〈宝箱くうううううん！
〈鱗《うろこ》くんを思い出す壊れっぷりだぜ
さて、中身はなんだろうか。
面白いものだと嬉しいけど……と中身を見ると、宝箱の内側から鋭利な牙と大きな舌が飛び出てくる。
それだけじゃない。宝箱から細長い手足が生えて、けたたましく鳴く。

『ゲギャギャギャギャ!!』

宝箱に擬態したモンスター、ミミックだ。

こいつは下層級の強さのモンスターだ。上層にいるとは珍しい。

〈ミミックキター――(゜∀゜)――!!

〈ほんまに出た!

〈蓋をぶっ壊されたせいでめっちゃ怒ってるw
〈そりゃ寝てたら顔面に手刀ぶちこまれりゃ怒るわな笑
〈めちゃくちゃ怖くて草
〈ミミックって凄い強いんじゃなかった？　大丈夫？

〈いや、相手が悪いので……

ミミックは俺に牙を向けると、蓋《くち》を大きく開いて襲いかかってくる。

どうやら俺を食べるつもりのようだ。

『ゲーギャギャギャギャ!!』

「うるさい」

もう一発、蓋の部分に手刀を打ち込む。

するとミミックは『ゲギョ!?』という断末魔の悲鳴と共に真っ二つになってしまう。ふう、これで静かになった。

〈ミミックくーん!

〈あっという間に退場して草
〈一応下層級の強さあるんだけどね……

〈なにって……手刀をしただけだが？

〈鱗「あいつの手刀は俺が保証する」

〈当事者は語る
〈ミミックバキバキになってて草
ミミックを倒すと、中からキラキラのコインや宝石などがジャラジャラと出てくる。

ミミックは食べた鉱石や宝石、人間の装備などを分解してお宝に変える能力を持つのだ。ありがたくもらっておくとしよう。

「わあ！　凄いお宝ですね！　あ、でも個人じゃダンジョン内の物を換金できないんじゃ……？」

「まあな。でも今足立が色々と動いてくれてて、それができるようになるかもしれないんだ。そうしたら星乃にも山分けするからな」

「え、いいんですか!?　私ほとんど活躍してませんけど……」

「いいに決まってるだろ？　一緒に潜ってんだから。弟たちの学費も稼がなきゃいけないんだし、遠慮なく受け取ってくれ」

「うう、ありがとうございます……」

涙目になりながら、星乃はそれを了解してくれる。

星乃も登録者数が増えて生活がだいぶ楽になってきたみたいだけど、お金はたくさんあるに越したことはない。できる限り力になってやりたい。
〈いい話だな……
〈シャチケン、やるやん
〈ていうかなんで弟たちのこととか知ってるの？
〈この前リリたんの食事シーンのショート動画に映っていたテーブルの模様が、ゆいちゃんの家のテーブルの模様と一致しているって言ってたネットストーカーいたけど……もしかして
〈あーあ、『理解《わか》っちゃった』か
〈家族ぐるみの付き合い……ってコト!?
〈こいつら＊＊＊したんだ!!
〈お母さんにも挨拶済みなんやろなあ
〈もうこれ夫婦だろ
〈ヒロインレース遅れてるかと思ったけど、追い上げが凄いなw
コメントでは俺と星乃の仲を冷やかすものが大量に流れる。
否定したいが……家には実際にお邪魔してるし、純さんにも挨拶済みなので、軽率に否定できない。ここは自然に無視を決め込むしかないな。
「ジャ、ジャア他ニナニカ残ッテナイカ見テミルカー」
〈絵に描いたようなカタコトで草
〈後ろめたいことありそう

〈吐けやシャチケン！

〈田中ァ！　式には呼べよ！

〈本日のご祝儀タイミングはここですか!?

俺は自然な無視を決めながら、ミミックの残骸を漁《あさ》る。

ミミックの手足は消えたけど、箱の部分は丸々残っている、砕けてるけど。その砕けた木片を片付けると、その中からミミックの大きな舌が現れる。一メートル近い立派なサイズだ。

「お、舌が残ってたか。しかもデカいな」

「これってなにかに使えるんですか、田中さん？」

「ああ、ミミックの舌《タン》は火を通すと美味いんだぞ」

「なるほど美味し……って、ええ!?」

〈【悲報】シャチケン、ミミックを食べてた
〈オエーーーーッ！

〈あんなグロいものよく食えるな……

〈ゆいちゃんも引いてるよ
〈そりゃショゴスも食えるわ
〈パクパクですわー！

〈好き嫌いない子は大きく育つからね
〈いや、限度があるだろ

〈本当に言っているのかい!?　ミミックを食べるなんて信じられないよ!!（英語）
〈ほんまそれ
〈まあ食うものに困ってモンスター食べたなら、社畜生活のせいだわな
〈おのれ須田ァ！
〈お、俺はゆいちゃんの舌を食べた［このアカウントは停止されました］
〈垢BANされてて草
〈キモすぎコメントはBANされるから気をつけろよ
ミミックを食べると言ったら、引かれてしまった。しかも視聴者だけでなく星乃にまで。
うーん、本当に美味いんだけど……ショックだ。
「今度視聴者参加型モンスター食事会でも開いて美味しさを知ってもらうか……？」
〈やべえこと呟《つぶや》いてて草
〈ワイはなにを食わされるんや……
〈いや行きたいけどモンスターは食いたくねえ
〈珍味好きワイ、普通に行きたい
〈リリちゃんと握触手できるなら行く
〈ショゴス料理でそうで怖い
〈なんだかんだ枠は速攻で埋まりそうだなw
〈リアルイベントは行きたいけど、初回からレベル高すぎるw

〈ふ、普通のもの食べさせてくれ……泣
うーん、来たがってる人も少しいるけど、大半の人はやっぱり抵抗があるみたいだ。寂しい。
「星乃もやっぱり嫌か？」
「え、そ……い…………嫌なわけないじゃないですか！　た、楽しみです！」
「そうか！　いやあ、嬉しいなあ」
「あは、ははは……」
〈ゆいちゃん汗ダラッダラで草
〈そうよね、断れないよね
〈これが惚《ほ》れた弱みか……
〈頑張れ唯ちゃん。強く生きて
〈なんだかんだですぐ適応しそう
〈似たもの夫婦やからなあ
〈料理回も楽しみやで
星乃の了承も得られたので俺はミミックの素材をビジネスバッグに詰め込む。一つ楽しみが増えたな。
「よし、それじゃあ先に進むか」
「は、はい……」
なぜか少しだけテンションが落ちた星乃と共に、俺は先に進むのだった。

「だいぶ魔素が濃くなってきましたね……」
「そうだな、モンスターも強くなるから気をつけろよ」
星乃が言っている通り、魔素が少し濃くなってきた。
ここら辺はもう完全に中層だな。ダンジョンは深くに行けば行くほど自然が少なくなることが多いけど、ここは相変わらず自然豊かだ。そのせいか動物型のモンスターが多い。
「牛のモンスターとか出てくると、美味しい料理が作れるんだけどな」
「牛なら私も大好きです！　田中さんと食べた焼肉美味しかったなあ……」
星乃はそう言いながら恍惚《こうこつ》とした表情を浮かべている。
ミミックの舌《タン》の話をした時とは大違いだ。最近の若い子はミミックが嫌いなんだろうか。悲しい。
〈牛型のモンスターなら食えるんだ
〈まあダンジョンで取れる素材の飯なら前にシャチケンと食べてたしな
〈正直俺もダンジョン飯食いたい
〈魔素に耐性ないと一瞬で中毒起こすのが怖いんだよなあ
〈そもそも市場にそんなもの出回らんｗ　ほとんどのモンスターは倒したら肉消えるしなｗ
〈てかゆいちゃん、田中と焼肉行ったって言わなかった？　聞いてないんやが!?

〈あーあ、漏らしちゃったね
〈若い男女が二人で焼肉……なにも起きないはずがなく
〈まあ待て、まだ慌てる時じゃなばばばばばb
〈お前が落ち着け
〈チクショウ！　わいもシャチケンの食べる肉焼きたかった！
〈嫉妬の仕方が独特で草
星乃の発言でまたコメント欄が盛り上がっている。
あの時は足立もいたし、そんなことは起きてないんだが……まあ変に弁解しても火に油を注ぐだけなので止《や》めておこう。沈黙は金より尊いのだ。
と、そんなことを考えながら歩いていると、俺たちの前にあるモンスターが二頭現れる。
『ぶるっ』
『ぶるるるる……』
鋭く尖《とが》った二本の角を持つ牛型のモンスターだ。
その牛には角以外にも普通の牛とは違った特徴があった。
それは背中についた推進装置《スラスター》。
角のような素材でできたその装置は、ウウウゥゥゥン……と低い音を出している。
「田中さん。あの牛って……」
「あれは『ロケットブル』だな。珍しい」

ロケットブルは名前の通り、ロケットの如き速さで突進してくる牛型モンスターだ。背中に付いた推進装置《スラスター》からは魔素を放出して加速する。その速さは中層に出てくるモンスターの中ではかなり速い部類に入る。

幸い横方向への移動能力は高くないから、ジグザグに逃げれば意外と逃げ切れる。だが焦ってまっすぐに逃げてしまい、背中から突進されてやられてしまう探索者もたまに現れる。ダンジョンでは余裕をなくした者から命を落としてしまう。

それにしてもロケットブルか。これは幸運《ラッキー》だな。

「ロケットブルを食うのは久々だ。脂が乗ってて美味いんだよなあ」

〈食事済みで草

〈ダンジョンの食えそうなもの全部食ってそうだなw

〈食えなさそうなものまで食ってるぞ

〈まあショゴスは確実に食えないものだからな

〈でもシャチケンの配信見てると美味そうに見えてくるから怖い

〈もうそういう本出してくれ、買うから

〈特訓回かと思ったら飯回だった

〈おなかすいた

〈もう肉にしか見えん

〈食材としてしか見てないからロケットブルくんも怒っとるよ

ロケットブルは俺たちを敵とみなしたようで、威嚇しながらその角をこちらに向ける。

推進装置《スラスター》の音も強くなってきた。いつ突進してきてもおかしくないな。

「ど、どうしましょうか。私戦ったことないです」

「じゃあまず俺が手本を見せよう。星乃は二頭目をやってくれ」

「分かりました……頑張ります！」

一歩前にでて、ロケットブルと向かい合う。

するとロケットブルは『ブルルッ!!』と大きく鳴いた後、地面を蹴る。

それと同時に推進装置《スラスター》から魔素を噴出し、急加速する。その速さはまさにロケットだ。

俺はその高速の一撃を……正面から「ふんっ」と受け止める。

「よし、捕まえた」

『ぶもっ!?』

突然の出来事に、ロケットブルは困惑したような鳴き声を出す。

推進装置《スラスター》から魔素を何度も噴出して抜け出そうとするけど、俺は角をがっちりと抱え込んでるので振り払うことはできない。

〈知ってた
〈なにしれっとロケット止めとんねん！

〈まったく見えんかった……気づいたら止めてて草なんだ
〈地面にヒビ入ってるぞ、どんだけ怪力なんだ

〈普通横に回り込んで、側面から攻めるのが攻略法なんだけどね……

〈前から止められるなら前から止めた方が速い（脳筋）

〈力こそパワー

〈ヤー！！！！

〈ここからが田中なんです

〈パワー！！！！！！

　さて、このまま抱えていても埒《らち》があかない。

　俺は角を抱えたまま、背中を思い切り反らして腕を上げる。

「ほっ」

『ももも⁉』

　垂直に持ち上げられるロケットブルの体。

　そのまま俺は体を後ろに倒し、ロケットブルの背中を後ろの地面に思い切り叩きつける。

　地面に激突したことでバンッ‼　という物凄い音が鳴り響く。するとロケットブルは『ブモッ！！？？』と鳴いて絶命した。

　そして体は魔素へと還り……脂の乗った肉が数キロほどその場に残される。ロケットの推進力に耐えられるほど強靱《きょうじん》な肉は、倒しても残ってくれるのだ。

〈ブレーンバスターで草

〈田中バスターじゃん

〈なんて恐ろしい技を……
〈モンスターにプロレス技かけるなｗ
〈これが実戦プロレスか
〈プロレス団体はシャチケンを囲め
〈集客はできるけど、相手するの嫌過ぎる……
〈絶対手加減とか分からないよ田中は
〈違うぞ、手加減しても死ぬだけだぞ

「……と、こんな感じだ。もう一頭は頼んだぞ」

俺はロケットブルの素材を回収しながら、星乃に言う。

もう一頭のロケットブルは仲間がやられたことで動揺しているが、まだ戦う気はありそうだ、こちらを強く睨《にら》みつけている。ロケットブルは気性の荒いモンスターだから逃げることはないだろう。

「は、はい！　頑張ります……！」

〈そういえば今の見本だったな
〈ゆいちゃんやる気だけど、今のは無理でしょｗ
〈田中ァ！　もっとちゃんとした見本見せろ！
〈ゆいちゃんやる気で草
〈無理しないでゆいちゃん！
〈やる気があるだけすげえよｗ

星乃は腰を落とし、両手を緩く前に出して構える。

その構えはレスリングのものによく似ている。突進する相手を捕まえることに適した構えだ。

多分考えてそうしたのではなく、自然と体が動いたんだろう。俺の睨んだ通り星乃には才能がある。もし頭を使って戦えるようになれば、もっと強くなるはずだ。

『ぶるる……ブルッ！』

ロケットブルは星乃に狙いを定め、地面を蹴る。

そして背中の推進装置《スラスター》から魔素を一気に噴出して、急加速する。

正面から見るとまるでワープしてきたかのように感じるほど、ロケットブルの突進は速い。並の探索者であれば反応することもできずその二本の角に貫かれるだろう。

しかし星乃はしっかりとそれを目で捉えていた。

「……えいっ！」

突進が当たる直前、星乃も地面を蹴りロケットブルにぶつかる。

しっかりと角と角の間に体を滑り込ませ、両脇で角を固定《ホールド》している。これなら刺される心配はない。

「む、ぎぎ……」

星乃は二本の足で地面を踏みしめ、ロケットブルの突進を受け止めていた。

ロケットブルは『ぶも……!?』と、信じられないといった表情を浮かべている。まあ自分より小さい少女に受け止められたんだ、そりゃ驚くだろう。

〈ええっ!?
〈まじかよ
〈ひっ
〈受け止めてて草
〈なんでできんねん!
〈さすが弟子
〈受け継がれる脳筋遺伝子
〈あの細腕のどこにそんなパワーが……
〈パワー!!
〈ヤー!!!!!
〈ほしのきんにちゃん
〈筋肉チャン二世
〈かわいくないあだ名がどんどんつけられてく……泣

『ぶ、ぶもぉ!!』

ロケットブルは推進装置《スラスター》から更に魔素を噴射し、星乃を吹き飛ばそうとする。

するとロケットブルを受け止めている星乃が、じりじりと後退し始める。星乃は「むぎぎ……」と踏ん張っているけど中々キツそうだ。

「星乃、もっと腰を落とすんだ。重心は低く、力は下から上に伝えろ」

「わ、分かりました……っ」

俺は受け止めている星乃の横に行き、アドバイスをする。

ロケットブルは俺を見て驚いたような目をしたけど、推進装置《スラスター》の勢いは止めなかった。

〈普通にアドバイスしに行くの草
〈なんでそこに入り込めんねん
〈ロケットブル「なんだこいつ」

〈あかんw絵面がシュールすぎるw
星乃は俺が教えた通り、更に姿勢を低くして力の入れ方を変える。

するとジリジリ後退していた星乃の足が、止まる。よし、ちゃんと教えたとおりにできてるみたいだ。

「足を杭《くい》のように地面に打ち込むんだ。体だけじゃなくて、地面の力を借りて受け止めろ。そして完全に受け止められたら、相手の力を利用して投げるんだ。投げ方は自分の体が動きやすいものでいい」

「わかり……ました……っ！」

星乃は真剣な表情をしながら、俺の指示通りに動く。

すると次の瞬間、今まで小刻みに揺れていた星乃の体が、ピタッと止まる。

これは力を完全に受け止め切れた証《あかし》。どうやら力の使い方をつかんだみたいだ。

「ここ……だっ！」

星乃は左手を角から離し、体を左に半回転させ後ろを向く。

そして右手でつかんでいた角を自分の肩に乗せると、足に力を入れて思い切り前に体を倒す。

「えいっ！」

『ブモッ!?』

星乃はロケットブルの角を腕に見立てて『一本背負い』した。

宙に浮いた自分の体を見て、ロケットブルは驚いたように鳴いた後……思い切り地面に叩きつけられる。

ドンッ！　という大きな音と共に背中を強く打ち付けるロケットブル。

その一撃は致命傷になったみたいで、ロケットブルはさっきと同じように大きな肉を残して消える。

うん、いい一撃だった。文句なしだ。

〈えええ!?

〈ちゃんとできてて草
〈できるんかい！！！！！

〈もうやだこの脳筋夫婦
〈ゆいちゃんってまだ十九歳だよね？　やば……

〈俺前から配信見てるけど、シャチケンに会う前と今じゃ、動き全然違うわ
〈A級の実力はもうあるな。頑張り次第じゃS級になるのも遅くなさそう

〈成長性Sじゃん
〈田中のステータスも気になる
〈破壊力SSS　スピードSS　射程距離A　持続力SS　精密機動性SSS　成長性SS　こんなもんか？
〈バケモンすぎる。弱体化《ナーフ》しろ
〈その内時間止めれるようになりそう
星乃が倒したことで、コメントは盛り上がる。
俺も教えた甲斐があるというものだ。人が成長するのを見るのは楽しいな。
「や、やりました！」
ロケットブルが消えたのを確認した星乃は、嬉しそうに俺に抱きついてくる。
まるで大型犬みたいな喜び方だ。ただ犬とは違ってやわらかいものが色々と当たってしまう。俺は雑念を必死に押し殺し、その頭をなでるにとどめる。
「よくやったな。バッチリだったぞ」
「田中さんのおかげです、ありがとうございます！」
そう言って星乃は至近距離で眩《まぶ》しい笑みを俺に向ける。
うう、社畜には眩しすぎる。
〈効いてて草
〈かわいすぎる

〈ゆいちゃん前より更にかわいくなったよなぁ
〈恋は乙女を成長させるからね
〈早く結婚しろ（ガチギレ）
〈もうちょい押せばいけるやろ
〈凛《りん》ちゃん派のワイ、号泣
〈なに、田中なら全員幸せにしてくれる
〈オジ好きワイ、堂島ルートを熱望する
〈それは多分実装されていない……
〈友情エンドならワンチャン
俺は星乃から離れると、ロケットブルが落とした物を回収する。
これだけあればそこそこ腹も満たされるだろう。探索しながら食べられるキノコとかも拾ってるから、食材には困らない。
「よし、じゃあ行くか」
「はい！」
こうして俺たちは、戦いを挟みつつ中層を進むのだった。

「えーいっ！」

大剣を振り上げた星乃は、それを相手に向かって思い切り振り下ろす。

それを棍棒《こんぼう》で受け止めたオークは想像以上の威力に体勢を崩す。星乃はその隙を見逃さずオークの腹を蹴り飛ばす。

『ブアッ!?』

重い蹴りを食らったオークは顔を歪《ゆが》めながら後退する。

ダメージは結構蓄積してそうだ。

オークは豚のような顔をした、亜人型のモンスターだ。

皮膚が厚くて、力もなかなか強い。厄介な特殊能力は持っていないが、武器を器用に使うので中層に来たての探索者だと苦労するだろう。

だけど星乃はオークくらいであれば簡単に倒せるようになっていた。

「そこっ！」

星乃は横薙《よこな》ぎに大剣を振るう。

体勢を崩していたオークは防御が間に合わず、体を両断される。

『ブオ……ッ』

地面に倒れ、消えていくオーク。

中層レベルのモンスターなら、もう苦労することもなさそうだ。

「やりました、田中さん！」

「ああ、いい戦いだったぞ。最後の一撃は特によかった」
そばに寄ってきた星乃の頭をなでる。
若い子の頭をなでるなんて嫌がられるのではないかと思ったけど、星乃は自らなでられやすい位置に来るので仕方がない。一回実は嫌なんじゃないかとやめてみたら、とても拗《す》ねてしまったので今はノータイムでなでている。
〈オークごときじゃ相手にもならなくて草
〈そこそこ強いモンスターなんだけどね……
〈俺もまだ一対一じゃ勝てないのに(´；ω；`)
〈下層でももう通用しそうだな。深層に行くのも時間の問題か？
〈まだ十九歳でしょ？　その歳で中層余裕な探索者なんてそういないぞ
〈ネームバリューがあって顔が良くて強いんだ。どこのギルドも欲しがってるだろうな
〈黄金獅子《ゴールドレオ》ギルドとか？　あそこ平均年収一千万超えてるからな、入れたら勝ち組だw
〈夢があるねえ
〈でもギルド入ったら配信もしなくなるだろうし、シャチケンと会える機会も減るよな……
〈そう考えるとフリーを続けるってのもありかもな。ギルド入らんでも稼げるだろうし
コメントをちらと確認すると、視聴者たちは星乃の将来を色々と推測していた。
星乃は前に有名ギルドに入りたいと言っていた。優しい彼女は稼いで家族に楽をさせてあげたかったんだ。

だけど今の星乃は、ギルドに入らなくても稼げるようになった。

それどころか配信者を続けている方が稼げるだろう。まだまだ伸び代もあるからな。

だが進路を決めるのは彼女だ。ギルドに入る方が収入は安定するからそっちの道を選ぶのも全然ありだ。

今の有名になり実力もつけた彼女ならどんな大手ギルドも欲しがるだろう。そうなれば今みたいに一緒に配信したりダンジョンに潜ったりすることもなくなるだろう。

仲良くなったのに会えなくなるのは寂しいが、仕方ない。彼女の人生は彼女が決めるべきだ。俺がそうしたようにな。

もしその時が来たら笑顔で送り出すとしよう。

「どうしましたか？」

「いや、なんでもない。先に進むとするか」

そう誤魔化し先に進もうとすると、俺たちの行く手にぬっと大きな影が現れる。

『ぶるる……』

喉を鳴らしながら現れたのは、体長二メートルを超える亜人型モンスターだった。

筋骨隆々の肉体で手には斧《おの》を持ち、その目は血走っている。そしてそのモンスターの頭部は、牛によく似ていた。

「ミノタウロス、か」

牛の頭を持つ亜人型モンスター、ミノタウロス。こいつは中層に出現するモンスターの中では、トップクラスに強いモンスターだ。下層に出現することも珍しくないので、その強さは下層級と言っても差し支えないだろう。

オークと同じく特殊な能力は持たないが、その筋力はオークを大きく上回る。B級探索者のパーティでも勝つのは難しいだろう。

ただ今の星乃なら十分倒せるはずだ。

「星乃、行けるか？」

「……え、あ、は、はい」

星乃は心ここにあらずといった感じで返事をする。

顔は青く、手はわずかに震えている。

いったいどうしたんだ？　そう尋ねようと思ったが、俺が言うより早く星乃は剣を構えたまま飛び出してしまう。

「はあっ！」

正面から斬りかかる星乃。

ミノタウロスは向かってくる敵を確認すると、手にした巨大な斧でその一撃を軽々と弾いてしまう。

普段ならそんなに簡単に弾かれないはず、今の星乃の攻撃はフォームがバラバラでちゃんと力が込もっていなかった。

本当にどうしたんだ？

『ブオオオオオッ！』

ミノタウロスは体勢を崩した星乃めがけて斧を振るう。

あんな大きな斧が当たれば大怪我は確実だ。

〈ゆいちゃん逃げて！

〈危ないっ！

〈なんでそんなに慌ててるんだ!?

〈ミノタウロスにトラウマでもあるのか？

「しま……っ！」

星乃の顔に焦りが浮かぶ。

これは危ないと思った俺は地面を蹴って星乃のもとに向かい、振り下ろされる斧の刃を素手で受け止めた。

「おっと危ない」

『ブモッ!?』

突然斧を受け止められたミノタウロスは驚き、急いで斧を引き戻そうとするが、斧は俺が右手でガッチリつかんでいるためピクリとも動かない。

俺は手にした斧を逆に引き、ミノタウロスごと自分のもとに引き寄せる。そしてその腹めがけて前蹴りを放つ。

『ブオ……ッ』

前蹴りが当たると、ミノタウロスの腹に大きな穴が開く。

それが致命傷になったミノタウロスはその場に倒れ、さらさらと消えていく。ふう、これでひとまず安全は確保できたか。

〈なんで蹴りで穴が開くんですかね（呆れ）
〈大砲みてえな蹴りだなw
〈斧って素手で受け止められるんだ
〈シャチケンの皮膚＞＞＞（越えられない壁）＞＞斧
〈ミノタウロスくーん！
〈一応ミノタウロスって迷宮を代表するモンスターなんだけどね……
〈まあでも所詮中層のモンスターだし
〈中層のモンスターに勝てない探索者がどれだけおると思ってんねん！
〈ミノタウロス一人で倒せたら一人前の探索者だもんなぁ

ミノタウロスが消え一安心した俺は、星乃に目を向ける。

「大丈夫か？　いったいどうしたんだ？」

「あ、あの……すみません。私、ミノタウロスだけは駄目なんです」

青い顔をしながら星乃は答える。

ミノタウロスだけ駄目というのは珍しい。虫型のモンスターが駄目という人はそこそこいるけど、オークを普通に倒せるのにミノタウロスが駄目なのはどういう理由なんだろうか。ロケットブルの時も特に変な様子があったわけじゃないから、牛が駄目というわけじゃないだろうに。

「……このダンジョンの中層最下部に、あるものがあります。そこで説明させていただいてもいいですか？」

「分かった。言いたくなかったら無理に説明しなくてもいいからな」

「いえ……大丈夫です。このことはいつか話さなくちゃいけないと思ってましたから」

まだ気分の優れない顔をしながらも、星乃は歩き出す。

このダンジョンに一体なにがあるというんだろうか。考えても答えは浮かばない。

その答えを知るには彼女についていく他なさそうだ。俺は周囲を警戒しながら、その後に続くのだった。

⁂

ミノタウロスとの戦闘を終えた俺たちは、その後も八王子ダンジョンを奥へ奥へと進んだ。今までは自然豊かな雰囲気だったけど、だんだん自然が減って洞窟のような場所になってきた。

それにしても中層にしてはだいぶ魔素濃度が高い。肌が少しピリピリしてきた。

「この濃度、深層に近いな。まだ中層だというのにここまで濃度が高いのは珍しい」

魔素濃度が高いと凶悪なモンスターが出現しやすい。中層でこれだと、更に下は大変なことになってそうだ。下層が立ち入り禁止になっているのも頷ける。

「もう少しで、目的の場所に着きます」

「分かった」

星乃は先を急ぐように進む。

その様子は焦っているように見える。このダンジョンを今回の配信場所に選んだのは星乃だ。家に近いからここにしたと打ち合わせの時話していたけど、理由はそれだけじゃなかったみたいだな。

いったい俺になにを見せようとしているんだろうか？

〈この先になにがあるんだ？

〈うーん、この先は立ち入り禁止になってるはずだけど
〈なんで立ち入り禁止になってるんだっけ？

〈八王子ダンジョンの下層は危険って聞いたことあるわ
〈あー、なんか前に危険なモンスターが出たんだっけ？

〈お前ら詳しいなw
〈やけに迷いなく進んでるけど、ゆいちゃん来たことあるのかな？

それから歩くこと数十分。

俺たちはついに目的地に着いた。

「ここは……」

そこは行き止まりになっていた。

まだ奥にダンジョンは続いているみたいだが、その道は鉄の扉で固く閉ざされている。いくつも

錠がかけられ、絶対に開けられないようになっている。ここより下はそれほど危険だってことか。

そして封鎖された扉の前には、大きな白い石碑《せきひ》が立てられていた。

その石碑には『慰霊碑』と刻まれており、十人くらいの名前が彫られていた。

「…………」

星乃は持ってきていた荷物の中から花を取り出すと、慰霊碑の前に置く。

そして手を合わせ、祈るように頭を下げる。

しばらくそうしていた彼女は、頭を上げると俺の方を振り向く。

「今から数年前、ここで事件が起きました。突然中層に『SS級』のモンスターが現れたんです」

「中層にSS級が？　それは珍しいな……」

SS級はS級より強いモンスターだ。

その数はとても少なく、深層ですら滅多にお目にかかることができない。例えばダンジョンコアを守っている『ダンジョンボス』とかじゃないと出会うことは難しい。

その強さはS級モンスターの比ではなく、S級探索者複数人で構成されたパーティでも勝つのは難しいだろう。そんな化物が中層に現れたら大変なことになるのは容易に想像がつく。

「運の悪いことに、その時はたまたま複数のパーティがこのダンジョンを探索していました。その中にはA級の探索者も何人かいたようですが、そのモンスターには歯が立たなかったようです」

相手がSS級モンスターであれば当然の話だ。

仮にS級の探索者がいたとしても倒せなかっただろう。

「モンスターは何人もの探索者を殺しました。その規格外の強さを目の辺りにした探索者たちは逃げましたが、そのモンスターは執拗に探索者たちを追いかけてきたそうです。そんな中、一人の探索者がそのモンスターに立ち向かい、みんなが逃げる時間を稼ぎました」

そう言って星乃は慰霊碑に大きく書かれた名前を手でなぞる。

「星乃剛《ごう》……私のお父さんです。お父さんはB級の探索者でした。お父さんは一人剣を持って、そのモンスターと戦ったんです。そして自分の命と引き換えに……逃げた人たちの命を守ったんです」

そう語る星乃の顔は悲しそうで、でもどこか誇らしげだった。

亡くなった父親のことを誇りに思っているんだろう。

「そう……だったのか」

「慰霊碑ができた時、助かった探索者さんたちと一緒に一度だけここを訪れたことがあります。家族で魔素に耐性があったのは私だけなので、お母さんたちは来れませんでしたが」

星乃の父親が亡くなっているのは知ってたが、まさか同業者だったとはな。

まあでも星乃の母、純さんが覚醒者じゃなかったから父が覚醒者である可能性は高いか。覚醒者の子どもが覚醒者になる可能性は高いからな。

「今日はお父さんに報告に来たかったんです。『私はもう大丈夫だよ』って。それに……田中さんのことも紹介したかったから」

「……それは光栄だな。俺もお祈りしていいか？」

「はい、もちろんです。きっとお父さんも喜びます」
慰霊碑に向かい、手を合わせて祈る。
剛さん、あなたの娘さんはあなたに似て強くていい子ですよ。だから安心してください。
〈そうか……そんなことがあったんやな
〈ああ、確かに昔ニュースになったわ。あれは酷い事件やった
〈こんな事件あったの知らんかったわ
〈昔はモンスターに殺される事件なんて毎日のように起きてたからな。これもちょっとしか報道されんかったやろうししゃあない
〈今はだいぶ減ったけど、それも堂島大臣の尽力のおかげやろな
〈ダンジョン内の情報とか、政府がかなりまとめてくれてるからな。こうして配信もできるくらいには安全になった
〈わいも手を合わせとこ
〈ゆいちゃんの怪力はお父さん譲りなんやなって
〈しれっとお父さんにも紹介してて不謹慎だけどちょっと笑っちゃった
〈シャチケン包囲網ができあがってく
〈もう逃げられないねえ（ニチャア）
〈一手一手が堅実過ぎる
数十秒そうやって手を合わせていた俺は、顔を上げ星乃のもとに近づく。

「ありがとうな、教えてくれて。でもこんなこと配信で言ってよかったのか？」

「はい。お父さんのことを大勢の人に知ってほしかったですから。それに田中さんのことも紹介したかったですから」

そう言って星乃は笑みを浮かべる。

その顔は少し寂しそうだが、父親の死はしっかり乗り越えているみたいだ。

……そういえば、もしかして。

「星乃、ミノタウロスが苦手なのって……」

「……はい。その時現れたSSランクのモンスターは、ミノタウロスの異常成長個体でした。政府につけられた名前は『隻角《せきかく》のバモクラフト』です」

「バモクラフト……名前付き《ネームド》だったか」

他の個体より危険度が高く、もはや別種と呼べるほど強い個体には名前が付けられることがある。

そういったモンスターは、『ネームドモンスター』と言われる。

ネームドモンスターには賞金がかけられ、倒すと政府から報奨金が払われる。ちなみにその金は非課税だ。

「政府により討伐隊が組まれましたが、バモクラフトはその時既にダンジョンの奥深くに逃げていました。お父さんの死体の側にはバモクラフトの片角と大量の血が残っていました。どうやらかなりの深手を負ってダンジョンの奥に逃げたようです」

「なるほど……追うのは危険と判断して下層への道を封鎖したのか、賢明だな」

問題の先送りにはなってしまうが、深層に逃げたSSランクモンスターを追うのは危険過ぎる。他にもダンジョンの問題が山積みな以上、仕方がないことだろう。

それにしても凄いな。B級探索者の人がSSランクを退けるなんて。

死の際で覚醒者がその力を更に覚醒させることは、稀《まれ》にある。もしかしたら星乃の父親にも同じことが起きたのかもしれない。

だけどそのことを加味しても一人でSSランクモンスターに深手を負わせるなんて凄い人だ。生きていれば名のある探索者になっていただろうな。

「私はそのモンスターを直接見たことはありませんが、戦闘の様子は配信されていたため、映像は見たことがあります。バモクラフトは凄い恐ろしい見た目をしていて……私は見たのを後悔しました。それ以来普通のミノタウロスを見るだけで体が震えてしまうんです。情けないですよね……」

がたがたと震える星乃の体。余程怖かったんだろう、ミノタウロスは彼女のトラウマになってしまったんだ。

俺は少しでも落ち着くようにと震える彼女の手を握る。

「そんなことない、星乃は立派だよ。きっとお父さんも誇りに思っているだろう」

「田中さん……ありがとうございます」

星乃はそう言うと、俺の胸に顔を埋める。

その肩はまだ小刻みに震えている、どうやら泣いているようだ。今まで頼ることのできる大人がいなかったんだ無理もない。俺の胸くらいでいいならいくらでも貸してやるとしよう。

〈シャチケン優しいな
〈わいも田中の胸で泣きたい
〈俺も俺も
〈これで付き合ってないってマ？
〈ここまでやって結婚しないは無しだぞ田中ァ！
〈田中の胸《ここ》、空いてますよ
〈三人も入ってるから空いてない定期
〈リリたんを忘れるなよ！

「……すみません。また甘えてしまいました」

しばらく俺の胸で泣いていた星乃は、そう言って離れる。

まだ目の周りは赤いけど、その表情から恐怖は消えている。もう大丈夫そうだな。

「よし、じゃあ少し戻って飯にするとするか。疲れたしな」

少し戻ったところに開けた場所があった。モンスターもいなかったし休憩するにはいい場所だ。

「はい！　私お腹《なか》空きました！」

すっかり元気を取り戻した星乃と共に、俺は来た道を引き返すのだった。

「それでは準備もできましたので、料理配信を開始したいと思います。よろしくお願いいたします」
「わー！　楽しみです！」
俺がカメラに向かって挨拶すると、横で星乃はパチパチと手を叩いて場を盛り上げてくれる。俺一人だと絵面が地味になるからいてくれてとても助かる。
〈いえーい！
〈料理回助かる
〈急にほのぼのとして草
〈ダンジョン配信で飯回するのはお前くらいだよ
〈この前モンスター飯を真似した配信者いたけど、即行吐いてダウンしてて草だったわ
〈常人が真似したら（アカン）
〈ゆいちゃん楽しそうだけど、絶対ゲテモノ食う羽目になるぞ
〈まあ旦那の好みは早めに知った方がいいでしょ
俺たちは今、慰霊碑から少し離れたところの開けた場所にいる。
近くには小さな湖もあって、落ち着ける場所だ。
そこで俺はビジネスバッグの中から調理器具一式とテーブルを出した。いつどこで遭難してもいいよう、調理器具やテントなどの物は普段から持ち歩いている。
さて、腹もいい具合に空いてきたしとっとと作り始めるとしよう。

「田中さんはなにか食材を持ってきたんですか？」
「いや？　もちろんダンジョンで取れた物を食うぞ」
そう言って俺はテーブルの上にドン！　と大きな舌を出す。
まだピクピクと動くそれを見た星乃は「ひっ!?」とかわいらしい悲鳴を上げる。
「こ、これって……」
「ああ、ミミックの舌《タン》だ。食うのは久しぶりだな」
「あはは……そういえばこれ取ってましたね……」
〈知ってた
〈やっぱグロいな
〈ひえっ
〈オエーーーーー！
〈食ったら呪われそう
〈まだ動いてて草、生命力高すぎ
ミミックの舌《タン》の評判は散々だった。
中々取れないレア食材なんだけどなあ。
まあ魔物料理に馴染みがなかったらグロく感じるか、こんなデカい舌、地上の動物は持ってないしな。
とにかく調理するとしよう。

「ミミックはAランクのモンスターだ。含有魔素量も多い。知ってると思うけど魔素許容量を超える魔素を摂取すると、中毒症状を起こしてしまう。俺は大丈夫だけど、星乃の体にはキツいかもしれないな」
「え、じゃあ食べなくてもい……」
「ああ、だからちゃんと下処理して魔素量を減らすから安心してくれ」
「あ、え、はい。ありがとうございます……」
星乃は言いながら表情を暗くさせる。
いったいどうしたんだろうか？
〈露骨にショック受けてて草
〈綺麗に上げて落とされたなｗ
〈しかし　回り込まれて　しまった！
〈あきらめろん
〈何事も経験やで
〈しかし下処理ってなにするんだろ
〈前は変なキノコで魔素を排出してたよな？
〈でも今回の配信中にあのキノコは取ってなかったぞ
〈なんにせよ楽しみや
「それでまずはなにをするんですか？」

「まずは血抜きだ。魔物の血には魔素が多く含まれてる。これを抜けばかなり魔素は減る」
そう言って俺はテキパキとミミックの舌を解体し、持ってきた水でよく洗い血を流し落とす。近くの湖の水を使ってもいいけど、ああいう水はスライムが擬態しているものの可能性もあるので、今日はやめておく。
スライムの中には厄介な寄生型もいるからな。俺の胃酸なら溶かせるけど、星乃は分からない。
〈めっちゃ手慣れてて草
〈解体すると普通の肉に見えるなw
〈結構うまそうやん
〈確かに
〈腹減ってきた
〈焼き肉行きたい
〈お前らも感覚おかしくなってるぞw
「次に沸かしておいた湯で少しだけ下茹《したゆ》でする。半生くらいで大丈夫だ。そうすることで更に魔素を薄めることができる。これだけやれば星乃でも食べられるだろう」
「そ、そうなんですね……」
星乃の補助を受けながら、俺は舌《タン》を下処理していく。
〈焼肉屋の作業みたいだ
〈段々普通のタンに見えてきた

〈腹減った

舌《タン》が終わったら、次はロケットブルの肉だ。こっちはBランクのモンスターなので、血抜きと水洗いだけやればいい。最後に焼くからその時に魔素も抜けるしな。

「りり、りり」

作業をしていると胸ポケットからリリが出てくる。

そしてテーブルに飛び移ると、「てけっ！」となにかを要求するように体を動かす。

〈リリたん来た！　これで勝つる！

〈当たり回

〈かあいいなあ

〈ふんぐるいふんぐるい！（興奮したような恐ろしい文字列）

〈謎の人も喜んでるで

「腹が減ったのか？　少しだけ待っててくれ」

俺はそう言いながらロケットブルの肉を一切れだけリリに渡す。

するとリリはくぱっと口を開いてそれを丸呑みにする。

「りり～♡」

嬉しそうに体を揺らすリリ。

満足したのかテーブルでごろんと横になると、うねうね動きながら俺のことを観察し始める。

〈はあはあリリたんかわいいよリリたん

〈なんてセクシーポーズ……！
〈サービス精神旺盛過ぎる
〈ちょっと性的過ぎるだろ……！　えっち罪で逮捕やぞ
〈Ｈｅｎｔａｉ紳士の多い配信ですね
〈リリたんはかわいいけど視聴者がキモすぎるｗ

俺はリリが大人しい間に一気に作業を進める。

肉を切り終え、最後にダンジョン内で拾ったキノコや野菜を切って盛り付け、完成だ。

ダンジョン食材のＢＢＱ盛り、こりゃごちそうだぞ。

〈普通に美味そう
〈いや、これダンジョンで取れたものだって分からんわ
〈あかん、ＢＢＱしたくなってきた
〈どこに行けば食べられますか？
〈まずはダンジョンに潜ります
〈初手不可能で草
〈ダンジョン料理専門店……流行るでこれは！
〈食べれる人限られてるんだよなあ……
〈でもこれ、あのミミックだぞ？　本当に食べられるのか？

コメントには不安を感じるものも多く流れている。

視聴者が減る前にとっとと始めるとしよう。

「よし、じゃあさっそく焼いていくとするか」

俺は石を積んで作った台に網を載せ、火をつける。

ＢＢＱをしたら煤《すす》や油が散るけど、ダンジョンには自浄作用があるから多少汚れてもしばらくしたら綺麗になる。なのでこれくらいならやっても大丈夫なのだ。

「……うん、いい火加減になってきたな」

そう俺が一人楽しく火起こしをしていると、星乃が興味深そうに覗《のぞ》いてくる。

「網まで準備しているんですね。その燃やしている木も用意していたんですか？」

「あ、これか？　違う違う。これはダンジョンで取ったものだ」

「え？　木なんて切ってましたっけ？」

星乃は首を傾げる。

どうやら俺がこれを採取していたことに気がつかなかったみたいだ。

「それもちょっと違うな。これはトレントだよ」

「ああなるほど……って、ええ⁉　トレントを薪《まき》にしてるんですか⁉」

星乃は驚き目を丸くする。

トレントは木の形をしたモンスターだ。

いや、形をしているというより、木がそのままモンスターとなったと言った方が正しいか。

幹には顔がついていて、根を足のように動かして移動して、枝を振り回し攻撃してくる。

見た目はそれほど怖くないし、足も遅いから逃げるのも簡単だけど、捕まったら最後死ぬまで生命力を吸い取られてしまう、結構怖めのモンスターだ。

森を移動していたら、気づくとトレントに囲まれていた……なんてのはよくある話だ。

トレントを倒すと質の良い木材が残る。薪に使うにはぴったりだ。

「移動している時に、一回だけトレントに絡まれただろ？　あの時に取っておいたんだ」

「そういえば……いたかもしれませんね。あの時は田中さんが一瞬で倒したので記憶に残っていませんでしたが」

〈確かに俺も忘れてた

〈結構色んなの倒してたからな

〈トレントっていい薪になるんだ。また勉強になったわ

〈探索者だと本当に使えそうな知識で草

〈火属性が弱点だし、よく燃えるのも納得だわ

〈トレント「俺の屍《しかばね》を燃やしていけ」

〈やだ、かっこいい……

〈言うほどかっこいいか？

〈まさかトレントくんも薪にされるとは思わなかったやろなあ

「食べる以外にもダンジョンで取れる物には利用できる物が多い。次元拡張機能付きのバッグを持ってない探索者なら、物を現地調達するのは必須スキルだ。下層より下に行くなら特にな」

「わ、分かりました！　勉強します！」

星乃はメモを取り出し、俺の言葉をメモしていく。

懐かしい、俺も師匠に言われたことをメモしてたっけ。

〈まあでも下層より下に行く探索者なんてほぼいないからなあ……

〈行くにしても複数人だから荷物問題は割と解決しそう

〈でもそれだとはぐれると即死だからね

〈シャチケンは一人で深層送りされてたからこの技能ないと死んでたろうな

〈ダンジョンで遭難することって全然ある話だから、この話はもっと広めるべきだと思う

〈確かに。餓死する探索者もそこそこいるからな

「さて、火もついたしそろそろ焼くか。ここは焼肉の作法に則《のっと》り、まずは舌《タン》から焼くとしよう」

「は、はい……」

〈舌《タン》（ミミック）

〈ゆいちゃん急に顔険しくなってかわいい

〈見た目は美味そうだけど……

〈普通に腹減ってきたわ

網の上にミミックの舌《タン》を乗せると、じゅう、という音と共にいい匂いがしてくる。

ミミックの舌は旨味が詰まっていて、なおかつやわらかい。脂も乗ってて牛の舌《タン》とはまた違った美味しさがある。

「ほら、食べていいぞ」

俺はミディアムに焼けた舌《タン》にダンジョンで取った塩を振り、皿に載せて星乃に渡す。

星乃は少しためらいながらもそれを受け取る。

「い、いただきます」

箸で持ち上げ、ゆっくりとそれを口へ運ぶ。

前にダンジョン内で飯をふるまったことはあるが、あの時肉は食べなかった。まだモンスターを食うことに抵抗があるんだろう。

だけど、それも今日で終わりだ。

「……えっ!? おいしい！」

ミミック舌《タン》を口に入れた途端、星乃はそう言って目を輝かせる。

ふ、落ちたな。

「気に入ったか？」

「は、はい。食感もいいのですが、噛む度に旨味が口の中に広がって……こんなの食べたことないです」

星乃は驚いたように言う。

モンスターの肉は、独特の旨味を持っている。

これは俺の推測だけど、魔素が肉の成分と結合して独特の旨味を出しているんだと思う。そしてそれは魔素に耐性を持つ覚醒者の舌によく合うんだ。

特にランクの高いモンスターほどその旨味は強い。ミミックはAランクのモンスターだからその旨味も強いってわけだ。
「それはよかった。ほら、まだまだいっぱいあるぞ」
「え、えっと……じゃあもう少しだけ……」
貴重な魔物食仲間ができるかもしれない。
少しなんて言わず腹がはち切れるまで食べさせて沼に引きずり込む。
前からこの美味さを分かち合える同士がほしかったんだ。容赦はしない。
〈めっちゃ食わされてて草
〈わ……餌付けされちゃった……
〈マジで美味いのかよ
〈腹が減りすぎた……今日焼肉行こ
〈わいも
〈今来たけど、彼らはなにを食べてるんだい？（英語）
〈彼はミミックを食べてるんだよ。おかしいね
〈ミミック!?　冗談だろ!?　あいつのどこを食べるっていうんだい!?（英語）
〈海外ニキも驚いちょる
〈トレンドにも『#ダンジョンご飯』と『#ミミック飯』が入ってる……
「ほらロケットブルも焼けたぞ。こっちは脂がたくさんで甘いぞ」

「あ、ありがとうございます。ふー、ふー。もぐもぐ……んんっ！　こっちも美味しいです♡」
すっかりダンジョン飯にハマった星乃は焼き上がった肉をドンドン胃の中に収めていく。もう最初の遠慮は完全に消え去っている。
くく、攻略完了だ。
〈めっちゃ食うじゃん
〈いっぱい食べる女の子はかわいい
〈シャチケン悪い顔してて草
〈胃袋をつかんだな
〈逆逆ゥー！
〈なんで田中がつかむ側なんですかね……
〈うまそー
〈ダンジョンご飯専門店開こう。裏メニューはリリたんで
〈はあはあ、リリたんに食べられたい……
〈いあ……ふんぐるい……　（同調するような悍《おぞ》ましい文字列）
〈あ、リリたんも食べてる。かわいいね
〈マジで上手いことやったら食糧難救えそうだな
その後も俺たちは食事を楽しみ、英気を養った。
星乃もダンジョンご飯に慣れたみたいだし、次はもっとレベルの高いのを食べてもらうとしよう。

今から楽しみだ。

「はあ〜、お腹いっぱいです〜♡」

食事を終えると、星乃は満足そうに言う。

結局ミミック舌《タン》もロケットブルの肉も完食してしまった。

結構な量があったはずだけど、ここには食いしん坊が二人……いや、三人もいる。一時間もしない内に消えてしまった。

「リリも満足したか？」

「りりっ！」

食べすぎて風船みたいにまんまるの状態になったリリが、元気に答える。

ころころと転がっててかわいい。何回か立とうとしていたが、短い足じゃ丸い体を支えきれず、その度にぽてっと転んでしまっていた。

今はもう諦めてころころと転がりながら遊んでいる。

「さて、少し休憩したら帰るとするか。星乃は他になにかしたいことはあるか？」

「いえ、私も帰って大丈夫で……あ」

星乃はなにかに気づいたようにそう言うと、自分の荷物を漁る。

そしてその中から一升瓶を取り出す。ラベルを見るに日本酒のようだ。

「あ、これを置いてくるの忘れちゃった……」

「それは？」

「お父さんはお酒が好きだったんで、慰霊碑の前にお酒を置こうと思っていたんです。お父さんのお墓は地上にありますが……魂はここにあるような気がして。それにここで亡くなった他の方々も喜ぶかなって思いまして」

「なるほど、そういうことか」

ダンジョンの中という都合上、慰霊碑に来られる遺族は少ないだろう。

来ることができる自分が、できる限りのことをしてあげたいと思うのは、自然な感情だ。魂なんてものがあるかは知らないが、星乃の父親も喜んでくれるだろう。

「じゃあ行くとするか」

「あっ、私一人で大丈夫です！　すぐ戻ってくるので田中さんは休んでいてください！」

立ち上がろうとした俺を、星乃はそう言って止める。

ここから慰霊碑までは遠くないし、モンスターも全部倒したので安全は安全だけど……。

「しかしだな」

「私のうっかりに田中さんを付き合わせるわけにはいきません！　すぐ戻ってくるので、待っていてください」

「わ、分かった分かった。待ってるよ」

星乃の押しに根負けし、俺は引くことにする。

意外と頑固なところがあるんだよな、星乃は。

「じゃあ行ってきます！　リリちゃんも待っててね」

星乃がそうリリに言うと、リリは「しゃー！」と威嚇するように声を上げる。

この前星乃家で膝の上に乗せてから、星乃を敵視するようになってしまった。普段からずっと抱っこしているようなものだし、嫉妬しなくてもいいと思うのだが、ペット心は分からない。

「気をつけるんだぞ」

「はい！」

お酒を抱え、走っていく星乃。

俺はその背中を見守るのだった。


———田中と別れ、走ること数分。

一升瓶を抱えた星乃は、再び慰霊碑のもとにたどり着いていた。

「ふう、着いた。お父さん、何度も来ちゃってごめんね」

星乃は慰霊碑に一礼すると、その前にお酒を置く。

「これ、お父さんの好きなお酒なんでしょ？　お母さんに聞いたんだ。お母さんもお父さんによろしくって言ってたよ。あ、もちろん亮太と灯もね。二人ともお父さんに会いたがってたよ」

慰霊碑を前に、星乃は胸の内を語る。

先程来た時は配信されていたし田中の目もあった。しかし今はここには誰もいない。胸の内に秘めていた言葉が、口をついて出る。

「私もお母さんも少し抜けたところがあるから心配だと思うけど、大丈夫。みんな元気にやってるから。亮太と灯もしっかりしてるから。だから……お父さんは安心してね」

一筋流れた涙を拭い、星乃は慰霊碑に背を向ける。

さあ、急いで田中さんのところに戻らなくちゃ。そう思った瞬間……その場に『がちゃん』という金属音が鳴り響いた。

「……え？」

慌てて星乃は辺りを見回す。

しかしダンジョンの中に異変は見られない。人もモンスターの姿もない。

いったいどこから音が？　焦りを顔に滲《にじ》ませながら神経を張っていると、今度は大きく『ガチャン！』と金属と金属を叩きつけたような音が響いた。

「え……まさか!?」

星乃はその音の正体に気がついた。

それは慰霊碑の側にある、金属製の扉から鳴っていたのだ。

「う、うそ……」

星乃の表情が、絶望に染まる。

下層へ続く道を塞いだその堅牢な扉は、あるモンスターを下層に封じるために作られたものだ。

その扉が、何者かに後ろから叩かれ、歪み始めていた。

扉に付けられている金属製の錠と閂《かんぬき》が必死に耐えるが、その者の圧倒的な膂力《りょりょく》を前に、次第に形が崩れ壊れていく。

そして一際大きな音が鳴り響いたと思うと、扉の隙間から巨大な斧のような刃物が見え、開いた隙間から赤く光る瞳が覗く。

その恐ろしいほど爛々《らんらん》と輝く瞳は……星乃のことをまっすぐに睨みつけていた。

「い、いや……」

逃げなきゃ、助けを呼ばなくちゃ。そう分かっていても、星乃の足は動かなかった。

戸惑い、驚き、そして恐怖。それらの感情が体の中でごちゃ混ぜとなり、思考と行動を鈍らせていた。

『ガアアアアアアッ!!』

恐ろしい咆哮《ほうこう》と共に、扉は破られる。

そして扉の後ろから、その化物は姿を現した。

普通のミノタウロスより二回りは大きい体に、皮膚を裂かんとばかりに膨張した筋肉。

体にはいくつも傷跡があり、そのモンスターがどれだけの死線を越えてきたかが、一目で分かる。

背中には今まで斃《たお》していた探索者から奪った武器がいくつか担がれており、手には彼の巨体に似合う、大きくて禍々《まがまが》しい見た目をした斧が握られている。

頭部には立派な角が生えているが、その一本は途中から折られ、なくなっている。

その傷はモンスターにとって唯一の苦い敗戦。今も無い角がじくじくと痛み、その度に脳が怒りに染め上げられる。

ミノタウロス異常成長個体。

隻角のバモクラフト。

政府がそのモンスターに定めたランクは『SS』。

大型の都市を一体で壊滅できるほどの強さを持つ、規格外の『モンスター』がそこにいた。

『オオオオオオォ!!』

怒りと歓喜の咆哮を、バモクラフトは上げる。

復讐だ。復讐の時が来た。

今も鮮明に思い出す、自分の仇敵《きゅうてき》。

それと同じ匂いのする個体が自分の目の前にいる。

バモクラフトはその醜悪な顔に、邪悪な笑みを浮かべると、星乃のもとに近づく。

簡単には終わらせない。

積りに積もった怒り。それをこの個体に思い知らせるのだ。

『オオオオォ……!』

今までバモクラフトが人前に現れなかったこと。

そして星乃が一人になったタイミングで姿を現したこと。この二つは決して偶然などではなかった。

かつて自分より格下の人間に手傷を負わされたバモクラフトは、自分の弱さを恥じた。

二度と負けぬため、バモクラフトは下層と深層で強力なモンスターを相手に戦い、倒し、そして食らうことで強くなり続けていた。

通常ダンジョン内でモンスター同士が戦うことはあまりない。

それはダンジョンの中で生まれたモンスター同士は『緩い仲間意識』を持つという特性があるからだ。

縄張り争いなどで牙を向け合うことが、ないわけではない。しかしそのようなことが起きるのは少なく、基本的に別種のモンスターであってもお互いの領域を奪い合うことなく暮らしている。

しかし異常成長個体はその『緩い仲間意識』を持たないことが多い。彼らはダンジョンの支配、規律から切り離された存在なのだ。

ゆえに通常個体よりも大きく、そして強くなり、他のモンスターを容赦なく襲う。

バモクラフトはその筋力もさることながら、嗅覚も異常に発達していた。

深層にいたバモクラフトは、中層にやってきた星乃の匂いを嗅ぎ取っていたのだ。

その匂いに己の仇敵と似たものを感じたバモクラフトは、中層近くへとやってきていた。しかし危機察知能力もずば抜けているバモクラフトは、星乃の横にいた謎の存在に危機感を抱き、今まで近づかなかったのだ。

強くなった自分が人間に負けるはずがない。そういう自負があったが、それでも本能の警告に従い今まで息を潜めていたのだ。

しかしその存在は今はいない。

いるのは仇敵と似た匂いの、弱い人間のみ。

今こそ復讐の時。この千載一遇の好機を逃してはいけない。

バモクラフトは全力で地面を蹴り、その巨体に似合わぬ速度で星乃に接近し手にした斧を振るう。

『ブオオオッ!!』

「……っ!?」

一瞬反応が遅れた星乃だったが、なんとか横に跳躍しその一撃を避《よ》ける。

地面に命中した斧は、硬い地面をまるでバターのようにやすやすと裂いてしまう。頑丈な体を持つ星乃といえど、食らえばただでは済まなかっただろう。

(……だめ。勝てる気がしない。に、逃げなきゃ)

相手はSSランクのモンスター。

Aランク程度であれば勝てるようになってきた星乃だが、さすがにSSランクは荷が重い。どう攻めても勝てるビジョンが見えなかった。

踵《きびす》を返し、来た道を引き返そうとする星乃。

するとバモクラフトはすぐさま彼女に接近し、その無防備な背中めがけて斧を横薙ぎに振るう。

「きゃ!?」

狙いすまされたその一撃は、星乃の頭上ギリギリを通り彼女の髪を数本切り落とす。もししゃがんで回避するのが一秒でも遅れていれば、致命傷を負っていただろう。

「は、速すぎる……これじゃ逃げられない……!」

パワーだけでなく、スピードまで負けている。

次背を向ければ、確実に背中から真っ二つにされるだろう。

いったいどうすればこの場を切り抜けられるのか、星乃の表情に焦りが浮かぶ。

『ブ、ブブブッ』

逃げることをやめ、怯《おび》える星乃を見て、バモクラフトはおかしそうに嗤《わら》う。そしておもむろに背中に手を回すと、担いでいるたくさんの武器から一つ、剣をつかんで引き抜く。

特別特徴のない、ごく普通の両手剣だ。

使い古されているその刀身には細かい傷がある。

いったいなにをしようとしているんだと困惑する星乃。

しかし次の瞬間、星乃はその剣の正体を思い出す。

「それはまさか……お父さんの……っ！」

その剣は彼女の父親、星乃剛が使っていた物だった。

遺体こそ見つかり回収されたが、彼が愛用していた大剣は発見されていなかった。戦いの途中で壊れた、もしくは紛失したのだろうと思われていたがそれは違った。

その剣はバモクラフトが持ち去り、自分の武器としていたのだ。

ここに至って、星乃はバモクラフトが自分と父の関係を把握していることに気がついた。そしてバモクラフトは自分を見逃すつもりがないこともまた、同時に理解した。

『ブ、ブフフウ』

バモクラフトは醜悪な笑みを浮かべながら、手にした剣の先っぽをつまむ。

そして次の瞬間、バモクラフトは力を込めてその剣をバキッ！　とへし折ってしまう。

刃の欠片《かけら》がパラパラと地面に落ちる。突然の出来事に、星乃は呆然《ぼうぜん》とする。

剣と共に父との思い出も砕かれたような気持ちになる星乃。彼女の目からは涙が一筋こぼれる。

それを見てバモクラフトは『バハハハハッ！』と楽しげに嗤《わら》う。

失意の底に叩き落される星乃。しばらく茫然自失《ぼうぜんじしつ》とする彼女であったが、ふつふつと胸の内に熱いものが湧き上がってくる。

「……さない」

『ブフ？』

「お前だけは……許さないっ！」

涙を流しながら、星乃は吼《ほ》える。

父をその手にかけただけでは飽き足らず、その死を愚弄したバモクラフトに対し、星乃は今まで感じたことのない強い怒りを覚えた。

全身が熱くなり、細胞が活性化する。

両手で大剣を強く握った彼女は、バモクラフトに斬りかかる。

「はあああああッ!!」

全身全霊の力を込め、大剣を振るう。

バモクラフトは彼女の攻撃を手にした斧の柄《え》で受け止める。すると、

『ブオ!?』

斧を手にした手に強い衝撃が走り、なんとその巨体が後退した。

想像を超えたその膂力にバモクラフトの顔に焦りの色が浮かぶ。

「私はもう逃げない！　お父さんの無念をここで私が晴らす！」

星乃はそう宣言すると、自分より遥《はる》かに格上の相手に果敢に挑む。

「はあああっ！」

雄叫《おたけ》びを上げながら駆ける星乃。

力に振り回されているようにも見えるが、頭の中は冷静だった。

（パワーもスピードもあっちが上。相手の動きを先読みするんだ！）

星乃はバモクラフトの目をしっかりと見る。

そして視線の動きを観察し、次の動きを予測して斧による攻撃を回避した。

その戦闘方法は、田中から教わったものだった。

星乃はまるで乾いたスポンジのように田中から教わったことを吸収し、自分の力としていた。その成長スピードは田中が見ていて楽しいと感じるほどであった。

「――――そこっ！」

星乃は叫びながら、すれ違いざまにバモクラフトの腹を斬った。

まだ田中のように物体の弱い箇所を見極めることはできない。しかし腹筋の割れ目を狙うことで、硬いバモクラフトの筋肉の隙間を上手く斬ったのだ。

まさか自分が傷を付けられるとは思っていなかったバモクラフトは、腹から流れる血を見て驚いたように『ブオ……』と声を出す。

「やっぱり硬い。もっと思い切り斬らなくちゃ……」

一方星乃は険しい表情を浮かべていた。

今の斬り合いは制したが、薄皮一枚斬っただけでロクにダメージを与えられていないことに彼女は気づいていた。

バモクラフトにダメージを与えるにはもっと力を込めなければいけない。剣を握る手に力が込もる。

『ブオォ！』

するとバモクラフトは星乃を近づけまいと斧を素早くコンパクトに振るう。

先程までより力は込もってないが、速く隙のない攻撃。射程距離《リーチ》の差もあり星乃は近づくことができなかった。

「はあ、はあ……」

回避しながら、星乃は肩で息をする。

まだ戦闘を開始してから数分しか経っていないが、彼女はかなり体力を消耗していた。

普段であれば何時間特訓してもピンピンしているほど体力のある彼女だが、今は一発でも攻撃を食らえば即死んでしまうような極限状態。精神がすり減り体力もいつも以上に消耗してしまっていた。

（田中さんはこんな状態でも一人で戦い続けていたんだ。やっぱり凄い……）

そんなことを考えていると、バモクラフトは更に速度を上げ、頭上から斧を振り下ろしてくる。

一瞬判断が遅れた星乃は、剣を上にかかげてその一撃を受け止める。

「ぐ、ぐぐ……」

必死に受け止める星乃だが、筋力も体重も敵の方が圧倒的に上。

上から襲いかかってくる重みによって徐々に膝が曲がり、腕が痙攣《けいれん》し始める。

『ブ、ブブブッ』

苦しそうにする星乃を見ながら、バモクラフトは嗤《わら》う。

その嘲笑は星乃だけでなく、彼女の父にも向けたものだった。

見ろ、貴様だけでなく、貴様に連なるものも俺は殺し、蹂躙《じゅうりん》する。バモクラフトは心の中でそう歓喜していた。

そしてその感情は……星乃にも伝わっていた。

「……らうな」

『ブ？』

力を込めているはずの斧が、わずかに押し戻される。

バモクラフトは不思議に思い首を傾げる。すると、

「お父さんを、笑うな！」

咆哮と共に星乃は思い切り斧を弾き飛ばし、バモクラフトを数歩後退させる。

想定外の力に驚くバモクラフト。

見れば星乃は全身から激しく魔素を噴出し、普段以上の力を引き出していた。

「はあああっ!!」

星乃は湧き上がる力を足に込め、思い切りバモクラフトを蹴り飛ばす。

バモクラフトは腕でその攻撃を防御するが、その力は凄まじくバモクラフトの体が更に後退する。

『ブオ……!』

「お前だけは許さない……絶対にっ!」

突然謎の力を発揮した星乃。

バモクラフトはその現象に覚えがあった。

『追覚醒《ついかくせい》』と呼ばれる現象がある。

体内の魔素を燃やし尽くすように活性化させ、普段以上の力を引き出す現象だ。

魔素を使い尽くすまでという時間制限こそあるものの、追覚醒中は普段の倍以上のパフォーマンスを引き出すことができる。

強力な技ではあるが、それを会得できる者は少ない。

命の危機に瀕《ひん》した時、感情が激しく揺さぶられた時に、極稀《ごくまれ》に発生する珍しい現象なのだ。

中には一度経験したことで感覚をつかみいつでも使えるようになる者もいるが、そのような者は更に稀である。

しかし星乃は優れた才能《センス》によりその力の使い方を既につかんでいた。

おまけにモンスターを食べたことにより星乃の体内魔素量は普段よりも高く、追覚醒の力を存分に発揮できる状態であった。

「この力がいつまで保《も》つか分からない……速攻で決める！」

地面を蹴り、星乃はバモクラフトに急接近し、畳み掛けるように斬撃を繰り出す。

バモクラフトはそれを斧で対処する。

『ブオ……!?』

想像以上の腕力の強さに、バモクラフトは驚く。

かつて自分に傷を負わせた憎き人間。それも死の直前に驚きの力を見せたが、星乃の力はそれを超えていた。

「はあああ！」

バモクラフトが困惑した隙を突き、星乃は相手の腕を左手でつかむ。

そして思い切り力を込めて、相手を投げ飛ばした。宙を舞い、地面を転がるバモクラフト。自分よりずっと小さい人間に、しかも片手で投げられたことにバモクラフトは驚く。

「まだまだッ！」

ここが好機とばかりに星乃は敵に駆け寄り剣を振るう。

バモクラフトはそれを斧で受け止めるが、次第に押されていく。このままではマズい。バモクラフトの顔に焦りが浮かぶ。

『ブゥ……ッ』

「とどめだ！」

星乃は相手の斧を弾くと、剣を思い切り前に突き出す。

狙うは左胸。亜人型のモンスターは人間と同じくそこに心臓があることが多い。いかにSSランクのモンスターといえど、心臓を貫かれては生きてはいられない。

（ここで全部出しつくすんだ……！）

体中の魔素を全て燃焼させる勢いで星乃は最後の攻撃を繰り出す。

突き出された剣はまっすぐにバモクラフトの左胸に吸い込まれ、剣先が胸に刺さる。

しかし……先端が刺さっただけで、それ以上は前に進まなかった。

なんとバモクラフトは左手で星乃の刃を握り、止めてしまっていた。

「な……っ!?」

星乃は驚きながらも全力で剣を前に押すが、剣はまるで万力で固定されているかのごとく動かなかった。

バモクラフトはそんな必死な星乃を見て邪悪に嗤《わら》う。

「あと少し、なのに……！」

あと数センチ前に突き出せれば勝てるのに。

星乃は必死に腕に力を込めるが、力が入るどころかどんどん込められる力は減っていく。

時間切れ。そんな言葉が星乃の頭をよぎる。

『ブオ！』

バモクラフトは星乃の体を平手打ちし、吹き飛ばす。

力任せに叩いただけだがその威力は凄まじく、星乃の体は二回ほど地面をバウンドし、転がる。

「が、あ……」

内臓がひっくり返ったような感覚と、全身を襲う鈍い痛み。

立ち上がろうとするが、足に力が入らない。追覚醒によって体内の魔素を急激に消費したせいで体力が底を突いてしまったのだ。

しかし星乃はまだ絶望していなかった。歯を食いしばって痛みに耐え、剣を杖《つえ》にしてなんとか立ち上がる。

「まだ、まだ……」

足が痙攣し、視界が霞《かす》む。

彼女にもう戦う力がないことは、誰が見ても明らかだった。

『ブオ、ブオブオブオッ！』

そんな星乃の姿を見て、バモクラフトは声を出して嗤《わら》う。

強い嘲笑と侮蔑を含んだその笑い声は、星乃というよりも彼女の父に向けたものだった。

「わ、笑うな……笑うなぁっ！」

『ブオッオッオッオッ！』

ダンジョンの中に、悍ましい笑い声が響き渡る。

そんな中……バモクラフトと星乃、どちらでもない声が聞こえてくる。

「嫌な予感がして来てみたが、正解だったみたいだな」

「へ……？」

星乃は驚き振り返る。

するとそこには己の師でありもっとも尊敬する探索者、田中の姿があった。

「悪いな、もう大丈夫だ。後は任せてくれ」

そう言って田中はバモクラフトに顔を向ける。

いつもの穏やかな表情とは違う、真剣な表情。

その怒りは弟子を傷つけたモンスターに対してか、それともみすみす一人で行かせることを許してしまった自分自身に対してか。

「隻角《せきかく》のミノタウロス……なるほど、こいつがバモクラフトか。確かにこんな凄い魔素のミノタウロス見たことがないな」

星乃の横を通り、すたすたとまるで散歩をするようにバモクラフトに近づいていく田中。

その後ろ姿に父が重なった星乃は、恐ろしい結末を予期して叫ぶ。

「だ、ダメ！　逃げてください！」

これ以上大切な人を失いたくない。その一心で星乃は田中を呼び止める。

しかしそんなことお構いなしに、バモクラフトは田中めがけて斧を振り上げる。誰かは知らないが、復讐の邪魔はさせない。人間ごとき一発で殺してやる、と。

『ブオオオッ!!』

猛スピードで振り下ろされる巨大な斧。

しかし田中は避けることもせず、それを真正面から見る。

まっすぐに振り下ろされた斧は、田中の頭頂部に命中し……バキィン！　と粉々に砕けた。

しかし砕けたのは田中の頭ではなく、斧であった。砕けて散らばる金属片を見て、バモクラフトの表情が固まる。

「安心しろ、星乃――――」

田中はバモクラフトを見据えながら、背後の星乃に宣言する。

「俺は、死なない」

そう言うや田中は、バモクラフトの腹部を思い切り蹴り飛ばす。

まるで大砲の砲撃をゼロ距離で食らったかのような衝撃を受けたバモクラフトは、勢いよく吹き飛ばされ地面を転がる。

その光景を見た星乃の目に光るものが浮かぶ。

いつの間にか彼女の足の震えは、すっかり止まっていた。


『ブオオオ……』

異常成長個体のミノタウロス、『隻角《せきかく》のバモクラフト』は俺を見ながら低い唸《うな》り声を出す。

鼻息は荒く、口からは涎《よだれ》がボタボタとこぼれ落ちている。

お楽しみのところを俺に邪魔されたことで、かなり怒っているようだ。

しかし理性も持ち合わせているみたいですぐに俺に飛びかかっては来なかった。斧が壊れたことで警戒しているんだろう。

――しかし間に合ってよかった。少し目を離した隙に星乃が襲われるなんて。

見に来て正解だった。

〈これがバモクラフト!?　怖すぎだろ!
〈うわ、SSランクのモンスターなんて滅多に見られないぞ
〈ゆいちゃん無事で本当に良かった……
〈てか斧壊れてて草。硬すぎんだろ
〈シャチケンカチカチで草
〈なに食ったらあんな体になるの?
〈ショゴスでしょ
〈ショゴス食う前から化物なんだよなぁ
〈前にEXランク倒したけど、SSランクと戦うとこ配信されるのは初めてだよね?　どっちの方が強いの?
〈その二つにどっちが上とかはないよ。判別方法が違うから。まあEXランクはSランクよりは強いことがほとんどだけどね

〈有識者助かる

〈ずいぶん詳しいな。まるでモンスター博士だ

配信を止める暇もなかったのでこの様子はDチューブに配信されてしまっている。アクシデントの様子をあまり流したくはないが、今はあれをどうにかするのが先だ。

配信を止めるのはそれからでも遅くはない。

「どうした、来ないのか？」

『ブゥ……オオッ!!』

自分が挑発されていることに気がついたのか、バモクラフトは雄叫びを上げながら襲いかかってくる。

大きな手を広げ、俺をつかもうとしてくるバモクラフト。俺は同じように両手を広げてそれを受け止める。俺とバモクラフトは両手でつかみ合う形になる。

『ブ、オオオオオオッ!!』

バモクラフトは両手に体重を乗せ、俺を押し潰すように力を込めてくる。

それを受け止める俺の足元にビシッ！　と亀裂が入る。なるほど、たいした力だ。さすがはSSランクのモンスターだ。

〈この人、SSランクと腕力で互角なのなんで？

〈いや、涼しい顔してるから全然互角じゃないゾ

〈剣の腕とか以前にパワーがヤバすぎるんだよなあ

〈バモクラフトくん汗だらだらで草

〈パワー！

〈ヤー！

〈ここからがシャチケンなんです

両手にグッと力を込め、つかんでいる手を前に倒す。

するとバモクラフトの膝がどんどん曲がっていき、最終的にその頭の位置は俺より低くなる。

『ブ、オオ……！』

バモクラフトは必死に力を込めるが、俺の手を押し返すことはできなかった。

なんか手に汗が滲んで気持ち悪くなってきたので、俺はバモクラフトの腹を蹴り飛ばし一旦距離を取る。

『ウウ、ゥ……！』

バモクラフトは信じられないといった目で俺のことを睨みつけてくる。

今まで自分以上の力を持った相手と戦ったことがないんだろう。強くなりすぎたゆえの孤独というやつだ。その気持ちは分からなくもない。

「悪いが遊ぶつもりはない。ここでお前は終わりだ」

〈やったれシャチケン！

〈うおおお!!

〈盛り上がってきました

〈そいつをぶっ倒してくれ！

〈これもう死刑宣告だろ

〈終わったな、飯食ってくる

『ブウウ……オアアアアアッ!!』

バモクラフトは背中から二本の大剣を抜き放ち、襲いかかってくる。

一見力任せの攻撃に見えるが、相手の動きをちゃんと読んだ的確な攻撃だ。おそらく何度も何度も命がけの戦いをして、その中で編み出したんだろう。

だが俺だって戦闘経験なら負けていない。地獄で鍛えられたのは、お前だけじゃない。

俺は斬撃の嵐の中に飛び込み、腰に差した剣を握る。

そして向けられる刃の嵐の隙間を縫い、必殺の一撃を打ち込む。

「我流剣術、瞬《またたき》」

剣閃が走り、鮮血が舞う。

俺の放った斬撃は、一瞬にしてバモクラフトの肉体を深く切り裂いた。

しばらくはなにが起きたのか理解できず、呆然としていたバモクラフトだったが、血で染まった自分の体を見てなにをされたかを悟ると、『ぶ、お……』と呟いて地面に崩れ落ちる。

〈うおおおおおっ！　勝った！

〈シャチケン最強！　シャチケン最強！

〈今回も楽勝だったな

〈誰ならお前に勝てるんだよ！
〈今日も筋肉キレてるよ！
〈よっ！　筋肉総合商社！
〈阿修羅の生まれ変わりかよ！
〈なんかボディビルのかけ声みたいになってきたな
無事バモクラフトを倒した俺は、剣を鞘《さや》に収める。
あまり戦えないＳＳランクモンスター。多少は期待したが……
「期待外れだったな」
俺は肩を落とす。
たまには俺も苦戦するような相手と戦いたい。
〈なんかがっかりしてて草
〈SSランクで苦戦できないんじゃ田中を満足させるやつおらんやろ
〈EXランクならワンチャン……
〈EXランクとかSSランクより出会えないからなぁ
〈ゆいちゃんに夜満足させてもらうしかないねえ、ぐへへ
〈おまわりさんこいつです
〈シャチケンの底、まだ見えないんだよなぁ。本気出したらどれくらい強いんだろ
〈地球割りくらいできんじゃね？ｗ

〈あながち否定できないのが怖い……笑
　バモクラフトが戦闘不能になったと見て俺は立ち去ろうとする。

　すると突然倒したはずのバモクラフトがおもむろに起き上がる。

『ブ、ウウウウ……！』

「驚いたな、まだ立てるのか」

　さすがはSSランクモンスター。

　その耐久力は並のモンスターとは比べ物にならない。

　しかしさっきの一撃で戦う意志はなくなってしまったらしく、俺を見る目に『恐れ』が見える。

〈めっちゃビビってて草
〈今まで自分より強い奴《やつ》にあったことないだろうからそりゃビビるだろ
〈怖いねえ怖いねえ
〈なんでこの人はモンスターに怖がられてるんですか？

〈A．シャチケンだから
『ブ、ブウウ……ウオォッ!!』

　バモクラフトはゆっくり俺から距離を取ると、突然横方向に駆け出す。

　そちらには下層に続く道がある。どうやら逃げるつもりのようだ。

　もちろんそんなこと許すつもりはない。

　俺は地面を蹴って追いつこうとするが……途中で止まる。

なぜならその役目を俺より相応《ふさわ》しい人物が果たそうとしていたからだ。

「逃がさない！　お前は絶対にここで止めるっ！」

バモクラフトの前に立ちはだかったのは星乃であった。

彼女は剣を構え、正面からバモクラフトを迎え撃つ。

〈ええ!?　ゆいちゃん危ないって！

〈なにやってんの！　逃げて！

〈シャチケン早く助けに行って！

〈ちょ、マジでやばいって！

視聴者たちは焦ったようにコメントを打ち込む。

確かに傍《はた》から見たらかなり危険な光景だ。手負いとはいえ、相手はSSランクのモンスター。まだ若い星乃の手には余る存在だ。

だけど、

「まあ少しだけ見ててくださいよ。後悔はしないと思いますよ」

俺はそう言って手を出さず傍観する。

今星乃は自分の殻を破ろうとしている。こういったチャンスはそうやっては来ない。見守るのも師の役目だと師匠に教えてもらったからな。

もちろんいつでも助太刀できるように準備はしておく。後は星乃次第だ。

『ブオオオッ!!』

バモクラフトは吼えて星乃を威嚇する。

虚勢を張ってはいるが、隙あらば逃げようとしている。星乃もそれに気がついているみたいで、下層へ続く道を通らせまいと位置取っている。

「お父さんは相手が強くても逃げずに戦った！　それなのにお前が逃げるなんて許さないっ！　戦え……私と戦えっ！」

『ブ、ウウウ……オオッ!!』

逃げることは叶《かな》わないと判断したのか、バモクラフトは背中から大剣を一本引き抜き、星乃に斬りかかる。

するとその瞬間、星乃の体から魔素が噴出する。

〈うおっ!?　なんだ!?〉

〈覚醒した!?〉

〈スーパー星乃マンになったか〉

〈マジかよやっぱ戦闘民族だったたか〉

〈こ、こんなに強かったの？　相手SSランクやぞ？〉

〈シャチケンはとんでもない者を育てていきました……〉

星乃のあの魔素の出方……もしかして『追覚醒』か？

驚いた。アレを自由に使えるなんて俺を含めて世界に数人しかいないというのに。まさか使えるようになっていたなんて。

なるほど、バモクラフト相手に生き残っていられたのはあの力のおかげということか。
「はあああああっ！」
星乃は両手で剣を振るい、バモクラフトの剣を正面から受け止める。
ガギィン！　という甲高い金属音と共に衝突する二つの剣。両者の力は拮抗しており、二人は剣を交差させたまま膠着《こうちゃく》する。
〈ええ!?
〈すご。互角じゃん
〈相手はSSランクだぞ!?
〈ゆいちゃんってこんなに強かったの!?
〈やっっっば
〈少し前までオーガ相手に苦戦してたのに……どんだけ強くなったんだよ
〈鷹《たか》が鷹を育てたな
〈シャチケンの育成能力高すぎる
「ぐぎ、ぐぎぎぎ……」
星乃は相手の剣を受け止めながら、つらそうに声を出す。
無理もない。彼女の体内にもう魔素はほとんど残ってない。俺が来るまでの間に追覚醒でほとんど使い果たしてしまったんだろう。
ほんの少しだけ残った魔素をかき集めて無理やり使ってなんとか戦っているけど、そんなの長くは保たない。このままじゃジリ貧だ。

そう思った俺は、声を張り上げて星乃に伝える。

「星乃！　出し惜しみするな、全部使え！　後のことは気にするな！」

「田中さん……！　はい！　分かりました！」

星乃は俺を見ながら頷くと、体内の魔素を一気に燃やす。

吹き出る力の奔流が、彼女の肉体を限界まで強化させる。その力を前に、徐々にバモクラフトは押されていき……最終的にその剣は弾かれてしまう。

『ブオッ!?』

驚愕《きょうがく》の表情を浮かべるバモクラフト。

まさかこんな小さな存在に力負けするなんて。とでも言いたげだ。

まあ確かに星乃は強そうには見えない。

だけど星乃は俺が見込んだ戦士だ。その力は俺のお墨付きだ。

「これで終わりだっ！」

星乃は剣を両手で握ると、思い切り振り下ろす。

その剣の振り方に、俺は見覚えがあった。

「あいつ、いつの間に……」

その技は俺が使う我流剣術『剛剣・万断《よろずだ》ち』に酷似していた。

前にダンジョンで一緒になった時、一度だけ星乃に見せたことがある技だ。星乃はその技をほぼ完璧に再現して見せた。あれは一朝一夕で身につく動きじゃない。きっとあれからずっと自主練していたんだろう。

「はあああああっ!!」

星乃の剣は硬いバモクラフトの皮膚を容易《たやす》く裂き、その体を斜めに深く切り裂く。見事な一撃だ、花丸をあげてもいいだろう。

バモクラフトは星乃の体に手を伸ばそうとするが……その手は空を切った後、力無く垂れ下がる。

『ぶ、お……っ』

目から光が失われ、バモクラフトは今度こそその命を落とし、倒れる。

それと同時に星乃もふらっと前に倒れそうになる。どうやら魔素を使い果たしてしまったみたいだ。

俺はすぐさま彼女の側に駆け寄り、その体を受け止める。

「よく頑張ったな。さすが俺の弟子だ」

「田中……さん。わたし、私……やりました」

震えた声で呟く星乃。

俺はねぎらうように彼女の髪をくしゃりとなでる。

「ああ、凄かったぞ。ちゃんと見てた」

「へへ……」

嬉しそうに笑う星乃。

俺はそんな彼女が元気を取り戻すまで、側でなで続けるのだった。


「……ありがとうございます。もう、大丈夫です」

しばらく俺に体を預けていた星乃は、そう言って俺から離れる。

疲れは残っているけど、自分の足でしっかりと立てている。これなら歩いて帰れそうだな。

「田中さんは私がピンチの時、必ず助けてくれますね。やっぱり田中さんは私のヒーローです、本当にありがとうございました！」

星乃はそう言って頭を下げてくる。

俺がヒーローなんてむず痒いけど、まあ気分は悪くない。男の子なら誰しも一度はヒーローに憧れるからな。

「さて、下層への道も開いてしまったから帰るとしよう。その前に……っと」

俺は一応戦利品としてバモクラフトの残っている方の角と、落ちている武器を数点回収しておく。

この武器が亡くなった探索者の物ならば、遺族に渡してあげるべきだからな。

肉も食えなくはなさそうだけど……亜人型のモンスターを食うのはさすがに気が引ける。倫理的にな。

こいつが四足歩行なら遠慮なく食ったんだが。

「あ、ちょっと待ってください」

星乃はそう言うと地面に落ちていた剣を拾う。

その剣は刀身がバキバキに砕けてしまっていた。もう剣としての役割は果たせそうにない、いったいどうしたんだろうか？

「……これはお父さんの使っていた剣なんです。もう武器としては使えませんが、貴重なお父さんの持ち物なんです」

「そうか、じゃあ持って帰った方がいいな……ん？」

俺はあることに気がつき、声を出す。

星乃が手にした形見の剣。その柄《え》の部分が壊れていて、中の空洞がわずかに見えていた。

そしてその空洞にはなにか紙のような物が入っていた。なんだこれは？

「星乃、その柄の中になにか入っているみたいだぞ」

「え？　……あ、ほんとですね。いったいなんでしょう？」

星乃は不思議そうに柄を触る。

すると柄頭の部分が回り、パカッと開いて中の物が取り出せるようになる。ギミック付きの武器とは珍しい。こんなところになにを入れていたんだ？

「これは……」

柄の中から一枚の擦り切れた紙を取り出した星乃は、驚いたように目を見開く。

どうしたのだろうとそれを見てみると、取り出したそれは紙ではなく……写真だった。

その写真には今より幼い星乃と、亮太と灯。そして純さんと星乃の父親らしき人物が写っていた。場所は家の前みたいだ。みんな笑っていて幸せそうにしている。

星乃の父親は、最期の時までこれを握って戦っていたんだ。

「お父さん……っ」

口を手で押さえ、声を震わせる星乃。

その場に膝をつき涙を流す彼女の側に俺も座り、彼女の背中をなでる。

「ダンジョン探索は孤独な仕事だ。星乃たち家族が、この人の心の支え……拠《よ》り所だったんだろう」

俺にはそれがなかった。だから病んでしまった。

それを持っていた星乃の父親が、羨ましい限りだ。俺にも似たようなものがあれば病まずに済んだだろうな。

「う、うう……っ、お父、さん……！」

ボタボタと写真の上に涙が落ちる。

俺は一旦ドローンのカメラを明後日の方に向けマイクをミュートにしてから、星乃が落ち着くまでその背中をなで続ける。

「……ありがとうございます。もう、大丈夫です」

ずび、と鼻を鳴らした後、少し前に聞いたセリフをもう一度星乃は言う。

まだ目の周りが赤いけど、涙は収まったみたいだ。

「あのモンスターと出会った時は怖かったですけど……今日、ここに来てよかったです。仇《かたき》を討てたこともそうですが、お父さんが家族を大切に思ってくれていたのを再認識できて本当によかったです。きっと家族も喜びます」

「ああ、そうだな」

明るい笑顔を向けてくる星乃に、俺はそう同意する。

家族の仇に出会ってしまったことで、心が負の方向に傾くかもしれないと少し心配してたけど、どうやら杞憂《きゆう》だったみたいだ。

それどころか星乃は更に強くなった。肉体的にも、精神的にも。これはうかうかしてたら俺より強くなってしまうかもな。少し鍛えなおすのもいいかもしれない。

「じゃあ今度こそ帰るとしよう。自分で歩けるか？」

「はい！　大丈夫です！」

もう大丈夫そうだな。安心した俺は配信を再開し、星乃と共にダンジョンを上へ上へ進む。

道中の敵は倒しながら進んだおかげで、モンスターと出会うことはほとんどなかった。

「これならすぐに帰れそうだな」

「そうですね。あと数分で地上に着きそうです」

こうして俺たちは一時間もかからずダンジョンの入り口に戻ってくることができた。

気が緩む俺たち。しかしそんな緩んだ気持ちが吹き飛んでしまう『出会い』がそこで起こってしまう。

「────早かったわね、誠」

「え？」

唐突に名前を呼ばれ、俺は呆《ほう》けた声を出す。

その人物は長い黒髪を揺らしながら、俺たちの正面に姿を表す。

俺はもちろん、隣を歩く星乃もその人物を知っており「あ」と声を出す。

「まずはお疲れ様、と言いましょうか。よく無事で帰ってきましたね」

その人物……討伐一課の課長にして、俺の幼馴染みでもある『天月奏《かなで》』は、その整った顔に笑みを浮かべながらそう言った。

「えっと、その……久しぶり、だな」

「そうかしら？　この前会ったばかりな気がするけど。二人きりで」

しどろもどろになりながら天月に話しかけると、そうばっさりと斬られてしまう。

天月とはこの前、夜の公園で会って以来だ。

その時俺は彼女から好意を伝えられ、そして唇を奪われた。今でもあの時のことを思い出すと恥ずかしくて顔から火が出そうになる。

さ、さすがに今はそれが表情に出ることはなくなったがな。

〈シャチケン顔真っ赤で草
〈なにがあったんですかねえ（ゲス顔）

〈ナニがあったんでしょ

〈二人きりで会ってたってマ!?　エロすぎるだろ!!
〈若い男女が二人きり……なにも起きないはずがなく……
〈こいつら＊＊＊したんだ!!
〈今来た。なにが起きたの？
〈ダンジョンクリア　天月襲来　修羅場
〈なるほど把握。地獄過ぎて草w

中身を見る余裕はないが、コメントは大盛りあがりのようだ。
くそう。どうせみんなして冷やかしているんだろうな。

「と、ところでなんで天月がここにいるんだ？」

「あなたがネームドモンスター、バモクラフトを倒したことで、ここのダンジョンのパワーバランスは大きく変わったわ。下層へ続く扉も壊れたし、ここのダンジョンのモンスターが活発化することは容易に想像がつく。外に危険が及んでしまう変化が起きる可能性もあるから私はその調査、及び対策を立てに来たのよ」

魔物討伐局の仕事は、魔物を倒すだけにとどまらない。
ダンジョン内の調査、及びそのパワーバランスの維持も業務に含まれる。
正直大変な仕事だ。俺が言えたことじゃないけどかなり激務《ブラック》だと思う。

「でもわざわざ天月《おまえ》が来ることないんじゃないか？　調査だけなら部下に任せたらいいだろう」

「そうね、これくらいだったら部下に任せられるわ。でも今回は私が来たかったの……なんでだと思う？」
そう言って天月は俺のことをじっと見つめる。
ま、まさか俺に会いに来たってことか？　いやでも天月は公私混同するような奴じゃないはず。いやいやでもこの思わせぶりな態度は……駄目だ、もうなんも分からん。
一人で混乱していると、天月は俺の隣に浮遊しているドローンをちらっと確認した後、俺のもとに近づいてくる。
「撮影しているんだから身だしなみくらいちゃんとしなさい。だらしないわよ」
天月はそう言うと緩んでいた俺のネクタイを締め直し、よれていた襟を直してくれる。
は、恥ずかしい。
〈もう夫婦だろこれ
〈奏ちゃんもぐいぐい来るねえ
〈さすが討伐一課、獲物は逃さない
〈エッッッッ
〈見てるこっちが恥ずかしなってくるで
〈イチャイチャすんなｗ
〈リア充爆発しろ
〈多分田中は爆発くらいじゃ死なんぞ
〈草、たしかに

〈じゃ、じゃあ……って、なにしたら死ぬんやこいつ……

〈バモクラフト「ほんまそれ」

〈バモクラフトくんは成仏してもろて
　天月は最後に俺の服についた泥を払うと、俺から離れる。

「そういえば『魔導研究局』の局長があなたに会いたがっていたわ。そのポケットに入っている生き物のことを色々と聞きたいそうよ」

「局長って……もしかして牧《まき》さんのことか？」

「ええ、あの日以来会ってないでしょう？　顔を見せてきたら？」

「そうだな。行ってみるとするよ」

　魔導研究局の局長、黒須《くろす》牧さんは、昔の知り合いだ。

　最後に会ったのは皇居直下ダンジョンから生還した日のはず。そう考えるとかなり久しぶりだな。

　変わった人だけど、俺は嫌いなタイプじゃない。

　そういえばこの前堂島さんと飯を食った時に、リリをちゃんと検査した方がいいと言われていたな。牧さんは色々危ない人だからリリを見せるのはちょっと心配だけど、しっかり見張っておけば大丈夫だろう。

　リリがどんな存在なのかは俺も気になるところだし、ちゃんと検査してもらった方がいいだろう。

「……さて、私はそろそろダンジョンに向かうわ。行くわよ」

　そう言うと天月の部下らしき人物たちが数名、ダンジョンの中に入ってくる。

全員歩き方に無駄がない。かなり鍛えられているんだろう。

天月は彼らと共に下に向かおうとして、立ち止まる。

そして今までずっと黙っていた星乃に目を向ける。

「星乃さん……だったかしら？」

「え、あ、はい！」

突然話しかけられ、びっくりする星乃。

なにを話す気なんだろうと俺もびくびくする。

「あなたの戦い、配信で見せてもらったわ。その歳であそこまで動けるなんて、正直驚きました。しかも相手は肉親の仇……普通は動けなくなる。強い心を持っているのね、お父様に似て」

「天月さん……」

星乃が呟く。

天月の口ぶりから察するに、どうやら星乃の父親と面識があったみたいだな。

まあそれもそうか。討伐一課は常に優秀な人材を探している。優秀な探索者の情報は一通り調べがついているはずだ。もしかしたらスカウトをしたことがあるのかもしれない。

それにしても天月が人のことを手放しに褒めるなんて珍しい。

星乃の戦いは、それほどまでに天月の心に刺さったんだろう。彼女が褒められると師匠の俺も鼻が高くなる。

「それと凛と仲良くしてくれてありがとう。あの子は友達が少ないから、これからも仲良くしてくれると嬉しいわ」

「わ、私の方こそ凛ちゃんにはお世話になっています！　ですので、その、大丈夫です！」

あわあわとする星乃。

そんな彼女を見て、天月は「ふふっ」と薄く笑う。なごやかなムードだ。この前二人が会った時は険悪な雰囲気になったから不安だったけど、この分なら大丈夫そうだな。

そう思った俺だったけど……

「あ、そうだ。凛ちゃんと言って思い出しました。やらなくちゃいけないことがあるんでした」

そう言って星乃は俺に近づいてくる。

肌が触れ合いそうになるほど近い距離だ、俺は呑気《のんき》に星乃はまつ毛が長いなあなどとその顔をじっくり観察してしまう。

「ど、どうした？」

星乃の顔はほんのり赤くなっていて、心なしか少し緊張しているように見える。

「お母さんに言われたんです。ちゃんと行動で示さないとダメだって。だから私も……凛ちゃんみたいに勇気を出します」

なんのことだ？　と尋ねようとした瞬間、星乃は俺の首に腕を回し、自分のもとに引き寄せてくる。そして次の瞬間……星乃の唇が、俺のそれと重ねられてしまう。

「――――っ！？！！？」

突然のことに俺は混乱する。

とっさに星乃を突き飛ばしそうになるが、そんなことをしたら危ないので、出そうとした手をすんでのところで止める。
その結果、俺はただただ星乃のキスを黙って受け入れる形となってしまった。
〈キタ――――(゜∀゜)――――!!
〈ゆいちゃんようやった!!
〈シャチケンの手あわあわしてて草
〈抱けー!!　抱けーーーー!!
〈天月課長、呆然としてて草
〈突然目の前でキスされたらそらそうなるw
〈いやあヒロインレースが過熱してきましたね
〈わいはまだハーレムルートを諦めてないで!
〈ええ!?　ここからみんな幸せになるルートがあるんですか!?
〈キスめっちゃ長くて草、ゆいちゃんも溜《た》まってたんやな
〈羨まし過ぎるっ!　俺もシャチケンとしたいわ!
〈そっちなのか……（呆れ）
〈これが平常運転やぞ
これでキスをされるのは三回目だけど、正直全然慣れていない。
やわらかくて、いい匂いがして……脳が痺《しび》れて動けなくなってしまう。どんなモンスターの毒を

食らっても大丈夫だけど、これだけは耐性がつかない。

俺に抱きつきながらそうしていた星乃だが、やがてゆっくりと体を離す。星乃もかなり緊張していたみたいで耳まで真っ赤だ。

か、かわいい。今までは女性として意識しないようにしていたけど、こんなことをされたらもう無理だ。どうしてもそういう目で見てしまう。

「あ、あの。私は天月さんや凛ちゃんみたいに昔からの知り合いじゃありませんけど……田中さんを好きだという気持ちは負けません！　だからあの……すみませんっ!!」

星乃はそう言ってダンジョンの出口へ走って逃げてしまう。

俺はその後を追おうとするけど、後ろから肩をガシッとつかまれてしまう。

「……誠、どういうこと？」

「ひっ」

ゆっくり後ろを振り返ると、そこには恐ろしい闘気をまとった天月の姿があった。

先程までのやわらかい雰囲気はもうどこにもなかった。

「あんたなにまた若い子を引っかけてるのよ！」

「ひいっ！　ごめんなさい！」

悪いことをしているつもりはないが、思わず謝ってしまう。

このままだと朝まで説教コースだと思った俺は、天月の隙を突いて逃げ出す。

「ちょ、誠どこ行くのよ！」

「ごめん！　また今度！」

俺は配信をブチッと切りながらダンジョンの外へ飛び出す。

はあ……今日も色んなことがあった。

「天月や凛たちのこと、いつまでも逃げてるわけにはいかないよなあ……」

へたれているのは、彼女たちに不誠実だ。

俺はどうしたものかと頭を悩ませながら帰路につくのだった。

第二章 … 田中、魔導研に行くってよ

SEND

バモクラフトとの戦いから二日後。

俺はある手続きをしに、新宿のとある施設を訪れていた。

「ここもデカいな……」

周りの高層ビルに負けず劣らずデカいその建物は『探索者協会』の施設だ。

探索者協会は探索者の登録、ランク審査、探索のサポート、素材の換金などダンジョンに関連することを一手に引き受けている。

探索者協会は国営であり、魔物対策省の協会運営局が運営している。なのでここで起きた大きな問題は必然的に堂島《どうじま》さんも処理に当たらなくてはいけない。あの人もちゃんと寝れてるのか心配になるな。

「四百十番でお待ちの方、どうぞ」

「あ、はい」

手にした整理券の番号を呼ばれ、俺は受付に向かう。

協会は普通の役所と似た感じだ。悪いことをしているわけじゃないのに、なんだか緊張してしま

う。

「よろしくお願いします」

「はい。よろしくお願いしま……って、シャチケ、いや、田中《たなか》さん!?」

受付の若い女性が、俺を見て大きな声を出してしまう。

当然周りの目が一斉にこちらに向く。俺はとっさにカバンで顔を隠したけど、あまり効果はないだろう。

「す、すみません……」

受付の女性は恥ずかしそうに顔を赤くしながら頭を下げる。

俺は「大丈夫ですよ、気にしてません」と彼女を励ます。仕事でやらかして死にたくなる気持ちは俺もよく分かる。

それにしてもこんなに取り乱すほど驚かれるなんて。自分が有名になったのだと実感するな。

「大変申し訳ございませんでした。えー、それでは今回は私《わたくし》葉月実《はづきみのり》が担当させていただきます。田中様、今日はどのようなご用件でしょうか？」

「えっと、ネームドモンスターを倒すと報奨金がもらえると聞いたんですけど、それの窓口はこちらでよろしかったでしょうか？」

俺が一昨日倒したモンスターは名前付き《ネームド》モンスターだ。

ネームドは倒すと政府より報奨金が出ると聞いたことがある。社畜時代、何回かネームドを倒したことはあるけどその金は当然会社に取られていたのでもらったことはない。

そのせいで報奨金のことなんてすっかり忘れてしまっていて、足立《あだち》からのメッセージでそのことを思い出した。

バモクラフトにトドメを刺したのは星乃《ほしの》なので、そのお金は全て星乃にあげてもいいのだが、それは星乃に断られてしまった。

なので報奨金は星乃と山分けになった。今回はその手続きに来たのだ。

「あ、バモクラフトの件ですね！　私も配信見ていました！　ＳＳランクのモンスターを歯牙にもかけない戦いぶり……さすがです！」

受付の葉月さんは目を輝かせながらパソコンを物凄《ものすご》い速さで操作して手続きを進めてくれる。

コメントで褒められることは多いけど、こうして目の前で褒めてもらうことは少ないのでなんか照れてしまう。

「少々お待ちください……ネームドが討伐されることは稀《まれ》ですので少しお時間をいただきます……ここをこうして……これで……って、あれ？」

葉月さんはパソコンを見ながら首を傾《かし》げる。

いったいどうしたんだろうか。

「田中さんの探索者情報を拝見させていただいたのですが、探索者ランクが最低の『Ｅ』になっているのですが……なにかの間違い、ですよね？」

「ああ、そういえばランク更新を一度もしてませんでした」

「ええっ!?　そ、そんなのもったいなさ過ぎますよ！　高ランクになると公共交通機関や公共施設の利用料金が無料になるなどの特典があるんですよ!?」

　葉月さんは目を丸くして驚く。

　探索者ランクが高くなるとさっき言っていた特典だけでなく、高難度のダンジョンに入れるようになったり様々な恩恵を得ることができる。

　だけど社畜だった俺はそんなの忘れてしまっていた。須田《すだ》も俺に高ランクになってほしくなくてわざと言わなかったんだろうな。

「ちょっと待ってくださいね、そちらの手続きもこちらで……はい、直近の活動だけでも、余裕でSランクになるだけの実績がありますね……。本来なら昇級試験があるのですが、この実績ならパスしても大丈夫だと思います。今こちらの方で上司にかけあって昇級してもよろしいでしょうか?」

「本当ですか?　じゃあお願いします」

　やってくれるというなら、断る理由はない。

　俺はありがたくお願いする。

「はい!　任せてください!　必ず上司の首を縦に振らせてみせます!」

　葉月さんはそう意気込むと、内線で上司にかけあってくれる。

「ええ、本物の田中さんです。はい、そうなんです。確かに前例はありませんが、田中さんほどの人をEランクのまま帰したらきっとネットで炎上しますよ!　いいんですか!?」

　葉月さんの言葉に熱が入っていく。なんか上司の人を脅しているようにも見えるけど大丈夫か?

別に俺は昇級できなくてもネットに晒《さら》したりしないぞ。

「はい、はい、そうですか。はい、ええ。ではそのようにいたしますね」

通話すること数分。どうやら話はまとまったようだ。

さて、どうなったのか。

「やりました！　上司の許可が下りましたのでそちらの手続きもいたしますね！」

葉月さんはやりきったような笑顔でそう伝えてくれる。

最初上司の人は渋ったそうだが、葉月さんの炎上しますよ発言により折れたそうだ。

魔物対策省からの認可もすぐ下りたらしい。そっちはもしかしたら堂島さんのおかげかもな。

「今Sランクの認定証を発行いたします！　えっとそうですね……三十分ほどいただければ、確実にご用意できます！　なので少々お待ちいただけますでしょうか？」

「はい、大丈夫です。急なことで申し訳ありませんが、よろしくお願いいたします」

俺はそう頭を下げて、一旦受付から離れる。

ちなみに今日は午前中報奨金を受け取って、午後に魔導開発局に行く予定だ。

午前の予定はさくっと終わらせるつもりだったけど、思ったよりかかりそうだな。

「ロビーで飲み物でも飲みながら待つか。まあSNSでも見てたらすぐだろ」

前はSNSなんて暇人のするものだ……と、思っていたけどやってみると意外と楽しい。

最近は暇さえあれば見てしまう。なかなかの中毒性だ。

「うーん、コーヒーでいいか」

ロビーに行った俺は、適当に飲み物を選んで、近くの椅子に向かおうとする。

すると、

「あなた……誰かと思えば希咲《きさき》がかわいがっていた子じゃない。まさかこんなところで会えるとは思わなかったわ」

「え？」

師匠の名前を出され、俺は驚き振り返る。俺が希咲さんの弟子と知っている人物は少ない。いったい誰なんだろうと俺は協会の入り口に目を向ける。

すると突然床にレッドカーペットが敷かれ、その上を鮮やかな赤いドレスを着た女性が、ツカツカと歩いてくる。背後には高そうなスーツを着た男性を十人ほど従えている。

こ、この人は……

「く、九条院《くじょういん》さん？」

俺はこの人を知っていた。

九条院朱音《あかね》……色々と世間を騒がせる有名人だ。

探索者ランクはS。実力と知名度を兼ね備えている、有名な探索者だ。

昔は俺の師匠と鍛冶師の志波《しば》さんの三人でパーティを組んでいたと聞いたことがある。

「久しぶりね。元気そうでなによりだわ」

そう言って九条院さんは大きな色付きサングラスをかっこよく外し、俺と目を合わせるのだった。

突然現れたSランク探索者、九条院朱音さんと出会った俺は、その数分後……探索者協会の中にある、喫茶店の椅子に座っていた。

小さな四角いテーブルを挟んだ向かい側には九条院さんが座っている。

燃えるような赤い髪に、長いまつ毛。顔はとても整っており、その佇《たたず》まいには気品を感じる。高そうなドレスは露出が激しく目のやり場に困る。この人はパーティに出るようなこの服をいつも着ていて、モンスターと戦う時すらこの服装なのだ。

「私は紅茶を。田中くん、あなたは？」

「あ、じゃあコーヒーを」

「OK。そこのおちびちゃんもなにか食べたいなら遠慮なく頼んでちょうだい」

九条院さんはそう言って俺の胸元を指差す。

俺の胸ポケットからはショゴスのリリが顔を出していた。周りに人がたくさんいるので不思議そうに辺りを眺めている。

「えっと、じゃあクッキーをいただけますか？」

「分かったわ。あなた、注文よろしくお願い」

九条院さんが指をパチッと鳴らしてそう言うと、後ろに控えていた十人の細マッチョの一人が店員さんのもとに向かい、注文してくれる。残りの九人は無言で九条院さんの背後に立ち、ぴくりともしない。

別にこっちを見てきたりはしないけど、非常に気になる。

「前に会った時は後ろの方たち、今より少なくありませんでした？」

「前って……皇居直下ダンジョンで一緒に戦った時のことね」

九条院さんは昔を懐かしむように言う。

俺の師匠が亡くなったあの大きな戦いには、九条院さんも参加していた。

しかし彼女はダンジョンに入った『地下攻略班』ではなく、地上でダンジョンから湧いてくるモンスターから街を守る『地上防衛班』であった。

『火力女帝《アタッククイーン》』の異名を持つほど魔法の火力に秀でた九条院さんだけど、機動力はそれほど高くないらしい。

常にモンスターが四方八方から襲いかかってくる皇居直下ダンジョン内では、その力を活《い》かすのは難しい。だから彼女は地上でモンスターを撃退する役目を負ったんだ。

俺たちが命からがらダンジョンから生還した時、自身も満身創痍《まんしんそうい》だったにもかかわらず九条院さんは俺や天月《あまつき》のもとにいち早く駆けつけて生還を喜んでくれた。

そして彼女は自分の友人が帰らぬ人となったのを、その時知った。俺は師匠が自分たちを助けるために犠牲になったことを懺悔《ざんげ》した。

今にして思えば、俺はそのことを誰かに責められたかったのだと思う。そうすれば少しでも楽になるんじゃないかと、無意識でそう思っていたんだ。だけど、

『そう。希咲は死んだのね……。でもあなたが生還できたのなら、彼女も後悔はしてないと思うわ。どうかその命、大切に使ってね』

九条院さんは責めるどころか、優しくそう言ってくれた。

真実を話したら責められるんじゃないかと思っていた俺は、自分の浅はかさを恥じた。この人はそれを責めるような人じゃない。

今にして思えば、俺が完全に壊れずに済んだのは、あの時この人がああ言ってくれたおかげなのかもしれない。

「あの時はひどい顔をしていたから心配だったけど……いい顔をするようになったわね。安心したわ」

「ご心配をおかけしてすみません。私はもう大丈夫です。師匠に拾ってもらったこの命、もう粗末には扱いません」

今度こそまっすぐに九条院さんの目を見て俺は言う。

すると九条院さんは嬉しそうに微笑《ほほえ》んだ。もう心配をかけないよう、しっかりしないとな。

「それにしても皇居大魔災からもう七年も経《た》つのね。まあそれだけ経ったら増えもするわ」

九条院さんは後ろに立つ男性たちを見ながら言う。

それに同意できなかった俺は、すぐさま突っ込む。

「いや普通は七年経ったからって旦那さんは増えませんよ……」

「あらそう？」

そう、九条院さんの後ろに控えている細マッチョ軍団は、みんな九条院さんの夫なのだ。

地球に覚醒者という存在ができてから、人類の格差は更に広がった。

それも無理はない、覚醒者はスペックだけ見れば普通の人間の『上位互換』であったからだ。

体は頑丈で力は強く、病気にかかりにくい上に、なぜか容姿も整っていく傾向がある。そのせいで世界規模で格差はドンドン広がり出生率も著しく下がってしまった。

なので日本だけでなく、世界的に『重婚』が認められるようになった。

出生率に寄与するのは一夫多妻だが、そちらだけ認められると色々問題になるので同時に一妻多夫も認められている。

しかしこの重婚制度は、出生率の上昇だけが目的じゃない。むしろ公には言われていないもう一つの理由の方を国は重視している。

それは『覚醒者の増加』。

覚醒者の子どもは覚醒者になる素質を持っていることが多い。覚醒者同士から生まれた子なら尚更だ。

ゆえに国は一人の覚醒者の男性が複数の女性を囲い、たくさんの子どもを産んでほしいのだ。覚醒者の数は国力に直結するからな。

ちなみに女性覚醒者が複数の男性を囲うのも意味がないわけじゃない。女性覚醒者は一般男性との間に子を成しにくいので、夫がたくさんいればその分子どもが産まれる確率も上がるからだ。

ただ『覚醒者にたくさん子を産んでほしい』などと公言すれば国がバッシングされるのは目に見

えてるので、表向きは出生率の上昇目的とだけ言われている。

まあ覚醒者を増やしたいんだなというのはほぼ全ての人が気づいているだろうけどな。

「重婚制度が認められてもう長いというのに、まだ慣れてないの？」

「いや、二人や三人くらいならよく聞くようになりましたけど、十人はさすがに驚いちゃいますね……」

俺はちらと九条院さんの後ろにいる旦那さんズを見る。

彼らは実に堂々と立っている。その顔はどこか誇らしげだ。

「お待たせしました。紅茶とコーヒー、クッキーをお持ちしました」

九条院さんと会話していると、喫茶店の店員さんがやって来て注文したものをテーブルの上に置く。

彼女は「ありがと」と言って店員さんにチップを渡すと、優雅な所作で紅茶を口にする。確か九条院さんは名家の出だったはずだ。危険な探索者になんてならなくても何不自由なく生活できたはずなのに、なんで探索者になったんだろう。

俺はふとそんなことを疑問に思った。

「夫がたくさんいることを受け入れられない人がいるっていうのは理解してるわ……私も散々言われたからね」

紅茶を口にした九条院さんはそう切り出す。

俺は黙って彼女の言葉に耳を傾ける。

「やれ『そんなに夫がいるなんて不健全だ』だの『恥ずかしくないのか』だの『あなたは本当の愛を知らない』……みたいにね」

なんの著名人か分からない人に、そのようなことを言われているのをテレビやネット記事で何回か見かけたことがある。

あまりテレビとかを見ない俺ですら目にしてるんだ、九条院さんはそういった心ない言葉を数え切れないほど浴びせられているんだろうな。

俺はクッキーを一つつかみ、胸ポケットにいるリリに食べさせながら九条院さんに言う。

「……それはつらいですよね」

「いえ、そんなことはないわ。私は全然平気、まっっったく気にしてないわ」

「へ？」

その思わぬ返答に、俺は間の抜けた声を出してしまう。

確かにそう語る九条院さんは表情に曇りはまったくない、むしろ晴れ晴れしている。強がりとかで言っているようにも見えない。

「『相手が増えれば一人にかける愛情も減る』とかあいつらは口を揃《そろ》えて言うけどね、そんなことはないのよ。私は十人の夫全員を心から愛している。彼ら一人ひとりのために私は命をかけて戦うことができる。私に汚い言葉を浴びせる人たちの中に、同じことができる人がどれだけいると思う？」

九条院さんは笑みを浮かべながら言い放つ。

確かにメディアで賢《さか》しらに自論を振りかざす人たちに、他人のために命をかける覚悟があるとは考えにくい。

「これは彼らに複数人を愛する度量がないだけの話なのよ。ま、彼らが一人を満足に愛せてるかも疑問だけどね」

「……確かに、そうかもしれませんね」

九条院さんと旦那さんたちが幸せであるのなら、周りがそれにとやかく言うのは無粋な話だ。俺も偏見を持たないように気をつけないとな。

「どう？　私の話が少しでもあなたの参考になると嬉しいのだけど」

「参考……？　どういうことですか？」

なんのことか分からず、俺は首を傾げる。

すると九条院さんはにやにやと楽しそうな表情を浮かべる。

「私が知らないと思った？　田中くん、最近モテているそうじゃない。私そういう話好きだから知ってるのよ。明るく元気な子に、討伐一課のクールな子。それととっても美人さんに成長した天月ちゃん。みんないい子だし、一人なんて選べないわよね」

「な……っ!!」

思わぬことを突かれて、俺は危うく大きな声を出しそうになる。

九条院さんだけでなく細マッチョ旦那ズも俺のことを温かい目で見ている。は、恥ずかしい……。

それにしてもまさか九条院さんが三人のことを知っているなんて……と思ったけど、俺と三人の間に起きたことは配信され拡散され切り抜かれまとめ記事にされている。調べれば簡単に出てきてしまう。

　ということは九条院さんどころか数千万、下手したら一億人以上の人が知っているってことか……現実離れしてて頭が痛くなってきた。

「無理強いはしないけど、一人を選ぶ以外にも道はあるわ。もちろん相手の意見も尊重しなきゃいけないけどね」

　九条院さんはそう言うと伝票を持って立ち上がる。

　俺は急いで財布を取り出そうとするけど、九条院さんは手をこちらにかざしてそれを止める。

「先輩に恥はかかせないものよ。これくらい払わせてちょうだい」

「……分かりました。ごちそうさまです」

　その言葉に満足そうに頷《うなず》いた九条院さんは喫茶店から去ろうとして、立ち止まる。

「力を持つ者はそれを正しく使う責務がある。私はそう考えているわ。だから私は世のため人のためにこの力を振るっているわ」

　九条院さんは真剣な表情で語る。

　名家の出である彼女がなんの為《ため》に戦っているのか不思議だったけど、少し分かった気がする。力を得たことによって生じる責務と正面から向き合っているんだ。

「でもそれは自分の幸せを諦めなければいけないというわけじゃない。私は責務を果たしつつ、幸せに生きる。あなたも自分の幸せのために生きなさい」

「自分の、幸せ……」

その言葉、なんだか前にも言われた気がするな。

今の生き方は楽しいけど……俺の幸せっていったいなんなんだろうか？　考えてみたけどどれもぴんとこない。

「分からないならあなたの大切な人が幸せに生きられるように行動しなさい。それがひいてはあなたの幸せになる」

大切な人か。

そう言われて頭に浮かぶのは、九条院さんが触れたあの三人の顔。俺みたいな社畜に好意を抱いてくれた彼女たち。

彼女たちのことを考えると、また会いたい、笑顔を見せてほしいといった温かい感情がじんわりと胸の内に湧いてくる。

彼女たちが幸せなら、確かに俺も幸せだ。九条院さんの言葉は俺の胸にすとんと落ちた。

「ま、今のあなたならこんなアドバイスしなくても大丈夫だと思うけどね」

「いえ、大変参考になりました。ありがとうございます」

「ふふ、気にしないでちょうだい。それより結婚式とか子どもが生まれたりしたら呼んでちょうだいね？　たっぷりご祝儀持って駆けつけるから」

「はは……そんなことがあれば、必ず」

九条院さんは俺の返事に満足したのか、笑顔で頷くと今度こそ喫茶店を後にする。

「行くわよ！」

「「「「「「イエス！　マイハニー！」」」」」」

阿吽《あうん》の呼吸で旦那ズがレッドカーペットを敷いていく。

九条院さんは旦那さんに手を引かれながら、その上を優雅に歩いて去っていくのだった。

「お待ちしてました田中様！　ささ、こちらにおかけください！」

俺の顔を見た葉月さんが、笑顔で俺を椅子に案内してくれる。

今いるここは、最初に話をした一般的な受付場所とは違う個室だ。椅子は革張りで座り心地がよくて、机はよい木が使われている。明らかに偉い人と話す時に使う部屋だ。

「えっと……それではさっそく手続きのお話に入ってもよろしいでしょうか？」

「ええ、大丈夫です」

少し緊張した様子の葉月さんに、俺はそう答える。

九条院さんとの話を終えた俺は館内放送で呼ばれて、ここにやってきた。

上司の人が気をつかってくれたんだろうか。机の上には高そうな日本茶とお茶菓子が置いてある。

こんな風にいい扱いを受けるのは慣れてないのでなんかムズムズするな。

会社《ギルド》ではお茶を出すどころかお茶を出せと言われたことがあるからな。

「すみません、お待たせしてしまいまして……。すぐに済みますので、もう少々だけお時間をください」

「気にしないでください。私は大丈夫ですから」

九条院さんと話していたおかげで、待たされた感じはまったくなかった。むしろ待ち時間があったおかげであの人と話すことができてよかったと思ってるくらいだ。

皇居直下ダンジョンから生還して以来、『忙しいから』と自分に言い訳して顔を会わせていない人は他にもいる。時間ができた今、ちゃんと会いに行った方がいいかもしれないな。

「まずはSランクの探索者認定証をお渡しいたします。どうぞお受け取りください」

そう言って葉月さんが渡してくれたのは、金色に輝く認定証《カード》だった。

そのカードには俺の氏名や探索者ID、そしてランクと顔写真が載っている。……この顔写真、社畜時代のだからひどいな。目が死んでるぞ。撮り直してもらえばよかったな。

「そちらのSランク認定証があれば、ほぼ全ての政府交通機関、公共施設が無料で利用できます。その他にも様々な特典がございますので、詳しくはこちらをご覧ください」

葉月さんはそう言って分厚い本を俺に渡す。

ど、どんだけ特典があるんだ。読むのが面倒くさいな……。

「ではお次にネームドモンスターの討伐報奨金になりますが、簡単な手続きをしていただきそれが完了し次第田中様の口座に振り込ませていただきます」

「分かりました。ちなみに報奨金の半額は同行した星乃唯《ゆい》に渡したいのですがその手続きもお願いできますか？」

「もちろんです。口座と探索者ＩＤは紐《ひも》づいておりますので問題なく行えます。それと手続きは代表者である田中さんお一人で大丈夫ですのでご安心を」

葉月さんはそう言って机の上に書類と朱肉を置く。

俺は書類を取って、その中身に目を通す。ざっと確認したけどよくある確認事項だ。特に変なことは書かれていない。

とっととサインと押印して手続きを終えるか……と思っていたが、俺はある項目で目がとまる。

「え……!?」

そこは報奨金の金額が書かれている項目だった。

そこに書かれている金額は想定していたものよりずっと大きかった。桁がおかしくないか？　俺の社畜時代の年収の数倍あるんだけど……。

「あの、この金額多くないですか……？」

「そんなことありません！　ネームドモンスターはかなり危険な個体、しかもバモクラフトはＳＳランク、討伐できる人は限られています。この値段は適正です」

葉月さんは身を乗り出し、そう力説する。

「それに今回田中様がバモクラフトを倒してくれたおかげで、ダンジョン奥の探索が可能になりました。あのダンジョンの奥は資源回収がそれほどされてませんでしたので、たくさん採取されるでしょう。そこから得られる利益を考えましたら、むしろこの金額は安いと思います！」

「そ、そうなんですか」

熱弁する葉月さんに、俺は少し押される。

それにしてもネームドモンスター討伐がこんなに稼げるとは思わなんだ。

社畜時代にも何体か倒したんだけど……会社《ギルド》はこんなにもらっていたのか？　それにしては会社《ギルド》にあまり金があったようには見えないんだけど。

もしかして……須田の奴《やつ》、ポッケに入れてたんじゃないか？　あいつならやりかねないな。会食とか言って高そうな店によく行ってたしな。あれはお偉いさんじゃなくて美人のお姉さんと行ってたのかもしれない。

くそう、こんなにもらってるならボーナスくらいくれてもいいじゃないか。今になって怒りがふつふつと湧いてきた。

「金額の方も問題ありませんでしたらサインの方、お願い致します。それともなにか不備がありましたでしょうか……？」

「い、いいえ。これで大丈夫です。サインします」

こんなにもらって文句なんかつけようがない。

書類の内容も俺に不利なことは書いてないし、問題ない。

俺は三箇所ほどサインして、印鑑を押していく。すると書類の中に色紙のような紙が入っていることに気がついた。

「ん？　これは……」

「あ、あの。よろしければ個人的にサインをいただけないでしょうか……？」

見れば葉月さんの顔は真っ赤になっている。

あまり公私混同するようなタイプには見えないけど、そこまでして俺のサインが欲しかったのか？　うーむ、不思議だ。

まあ恥を忍んで頼んでくれたんだ、俺のサインに価値があるかは分からないけど応えないとな。

「……サインですか。構いませんよ」

「ほ、本当ですか!?　ありがとうございます！」

葉月さんは満面の笑みを浮かべて喜ぶ。

喜んでくれるのは嬉しいけど、サイン書くなんて恥ずかしすぎる。俺はただの社畜だぞ？

俺はペンを震わせながらも足立に言われ渋々練習したそれっぽいサインを色紙に書く。

「これで……よしと」

少しよれているが、まあまあ上手《うま》く書けた。サインの練習なんていらないだろと思ってたのにさっそく書く機会が来てしまった。足立のしたり顔が目に浮かぶ。

「りり！」

「ん？　どうしたリリ」

突然胸ポケットからリリが飛び出してきて、色紙の横に着地する。

するとリリは俺の持つペンに絡んでくる。

もしかしてリリも書きたいのか？　でも小さいリリにペンは持てないだろうし、どうすれば……

と考えていると、印鑑用の朱肉に俺の目がとまる。

「これならリリにもいけそうだな」

俺はリリの手をつかんで、朱肉にその手先を置かせる。

そして赤くなったリリの小さな手を色紙の上にポンと置く。すると小さなリリの手形が色紙に残った。

「これならリリでもサインできるな」

「りりっ！」

リリは楽しそうに色紙の端の方にぺたぺたと手形を残していく。

満足したみたいでよかった……と思ったけど、よく考えたら葉月さんからしたらいい迷惑かもしれない。そう気づいた俺は彼女に他の色紙にもサインを書こうかと提案しようとするが、

「ま、まさかリリちゃんまでサインしてくれるなんてっ!!　嬉しすぎます！　この色紙は家宝にじまずぅ！」

むせび泣きながら喜ぶ葉月さん。

そのあまりの喜びぶりに、俺は少し引く。リリもなにが起きているのか分からないみたいで「り？」と首を傾げている。まさか自分の手形で感動しているなんて夢にも思わないだろう。

「おい！　大きな声がしたけどなにがあ……って、なんでお前が泣いてるんだ!?」

そう言いながら入ってきたのはスーツを来た男性だった。

歳《とし》は五十歳ぐらいだろうか。葉月さんの上司に見える。

「ザインをもらったら嬉じくなっでじまっで」

「そ、そうか。お前はファンだったものな……って、なにサインもらってるんだ！　仕事しろ！」

上司さんは最初葉月さんに押されていたけど、途中からそう彼女を叱る。

まあそりゃそうだ。普通はそう反応する。

でも今彼女は泣いていてそれどころじゃない、フォローしないとな。

「あの、サインぐらい構いませんからそう怒らないであげてください。えっと、他に欲しい方がいらっしゃったらいくらでも書きますんで」

「いやそうは言いましても……いや。ううむ……」

上司さんは唐突に考え込む。

どうしたんだろうか。

「……………では、あの、申し訳ないのですが、私にもサインをいただけないでしょうか？　実は孫たちが田中様のファンでして」

上司さんは眉を下げながらそう頼み込んでくる。まさか本当に追加サインを頼まれるとは思わなかった。

俺は「え、ええ。構いませんよ」と少し困惑しながらもサインペンを手に取る。そして上司さんにサインを書いていると噂《うわさ》を聞きつけたのか他の職員さんたちもぞろぞろとやってくる。

「あの、私シャチケンに憧れていて……」

「大好きです！　配信全部見てます！」

「ファンクラブ入ってます！」

「子どもがシャチケンさんのファンでして……」

俺の前に積み上がっていく色紙。どうやら職員さんたちは俺が来たと知って、ワンチャンサインをもらえないかと色紙を買ってきていたみたいだ。

リリは遊んでいいと言われていると思ったのか、俺より先に手形をペタペタと押している。

……仕方ない。リリも乗り気だし、時間も間に合いそうなので付き合うとしよう。

「分かりました。しかし一人一枚にしていただけると助かります」

「「「「「ありがとうございます！」」」」」

綺麗《きれい》に下げられるいくつもの頭。

結局俺は職員ほぼ全員分のサインをリリと一緒に書くのだった。

◇

「……ここに来るのも久しぶりだな」

俺は目の前に立つ建物を見ながら呟《つぶや》く。横に大きなその建物は、さながら総合病院のようだ。

魔物対策省の側《そば》に建てられたそれは『魔導研究局』の建物だ。この中ではモンスター、魔素、魔法などダンジョンに関する様々な特殊事象が研究されている。

魔素は新たなエネルギーとして世界中に注目されている。

高い濃度の魔素は生物に悪影響を及ぼすが、有害な煙などは発生しない。上手く扱うことができれば最強のクリーンエネルギーになるってわけだ。

日本の魔導研究局も全力でエネルギー問題に取り組んでいて、一定の成果を出しているみたいだ。

その高い技術は海外にも高く評価されているという。

その功労者こそが俺がこれから会う天才科学者、黒須牧《くろすまき》さんなのだ。

「あの人もたいがい変わり者なんだよな……。手土産これで大丈夫かねえ」

新宿で買った甘そうな洋菓子を見ながら、俺は呟く。

まあ不安になっていても仕方がない。俺は一回深呼吸すると魔導研究局の中に入る。

そこは昔と変わらず白く綺麗な内装だった。真ん中は吹き抜けになっていて、ガラスでできたエレベーターが上と下を行ったり来たりしている。

一課では白衣を着た人たちがせわしなく動き回っていて、薬品の匂いがほのかに香っている。

俺はひとまず受付に行き今回来た用件を伝える。するとすぐに白衣を来た細身の女性がやってくる。眼鏡をかけた知的そうな人だ。多分会うのは初めてのはず。

「はじめまして田中様。この度はご足労いただきありがとうございます。私は黒須博士の第九助手、深見晶《ふかみあきら》と申します。よろしくお願いいたします」

深見と名乗った女性はそう言って俺に頭を下げる。

丁寧な所作だけど、その顔は無機質で表情に変化が見られない。なにを考えているのかいまいち分からないな。

「ご丁寧にありがとうございます。田中誠《まこと》です。牧さん……ええと、黒須局長に会いにきたのですが」

「はい。黒須博士は奥でお待ちしております。ご案内いたしますのでどうぞこちらへ」

カツカツとヒールを鳴らしながら歩く深見さんの後ろを、俺はついて行く。

歩きながら俺は辺りを見回す。時折爆発音みたいなのも聞こえるけど、いったいどんな研究をしているんだろうか？　まあ俺が聞いても分からないものがほとんどだろうけど。

「気になりますか？」

「えっ!?」

俺がきょろきょろしているのに気づいた深見さんは、振り向きながら尋ねてくる。

「えっと……そうですね。少し」

「一階では主にダンジョンで採取された未知の素材を研究しています。鉱石に植物、モンスターの素材などがそれにあたります。それらは最新の設備で分析され、人類にどのように役立つかを議論されます」

言いながら深見さんはエレベーターのボタンを押し、中に乗り込む。

俺もそれにならい中に入る。

「二階では魔素の基礎研究、ならびに魔法という事象に関しても少しばかり研究しています。別に魔法解析局がございますので、魔法に関してはそちらに解析を任せています」

「なるほど」

この人たちは根っからの研究者だ。魔法というそれ自体で完結しており、応用の余地がない事象にはあまり興味がないのかもしれない。

それよりも未知の物質のことや、魔素の新しい利用法の方が興味をそそられるのかもしれない。

「三階では魔素の応用研究……主に人体に与える影響について研究されています。覚醒者になった時の人体構造の変化観察、魔素許容量増減のメカニズムについての研究などがそれにあたります。四階は更に高度な魔素研究。そして五階は……」

チン、と音が鳴りエレベーターが最上階に着く。

唯一吹き抜けになっていないその階には、金庫のような厳重な金属扉が鎮座していた。

「五階は黒須博士のプライベート研究スペースになっております。この階は限られた人しか立ち入りを許されず、私のような助手であっても自由に中に入ることはできません」

深見さんは金属扉の横にある端末をいじり始める。

暗証番号を打ち込み、カードキーを認証させ、そして網膜認証……とかなり厳重だ。

「ずいぶん厳重ですね」

「黒須博士は日本が誇る最高の頭脳、至宝《たから》なのです。これくらい厳重で当然です」

「そ、そうですか……」

どうやら深見さんは牧さんをかなり尊敬しているようだ。もはや崇拝と言ってもいいレベルで。

もしかしたらここで働いている人のほとんどがそうなのかもしれないな。と思っていると深見さんはマイクに話しかける。どうやら中と繋《つな》がったみたいだ。

「黒須博士。田中誠様をお連れしました」

深見さんがマイクに向かってそう言うと、短く『分かった』とだけ返ってきて金属扉が開き始める。

このフロアの壁はかなり厚そうだ。爆弾程度ではびくともしないだろう。これだけ厳重ならこの部屋に侵入しようとする輩《やから》はそう現れないだろう。

「どうぞ中へ」

深見さんの後ろを歩き、中に入る。

すると一人の人物が俺たちを迎え入れる。

「やあ田中クン、久しぶりだねえ」

白衣をはためかせながら、その人物は姿を見せる。

すらりとした長身に、黒縁の眼鏡。口には火のついていない煙草を咥《くわ》えている。その黒い髪は長く伸びていて、ヘアゴムで乱雑にまとめられている。

そしてなにより目を引くのはその上半身。牧さんは白衣を直接肌の上に着ていて、上半身は他になにも身に着けていない。裸エプロンならぬ裸白衣だ。おまけにボタンを留めていないので胸元もへそも丸出しとなっている。

それが男性であるのならばそこまで問題じゃないんだけど……牧さんは女性だ。顔も整っていて女性人気が非常に高い。

「ご無沙汰しております、牧さん。相変わらず凄《すご》い格好ですね」

「白衣は人が開発したもっとも優れた衣服だ。これさえあれば他に服はいらない。本当は煩わしい下の服も脱ぎ去りたいんだが……堂島さんにそれは禁止されてしまってねえ。全く、人の世は窮屈極まりないよ」

日本が誇る最強の頭脳の持ち主は、そう気だるそうに露出欲を口にする。

魔導研究局局長、黒須牧。

彼女を一言で言うなら『変人』だ。

研究をこよなく愛する彼女は、それ以外のことに全くと言っていいほど興味がない。上半身が白衣だけというのも彼女が衣服に興味がないところからきているんだろう。

食事も完全栄養食の固形物しか摂らないし、取る睡眠も最低限。金銭欲も異性からモテたいという欲求もないらしい。

ただ自由に自分が興味がある研究ができること、彼女の欲望はそれだけに向いている。

「まあ座りたまえ田中クン。歓迎しようじゃないか」

牧さんは机の上にドサッと座ると、椅子の背もたれに足を乗っける。

非常に行儀が悪いけど、これがこの人の普通だ。いちいち指摘していたら切りがない。マナーや礼節を指摘する方がナンセンスだ。

「……それにしてもまだ政府の下で大人しく研究しているとは驚きですよ。とっとと出ていくものかと思ってました」

「おいおい私をなんだと思っているんだい？　今の私は首輪をつけられた大人しいワンちゃんさ。

人様の迷惑になることはしないよ」

そう言ってくつくつと笑う牧さん。

うーん、信用できない。なんせこの人の経歴は普通じゃない。

中学生で既に大人の研究者顔負けの頭脳を持っていた牧さんは、様々な研究機関に引っ張りだこだったらしい。海外の有名な大学に招待されていたというから驚きだ。

研究者としてのキャリアを順調に重ねていった牧さんだけど、十九歳の頃に転機が訪れる。

それは『ダンジョンの出現』。好奇心が白衣を着ているような性格の牧さんはダンジョンの魅力に魅入られた。

最初は公的な機関で研究をしていた牧さんだったけど、どうしてもそういったところでの研究は倫理的、そして安全的側面から実験の承認が下りにくい。特に人を用いた実験などは。

だから牧さんは表舞台から姿を消し、裏で非合法な実験に着手するようになった。ダンジョン研究に興味を持つ金持ちは多いから資金提供者《スポンサー》には困らなかっただろう。

それから数年ほど、好き勝手に研究を繰り返した牧さんだけど二度目の転機が訪れる。それは堂島さん主導による魔物討伐局の強制捜査だ。

違法な研究機関はことごとく潰され、その過程で牧さんも拘束された。

普通ならそのまま捕まるところだけど、そういった違法行為に今後手を染めないこと、研究結果を全て国に渡すことを条件として、牧さんは特例として政府で雇われた。

当然このことは政府内、マスコミから叩かれまくったけど堂島さんはそれを一蹴した。

俺もめちゃくちゃだと思ったけど、結果として牧さんのおかげで日本のダンジョン研究は他の国より一歩先んじている。

日本がダンジョンの出現数が多くてもなんとかやれているのは、牧さんのおかげでもあるのだ。

「そりゃあ私だって非人道的な人体実験の五つや六つしたいさ。ここを抜け出して裏に潜り直すとも考えたことがないわけじゃあない。だけどまあ……今の状況も悪くはない。研究費は湯水のように使えるし、なにより堂島さんの目を気にする必要はないからねえ」

ははは、と牧さんは笑う。

心臓に悪いから裏切ろうと思ったことがあるとか言わないでほしい。

「ところで牧さん、気になっていたのですがその腕は……」

「ああ、これかい」

俺の指摘を受けて、牧さんは右腕を前に出す。

なんと彼女の右腕は肘から先にかけて機械の腕になっていた。まるで某有名な少年漫画の主人公みたいだ。前に彼女と会った時は普通の腕だったはずだけど研究のし過ぎで真理の扉を開いてしまったのだろうか。

「かっこいいだろう？　便利なんだよ、これ」

牧さんはそう言うと人差し指の先から青い光を迸《ほとばし》らせる。そしてその光で咥えている煙草に火をつけると、ふうと一息つく。

明らかにここに置いてある薬品や機械は禁煙前提だと思うんだけど、大丈夫なんだろうか。まあ

ここの局長が吸っているんだから俺がわざわざ口を出さなくてもいいだろう。

「かっこいいだろう、じゃなくて。いったいどうしたんですかその腕」

「尊い犠牲というやつさ。まあ気にしなくて大丈夫だ」

牧さんはそう言ってはぐらかす。どうしたんだろう、ダンジョンに潜って大怪我でもしたんだろうか。

気になるけど言いたくないなら無理に聞き出すこともないか。

そう思っていると牧さんは立ち上がり、なにやらもじもじし始める。彼女はゆっくり近づいてくると上目遣いで俺のことを見てくる。その頬はほんのり赤い。

「ど、どうしましたか？」

「えっと……その、そろそろいいかな、と思ってだね」

「そろそろ？」

「ああ、見せてほしいんだ、君が持っているアレを。も、もう我慢できないんだっ！」

牧さんは急に速度を上げ、俺に詰め寄る。

その俊敏な動きに俺は「おわっ!?」と驚く。この人自身も覚醒者なので身体能力はめちゃめちゃ高い。

「ま、牧さん!?」

「田中クン見せておくれよ……君の……君の連れているショゴスくんを！」

「……え？」

俺がそう間の抜けた声を出すと、胸ポケットからリリが「り？」と顔を出す。そうだ、頭から抜けてたけどリリを見せに来たんだったな。

人間に友好的な魔物などリリを除いて他にはいない、牧さんが興味を持つのも当然だ。

リリは驚いたように目をパチクリさせている。当然俺に詰め寄っている牧さんと正面から視線がぶつかる。

牧さんはリリを見てしばらく表情が固まった後、にんまりと笑みを浮かべる。

「おやおや、おやおやおやおや。ようやく会えたねかわい子ちゃん。君と会う日を私は指折り数えて待っていたよ」

ねっとりとした声と視線を向けられ、リリは「りり……」と少し引いた様子だ。

あのマイペースなリリを引かせるとはさすが牧さんだ。

「さあ！　楽しい楽しいお実験《しごと》の時間だ！」

牧さんが壁面のパネルを操作すると、部屋の中央に色んな機能がありそうな機械の台が出現する。

この部屋には他にも用途が分からない近未来的な装置が複数存在する。

きっとどれも目が飛び出るほどの金額がするんだろうな。うっかり壊してしまわないように気をつけなければ。

「牧さん、リリを調べるのは構いませんが乱暴なことはしないでくださいよ？」

「もちろんだとも田中クン。一人しかいない貴重な貴重な検体だ。これ以上ないくらい丁重にもてなすさ」

にぃぃ、と笑みを浮かべながら言う牧さん。

うーん、信用できない。この人も熱が入ると周りが見えなくなるタイプだからなあ。近くで見張っているとしよう。

「さ、お嬢さんこちらへ」

「り……」

移動台でエスコートされたリリは中央の台に乗せられる。

リリはまだ引いてるけど牧さんの言うことに大人しく従ってくれている。事前に検査をするから大人しくしててほしいとお願いしたのを忠実に守ってくれているみたいだ。後でご褒美をあげないとな。

「助手クン！　手伝ってくれるかね！」

機械をイジりながら牧さんがそう叫ぶ。

すると奥に続く扉から一人の人物が姿を現す。

身長二メートルはある、大柄の人物だ。白衣を着ていて、肩幅はかなり広い。顔には口の部分が尖《とが》ったマスク……いわゆるペストマスクをつけている。

目の部分はガラスで覆われているためその顔は見えない。一応その体型から男だと推測できるけど、それ以外の情報はさっぱり分からない。

その男は俺を見てぺこりと頭を下げたと思うと、実験の準備を手伝い始める。

「牧さん、この人は……」

「彼は私の右腕《ライトアーム》、第一助手のサムだ。無口な奴だが優秀な助手だ、まあ気にしないで構わないよ」

「はあ……」

そういえばここまで案内してくれた女性は、自分のことを『第九助手』だと言っていた。あの人もかなり頭が良さそうに見えたけど、それでも九番目。となるとこの大男はかなり頭が良いんだろうな。

だけどこのサムとかいう人物、なんだか普通の人とは違う『気配』を感じる。いったい何者なんだろうか。

「……黒須博士。準備が完了しました。いつでも解析を始められます」

「分かった。田中クン、始める前に細胞のサンプルをいただけるかな？　確か彼女は自身の体を切り離すことが可能だったね？」

「ええ。ちょっと頼んでみます」

リリはよく自分の体をちぎっては俺に食べさせてくる。特にその行為に痛みは感じてないみたいだ。

「リリ、お願いできるか？」

「りり……」

俺が頼み込むと、リリは渋々自分のお尻部分をちぎって渡してくれた。

どうやら俺が食べないのに自分の体をちぎるのは嫌みたいだ。俺はリリに礼を言い、牧さんが手にしているガラスの容器にそれを置く。

「ふふふ、協力感謝するよ二人とも。これは超貴重なサンプルだ。サム、最大の注意を払い解析しておくれ」

「かしこまりました」

第一助手のサムはリリの細胞を巨大な機械に入れ、コントロールパネルを操作する。

牧さんは台の上にいるリリに近づくと、色んな器具でリリのことを調べ始める。

「まずはX線結晶構造分析に光スペクトル分析……おっと、魔素波長分析も外せないねえ。サム、マギプロティスの解析も忘れないでおくれよ」

「はい。既に行っております」

「よろしい」

二人は阿吽の呼吸でリリのことを調べていく。

牧さんは最初に宣言した通り、リリの嫌がることをしなかった。それどころかつぶさにリリのケアを行っていて、ご飯を上げたり体調を気遣うようにしていた。

それが優しさから来るのか、研究のために対象の体調を気遣っているのかは分からないけど、ひとまず心配していたようなことは起こらなそうだ。

リリも安心したのか横になって丸まってしまう。

「黒須博士。ＤＮＡ構造の分析が完了しました」

「ご苦労。どれどれ……ふむ」

「メイズロックは確認されませんでした。やはり独立した個体とみてよろしいかと」

「いいねえ、最高だ。私の仮説はやはり正しかったというわけだ」

牧さんは悪そうな笑みを浮かべる。

その顔は完全に悪の科学者だ。とても政府側の人間とは思えない。

「細胞の培養も上手くいってるし……ふむ、今生体で検査できるのはこれくらいだろうか」

しばらく検査をしていた牧さんはそう言うと、リリを解放する。

俺が近づくとリリは俺に飛びついてくる。

「りりっ！」

「おっと危ない。よく頑張ったな」

リリをキャッチした俺は、その頭をなでて労をねぎらう。帰りににゃ～るをたくさん買ってあげよう。

「今日は助かったよ田中クン、おかげでいい研究ができた。大きな進歩だよこれは」

牧さんは体力を使い切ったのかフラフラになりながら近づいてくる。

だけど目だけはギンギンで少し怖い。

「仮説が正しかった、と言っていましたね。なにか重要なことが分かったんですか？」

「ああ。普通ダンジョンで生まれたモンスターは、そのダンジョンと近い構造のＤＮＡを持つことが分かっている」

「ダンジョンと近い構造のＤＮＡ？」

「ああ。ダンジョンはそれぞれ個別のＤＮＡを持っており、そこから生まれるモンスターは、その

DNAの一部分を受け継ぐのだよ。さながら親と子のようにね」

「……待ってください。ということはダンジョンは『生き物』ってことですか?」

「そうだとも言えるし、そうでないとも言える。まだまだダンジョンは謎の多い存在さ」

牧さんはくつくつと楽しそうに笑う。

この人が解き明かせていないんじゃ、まだ誰も俺の問いに回答できないだろう。

「ま、ひとまずモンスターにはダンジョンのDNAが刻まれていると考えてくれ。そしてそのDNAでダンジョンがモンスターを強く縛っている。君も知っていると思うが、モンスターはダンジョンが壊れると連鎖して自身も死んでしまう」

それは俺も知っている。

ダンジョンを壊すことでモンスターをこれ以上生み出すのを阻止するだけじゃなくて、すでに生まれたモンスターを倒すこともできるのだ。

「ダンジョンが壊れた時、モンスターが死ぬのはこのDNAによる作用だと研究者は考えている。迷宮がかけたモンスターへの縛り、我々はその特殊なDNAを『メイズロック』と呼んでいる。これはダンジョンから生まれた全てのモンスターが持ち得るものだ。しかし……」

牧さんは俺の手の中のリリを見る。

「その子にはメイズロックが存在しない。つまり……その子にはダンジョンの縛りがない。完全に自立した生命体ということになる」

それを聞いたリリは「り?」と首を傾げる。

自分が特別な存在だなんて言われても理解できないんだろう。

「分かるかい田中クン。これがどれだけ凄いことか。今までモンスターはダンジョンからしか生まれないと思われていた。だが違った。モンスターはそれ単独で存在することが可能だということをその子は証明してみせたのだよ」

興奮しながら語る牧さん。

確かにリリの存在はモンスターがダンジョンに頼らずとも生まれ、生きることが可能だということを証明している。

「私はこう考える。ダンジョンはあくまでモンスターに近い存在を生み出しているだけだと。ということはもととなったモンスターがどこかに住んでいるはず、それはどこか？　少なくとも地球上にそのようなものは存在しない。つまり……」

牧さんは俺の目を見ながら、その仮説を話す。

「こことは違う次元、異なる世界に彼らは生きている。ダンジョンや魔素はそこからやってきたのさ」

世界にダンジョンが生まれてから、既に十年の時が流れている。

その間にダンジョンは世界中の研究者から調べ尽くされ、魔素や覚醒者のことはかなり科学的に説明できるようになっていた。

しかしそれでも肝心の『ダンジョン』のことは、ほとんどと言っていいほど解明されていなかった。

どこから誕生したのか。なにが目的なのか。

自然現象なのか。それとも人為的に生み出されたものなのか。

調べれば調べるほど分からなくなる、最大の謎。

牧さんはその謎の一端を解き明かしたのかもしれない。

モンスターがここことは異なる世界から来たのならば、ダンジョンもまたしかりだろう。ダンジョンが違う世界から来たことを証明することができれば、色々な問題が解決するかもしれない。

もしこの仮説を世間が聞いたら興味津々に食らいつき騒ぎ立てるだろう。だけど俺は……あまり興味がなかった。

「はあ、そうなんですか」

「そうなんですか……ってやけにテンションが低いじゃないか田中クン？　君はどうでもいいのかい？」

「どうでもいいってわけじゃありませんけど……それを聞いても俺のやることは変わりませんので」

「へえ、興味があるね。キミのやることというのは一体なんだい？」

牧さんは興味深そうに尋ねてくる。

少し恥ずかしいけど、俺はその問いに答える。

「決まってます。俺と、俺の大切な人を害する敵を斬る。ダンジョンとモンスターがどこから来た存在だろうとそれは変わりません」

「……ふうん」

牧さんは楽しげに俺のことを見ながらニヤニヤする。

「男子三日会わざればというが、ずいぶん頼もしくなったものだねえ。橘《たちばな》クンも鼻が高いだろう」

「な、なんですか」

「……それはどうも」

牧さんは俺を褒めた後、少し考え込むように煙草の煙をくゆらす。

そして俺が想像もしていなかったことを口にする。

「これは政府内でもほとんど知られていないんだけど……最近皇居直下ダンジョンに活発化の兆《きざ》しがある」

「な、なんですって？」

牧さんの言葉に俺は驚愕《きょうがく》する。

皇居直下ダンジョンは俺や天月、堂島さん含む三百人の探索者で攻略し、二百人以上の犠牲を出しながらもなんとか攻略することができた、世界でもトップクラスに高難度のダンジョンだ。

俺たちは七年前、死闘の末に皇居直下ダンジョンの不活性化に成功した。もしそれが再び活性化したとなったら、世間は大騒ぎになるだろう。

皇居直下ダンジョンは特異型ダンジョン。それが活性化するということは、再び東京に大量のモンスターが出現するということだからだ。

「懐かしいねえ。あのダンジョンで過ごした時間は、私の人生の中でもトップクラスに刺激的な日々だった。今でも鮮明に思い出せるよ」

昔を懐かしむように、煙草の煙をくゆらせる牧さん。そう、彼女は俺たちと一緒に皇居直下ダンジョンに潜ったメンバーの一人だった。

もっとも戦闘員としてではなく、内部を研究する特別調査員として俺たちについてきたのだ。しかし彼女は魔素と科学技術を組み合わせた『魔導科学』によって生み出した兵器を使い、他の探索者たちより活躍しダンジョン攻略に多大に貢献した。

その力のおかげで牧さんは皇居直下ダンジョンから生還、帰還者の一人となってその名を更に知られるようになった。

かつて非合法な研究に手を染めていた汚名は払拭され、魔導研究局の局長にまで上り詰めたのだ。

「なんでそんな大事な情報を俺に教えたんですか？」

「もし再びあのダンジョンを攻略するようなことが起きたら、その鍵になるのはキミだと思ったからさ。だとしたら知っておいた方がいい。その時に迷いが生まれないようにねえ」

含みを持った言い方で、牧さんは言う。

確かにあのダンジョンは俺の師匠が命を落とした場所。俺にとってはトラウマがある場所だと言ってもいい。いざその時になったらためらうかもしれない。でも、

「もしその時になったら俺は行きますよ。東京《ここ》には俺の大切なものが多くあり過ぎますからね」

「それを聞けてよかった。またキミとあそこに行ける日を楽しみしているよ」

牧さんは心底楽しそうな笑みを浮かべ、そう答えた。

俺はそんな彼女に礼をして、リリと共に帰路につくのだった。

＊

牧さんと会った日の夜。

俺は足立に呼び出されとある飲食店に足を運んでいた。

「また焼肉か。芸のない奴だ」

そこは前回行った場所とは違う、そこそこいい値段のしそうな焼肉店だった。

しっかし足立の頭の中には焼肉しか選択肢にないのか、それとも俺のことを焼肉を食わせておけば上機嫌になる奴だと思っているのか。

……まあ後者は間違ってもいないけどな。

「あの、足立という名前で予約してると思うんですけど……」

店員さんにそう説明すると、奥の個室の座敷席に通される。

するとその部屋にはにやにやと笑みを浮かべる足立と、少しそわそわしている星乃の姿があった。

おい、星乃が来るなんて聞いてないぞ……。

「来たな田中。ほら、そっち座れ」

足立はからかうように星乃の隣を指差す。

こ、こいつ楽しんでやがるな？　俺と星乃は前回の配信の最後に全世界配信公開キスをかましてしまっている。足立も当然それを見ているだろう。

だから隣に座らせようとしているんだ。中学生みたいな嫌がらせをしやがって。

「えっと……隣に失礼するぞ」

「ひゃい！　ど、どどうぞ！」

話しかけると星乃は体をビクッ！　と震わせながら返事をする。

どうやら星乃もあの時のことを気にしているようだ。あまりあの時のことを思い出させないように、自然に接しよう。

「くくく、アツいねえお二人さん」

星乃の隣に座ると、足立がにやにやしながらからかってくる。

ちくしょう、調子に乗りやがって。

「で、なんで今日は呼び出したんだ？　まさかからかう為に呼んだなんてことはないよな？」

「悪かったって、怒るなよ。もちろんちゃんとした用があって今日は二人に来てもらったんだよ」

足立はそう言うと自分のバッグを漁《あさ》り、中からダンボールで梱包《こんぽう》された物を取り出す。

そしてその梱包を開けると、中から光り輝く長方形の物体を取り出す。

「おいそれって……」

「ああ、チャンネル登録者数五千万人を超えたチャンネルだけがもらえる『オリハルコンの盾』だよ。昨日届いたんだ」

足立はその盾をテーブルの上に置く。

その盾は白く輝いていて、見ているだけで眩《まぶ》しい。中央部には動画の再生マークが彫られていて
その下には『田中誠チャンネル』と書かれている。確かに俺に届いた物のようだ。

そんなに登録者数が増えていたなんて気がつかなかった。

「この前一千万人超えたばかりだった気がするんだけど、もう五千万人超えたのか？」

「ああ、リリちゃんが出てからその勢いはうなぎ登りだ。モンスターに懐かれてる人間なんてお前
しかいないからな。この前の自宅配信の反響も凄い。まだまだ伸びるぜ……くく」

足立は邪悪な笑みを浮かべる。

まったく、頼もしい限りだ。チャンネルの運営はこいつに任せておけば安泰だろう。

「す、凄いです！　オリハルコンの盾を持ってる日本人なんてほとんどいませんよ！」

そう大きな声を出したのは星乃だ。

その表情は興奮しているように見える。Dチューバーである彼女にとってこの盾は憧れなのかも
しれない。

「よかったらこの盾、触ってみるか？」

「い、いいんですか!?　ぜひお願いします！」

星乃は首が取れるんじゃないかというくらい縦に振る。

そして盾を持つとうっとりとその表面を眺める。喜んでもらえているようでなによりだ。

「そうだ、記念に写真を撮ろうじゃないか。ほら、二人とも寄って」

足立が俺たちにスマホを向けてくる。

すると星乃は俺に体を寄せてきて、盾を半分持たせてくる。この切り替えの早さはさすがだ。こういうのは苦手なので素直に尊敬する。

「はいチーズ……と。田中の表情が少し硬いけど、まあいいか。あ、唯ちゃんは完璧だ、いい笑顔してる。田中も少しは見習えよ」

「うるさい、俺はこれでいいんだよ」

とそんないつも通りのやり取りをしていると、お酒と料理が運ばれてくる。

どうやら足立が先に頼んでくれていたみたいだ。運ばれてきた物はどれも俺が好きそうな物だ。なんだか心を読まれているみたいでムカつくな。

「それで今日はこの盾のお祝いってことでいいのか？」

乾杯を済ませた後、俺は足立に尋ねる。

なんだか今日はそれだけで終わる気がしなかったのだ。

俺の勘は当たったみたいで、俺の言葉を聞いた足立は今日何度目になるか分からないムカつく笑みを浮かべる。

「さすがだな、今日はもう一つ発表……というか提案がある」

「提案？」

俺は首を傾げる。

チャンネルの運営は足立に一任してある。今更俺に何かを確認するようなことがあるのだろうか。

そう疑問に思っていると、足立は俺が想像してもいなかったことを口にする。

「会社《ギルド》を立ち上げよう、田中。もちろんお前が社長でな」

「はあ!?　お、俺が社長!?」

足立のまさかの言葉に、俺は驚き困惑する。

確かに前に法人化するかもしれないみたいな話は聞いたことがある。その方が税金的にいいらしいからな。

俺はそこらへんに詳しくないから、足立に一任して口出ししないようにしていたけど……俺が社長になるっていうなら話は別だ。さすがにはいそうですかと簡単に首を縦に振ることはできない。

「なにを驚いてんだよ。今のとこ社員は俺と田中の二人だけ。俺の方こそ社長の器じゃないだろ」

「いや、俺が社長の方が無理あるだろ！　言っとくが経営のことなんて一ミリも分からないぞ!?」

中学を卒業してから俺は今に至るまでダンジョンに潜り通しだった。

ダンジョンのことなら詳しいけど、他のことはさっぱりだ。そんな俺に社長業なんて務まるはずがない。

だから俺は力強く社長になるのを否定したわけだけど、足立はけろりとした態度でこう返してくる。

「くく、誰もお前に経営の腕なんて期待してねえよ。お前にはギルドの広告塔になってもらう、社長っていうのはただの肩書だ。社長になってても今まで通りの活動をしてれば大丈夫だ。ま、たまには社長らしくお偉いさんの相手をしてもらうかもしれないけどな」

「今まで通りでいいって……本当にそれで大丈夫なのか？」

「ああ、むしろ社長《おまえ》には今まで以上に配信してもらってガンガン人気を稼いでもらわないと困る。なんせ既に色々話は進んでるんだからな」

「……話？」

なんのことだ、と聞こうとすると足立がテーブルの上にゴトリと細長い物を置く。

それは一振りの剣だった。

いや、よく見ると造りが荒い。贋作《がんさく》……というよりオモチャみたいだ。

それになんだか俺の剣と似ているぞ？　いったいなんだこれは。

「えっと、ここを押して、と」

足立はその剣の柄の部分にあるボタンをポチッと押す。

すると、

『ジャキーン！　我流剣術、瞬《またたき》』

突然剣から効果音と俺の声が流れる。

その後も足立がボタンを押す度『お前は強かったが……相手が悪かったな』とか『ドォーン！我流剣術、富嶽唐竹割り《ふがくからたけわ》』など頭が痛くなるボイスが流れてくる。

「お、おい、なんだこれは。まるで戦隊モノのオモチャじゃないか！」

「まだ試作品だけどいい出来だろ？　商品名は『DX《デラックス》シャチケンソード』、世の少年たちがヨダレを垂らして欲しがること間違いなしだ！」

足立は自信満々に言い放つ。

正気か？　こんな物欲しがる奴いるのか？

確かに剣の再現度はなかなかだ。剣が好きな子どもは喜ぶかもしれないけど……俺のボイスはいらないはずだ。

わざわざ配信から声を切り抜いてまでこんな物を作りやがって。誰が欲しがるんだまったく。

「あ、あの!!　その剣っていただけますか!?　もちろんお金は払います！」

唐突に割り込んできた星乃の声に俺はズコっと体勢を崩す。

こんな近くに欲しがる人がいるなんて。本当にこんなのが欲しいのか？

「本気か星乃？　こんなの本当に欲しいのか？」

「当然じゃないですか！　田中さんのファンだったら絶対欲しいですよ！　亮太《りようた》と灯《あかり》も絶対欲しがります！」

星乃は鼻息荒く主張する。

ええ……信じられん。俺の声が入った剣が欲しい人がいるなんて、まったく想像つかない。

「はは、唯ちゃんなら無料《タダ》であげるよ。妹ちゃんと弟くんの分も合わせて三本あればいいかな？」

「ありがとうございます！　あの、お金は払いますので母の分と……その、保存用と観賞用にあと二本足してくれませんか？」

「全部で六本ね、オッケー。予約サイトがパンクしたらすぐ揃えられるか分からないけど、四本は絶対に確保しておく」

「やったっ！　ありがとうございます！」

俺を蚊帳の外に俺の剣のオモチャの取引が行われる。

どんな顔していいか分からん……頭が痛くなってきた。

「お前いつの間にこんな物を……」

「これだけじゃないぞ？　他にもキーホルダーやバッジ、ＣＤやらコスプレ衣装、ソシャゲのコラボキャラのオファーまで来てる。あ、来週音声の収録あるから空けておいてくれよ」

「マジかよ、悪い夢であってくれ……」

自分のグッズが世間にばらまかれるなんて、悪い夢にしか思えない。

とはいえそれで喜んでくれる人がいるなら……まあやるしかないか。足立もここまで色々進めるのに苦労しただろうしな。

「……分かった、俺も腹をくくる。お飾りの社長でいいならやってやる。だけどお前は大丈夫なのか？」

「ん？　なにがだ？」

足立は俺の言葉に首を傾げる。

「だってお前、既に働いているじゃないか。今はまだなんとかなってるのかもしれないけど、本業がありながらチャンネルの管理と会社の運営とグッズの進行なんてできないだろ」

「ああそのことか。安心しろ、外部の人間を雇うから俺一人で会社の運営をするわけじゃない。それに……本業はもう、辞表を出してきたからな。ははは」

「はあ!?　お前会社辞めたのか!?」

突然のカミングアウトに俺は大声を出して驚く。

こいつが勤めている会社は、そこそこ大手の優良企業のはずだ。黒犬《ブラックドッグ》ギルドとは違って残業もほとんどなく給料も良くて離職率も低い。

それに足立には家庭がある。美人の奥さんとかわいらしい娘。絵に描いたようないい家庭だ。

それなのに会社を辞めてしまうなんて。

「頭のいいお前がそんなことをするなんて信じられない。一体どういうつもりだ？　奥さんはこのことを知っているのか？」

「おいおい、そんなおっかない顔をするなよ田中。考えなしにやったわけじゃないし、嫁にもちゃんと話してあるって」

足立はそう言うとジョッキに入っている酒をグッと飲み干す。

納得できない俺は、足立に更に詰め寄る。

「ならなんで俺に相談もせずに会社を辞めた。俺がそんなことをして喜ぶと思ったか？」

「思ってないから黙って辞めたんだろうが。反対されることなんて分かりきってたからな」

足立は悪びれず言う。

確かに足立の言う通り「仕事を辞めようと思っている」なんて言われた日には猛反対しただろう。

独り身ならまだしも足立には家族がいる。安定した暮らしを手放させることなんてできるはずがない。

「くく、どうせ俺の家族のことを心配してるんだろう？　お前の考えていることは分かる。そこまで気にかけてくれるのは嬉しい、だけどな」

足立は真剣な目を俺にまっすぐ向けながら言い放つ。

「俺は俺のケツくらい自分で拭ける。一度事業に失敗したくらいで家族を路頭に迷わせるようなことはしない。ちゃんと数年分の生活費はあるし、事業がコケそうになった時の保険は二重三重にかけてある」

「だとしても……お前がそこまでする必要はなかっただろう。別にお前は大金持ちになりたいタイプじゃない。今のままでも十分だったはずだ」

「まあな。だけどこれが俺がずっとやりたかったことなんだ。『夢』と言ってもいい。嫁もそれを知ってたから賛同してくれたんだ」

「足立、お前……」

「俺は博打をしない、つまりこれは勝てる勝負だと確信してるから俺は仕事を辞めたってわけだ。だからお前はつまらないことを気にしてないで前だけ見てろ。俺に少しでも恩を感じてくれてるならな」

足立はそう言ってにやっと笑みを浮かべる。

……はあ。ここまで言われては握った拳を解くしかない。顔の形が変わるまでぶん殴って辞職を撤回させようと思ってたんだけどな。

「少し喋《しゃべ》りすぎたな。飲みすぎたみたいだ」

足立は恥ずかしそうに鼻をかく。

覚醒者であるお前がこれくらいで酔うわけないだろ、という野暮なツッコミは胸のうちにとどめておく。

「いいんだな？　本当に」

「しつけえよ社長。しっかり儲けさせてくれよな？」

足立の言葉に、俺はジョッキ同士をぶつけることで返事をする。

この馬鹿の家族が苦労しない為にも頑張らないとな。

「で？　ギルドを作るってまずなにをするんだ？」

「面倒な手続きはもうこっちで済ませてある。後は事務所と……社員を増やすかどうするかだな。経理やらの手続き系は俺の知り合いに頼めるとして、雑事をしてくれる人が数人いると助かるんだけど」

「なるほど。それなら黒犬《ブラックドッグ》ギルドを辞めた連中に聞けば誰か捕まるかもしれないな。全員が再就職できてるわけじゃないと思うからな」

あのギルドから解放されてすぐ働き始めるのは中々大変だろう。

束の間の休息を味わっている元社員がいるはずだ。俺はソロで働いていたからあまり親しい人はいないけど、連絡先くらいなら知っているし向こうも話を聞いてくれるだろう。

さっそく頭の中で誰から声をかけようかと考えていると、今まで黙っていた星乃が声を上げる。

「あ、あの!!　その社員さんって私がなっても、その、大丈夫でしょうか？」

「「……え？」」

突然の提案に俺だけでなく足立も間の抜けた声を出す。

まさかそんなことを言われるとは思わなかった。

「な、なに言ってるんだ？　星乃は今大学生だし、卒業したら大手のギルドに入りたいんだろ？まだ軌道に乗ってすらいない弱小ギルドに入るなんてありえないだろう」

「確かに私はそのつもりでした。ですが今の私の一番の夢は違います。私は……田中さんと一緒に働きたいんです！　田中さんは私の憧れ、目標なんです。なのでどうかお願いします！」

星乃は頭を下げ、思いの丈をぶつけてくる。

彼女の『憧れ』という言葉はこの場合、異性としてでなく一人の探索者として、だろう。まさかここまで慕ってくれているとは思わなかった。驚きだ。

その気持ち自体は素直に嬉しい。だけど星乃は未来ある若者だ、そう簡単に受け入れるわけにもいかない。他のギルドも経験した上で選択してくれるならいいけど、初めから俺のギルドに入るのはいかがなものだろうか。

そう返事に悩んでいると、見かねた足立が口を開く。

「だったらウチでアルバイトをすればいい。ラフなインターンみたいなものだな。それでしばらく働いてみて、他とも比べて、それでもまだウチが良いって言うなら入社《はい》ればいい。なあ社長」

「あ、ああ。まったくもってその通りだな」

足立の助け舟に俺は全力で飛び乗る。

ギルドの運営はこんな感じで進んでいくんだろうとひしひしと感じる。

足立の提案を聞いた星乃は少し考えたあと、こくりと頷く。

「分かりました。ではそれでお願いします！」

「ああ。星乃が手伝ってくれるのは心強いよ。頼りにしてる」

こうして俺たちのギルドに新しい仲間が加わった。

ま、ギルドの名前もまだ決まってないし、正式稼働は少し先になるだろうけどな。

「唯ちゃんのことは誘おうと思っていたんだけど、まさかそっちから来てくれるとは嬉しいねえ。男二人だけの会社なんてムサいだけから大助かりだ」

足立は上機嫌で酒を飲む。

こいつ、最初からそのつもりだったのか。なんで星乃まで誘ってるのかと思ったらそういうことか。

「いやぁめでたいめでたい。お祝いに高いものでも頼むか……ん？　ボタンが反応しないな」

足立はわざとらしくそう言うと立ち上がる。

どうやら直接店員を呼びに行くみたいだ。

「ついでにトイレ行ってくる。俺がいないからってあまりイチャイチャするなよ？」

「とっとと行ってこい」

軽口を叩《たた》く足立を個室から追い出す。

必然部屋には俺と星乃の二人が残る。

……気まずい。二人きりだとなにを話していいか分からない。少し前までは自然に話せていた気がするけど、公開告白《あんなこと》があった手前、なかなか目を見て話せない。

だが大人としてこんなところで日和ってはいられない。俺は呼吸を整え横に座る星乃を見る。

「星乃、この前のことだけど……」

「あ、え、ええとはい！」

星乃は顔を真っ赤にさせながら、慌てた様子で反応する。

そして落ち着きを取り戻したのかと思うと、期待半分不安半分といった目をしながら上目遣いで俺を見る。うう、緊張してきた。

「もう少しだけ、返事を待っていてほしい。俺の覚悟が決まったら必ず返事をする。待たせてしまって悪いが……その代わり絶対に星乃を悲しませたりはしない。約束する」

「田……!!　はい、分かりました。私、待っています……♡」

潤んだ瞳で星乃は俺のことをじっと見つめてくる。

大きくてくりっとした、つぶらな瞳だ。見ていると吸い込まれそうに感じる。

「田中さん……」

「星乃……」

自然とお互いの顔が、ゆっくりと近づく。

星乃の息遣いが聞こえてきたところで、彼女はゆっくりと目を閉じる。

こ、これはそういうことなのか！？？　心臓がバクンバクンと跳ねる中、俺の視界の端にあるものが映る。

「じー……」

それは扉の隙間からこちらを覗《のぞ》く目。

顔はよく見えないけどこんなことをする人物は一人しかいない。

「おい足立ィ！　なに見てんだ！」

「ちっ、ばれたか」

残念そうな顔をしながら足立が入ってくる。

こいついつから覗いていたんだ？　まったく気配を感じなかったぞ。

「ほら、俺のことは気にせず続けて続けて。せっかくいい雰囲気を作ってやったんだから」

「てめえボタン反応しなかったのは演技だな!?　こっちに来いやっぱり顔が変形するまで殴ってやる！」

「やめろ！　お前のそれはシャレにならない！」

逃げる足立とそれを追う俺。

こうして俺たちの飲み会は騒がしく夜遅くまで続いたのだった。

▷ 第三章 … 田中、世界樹に潜るってよ

SEND

「みなさんこんにちは、田中誠《たなかまこと》です。今日も配信に来てくださりありがとうございます」

宙に浮くドローンにいつもの挨拶をして、ダンジョン配信を始める。

事前に告知していたおかげもあり、視聴者数はぐんぐんと伸びていく。

〈来た！

〈待ってた
〈おはケン
〈始まった！

〈一昨日から待ってました！

〈今回は誰か一緒じゃないのかな？

コメントにざっと目を通し、その中から視聴者が気になっていそうなことを抜粋する。

「今日はゲストは一緒ではありません。リリはいますけどね」

そう言うと胸ポケットからショゴスのリリが「り？」と顔を出す。

家に置いておくと色々危険なのでどこに行く時も基本一緒だ。足立《あだち》とかに預けられるようになる

といいとは思うんだけど……まああいつがリリの酸に耐えられるようになったらだな。

〈リリたそ！

〈かわい～

〈ショゴたんはあはあ
〈一分の一フィギュアはまだですか!?

〈リリぬい欲しい
〈シャチケン等身大フィギュアも
〈グッズは個人じゃ厳しいかねえ
リリの人気は相変わらず凄《すさ》まじく、グッズ化希望の声が日に日に増えている。

足立もそれは知っているようで、関係各所に連絡を取りながら進めているらしい。とはいえまだ発売の目処《めど》は立っていないので、ここで言うことはできない。

DXシャチケンソードに関してはもう少しで発表できると言っていたけど……本当に欲しがる人がいるのか疑問ではある。星乃《ほしの》家だけしか欲しがらなかったらさすがに泣くぞ。

おっと、そうだ。あれに関しては報告していいと足立から言われていたんだ。早めに言っておくか。

「えー、みなさまに報告がありますので、ダンジョンに潜る前に発表いたします」

〈え、なに!?

〈どきどき

〈まさか……
〈結婚報告か!?
〈俺を差し置いて誰と結婚するんだ田中ァ!?
〈ま、まだ慌てるには早いいいあいｓな
〈クッソ慌てってて草
「実はこの度、新しいギルドを作ることになりました。そして私、田中誠はそのギルドの社長を務めさせていただきます」
〈ええっ!?
〈まじかよ！
〈おめでとうございます！
〈新ギルド作るのだけでも驚きなのに社長!?
〈これは凄《すご》い発表だ
〈結婚じゃないのか……（、・ε・｀）
〈これからは社畜剣聖じゃなくて社長剣聖になるなｗ
〈つまり略してシャチケンか
〈変わってなくて草
〈シャチョケンもかわいくてよくね？ｗ
〈あの死んだ魚みたいな目をしていた田中が成長したものだ……（しみじみ）

〈後方彼氏面すな
新ギルド発表の反応は上々だった。

みんな驚き、祝福してくれる。よかった、俺みたいなのが社長になると言ったら非難されるかもと思ってたが杞憂《きゆう》だったみたいだ。

〈でも社長になったら配信とかできないんじゃない?

〈確かに。それは寂しい
〈てか他に社員は?

〈ギルドの名前はなんですか!?

〈社員募集の予定はありますか!?

〈愛人は募集してないんですか!?!?!?

矢継ぎ早に繰り出される質問の数々。

ひとまず最後に目に入ったやつは無視するとして、一つずつ答えていかなきゃな。

「私は社長という役職になりますが、活動内容は基本的に変えない方針です。今後も今まで通り配信を続ける予定ですのでご安心ください。社員は今のところ自分と友人の二人で、他に募集をかける予定はございません。ですがこの先必要になれば募集するかもしれません」

〈把握
〈なるほど
〈配信は続けるんだ。よかった

〈安心しました！

〈シャチケンの配信なくなったら生きがいなくなるぞ！

〈その友人が色々裏方やってるのかな？　プロデュース力高そう

〈募集かけるまで無職で待機しとくか

〈求人出したらめっちゃ人集まりそうｗ

「……あ、そうでした。コラボで度々出ていただいている星乃はアルバイトで採用することになりました。正式に社員として採用するかは分かりませんが、力を貸してくださるそうです」

〈え!?　ゆいちゃんいるの!?

〈まあ妥当な人選ではある

〈愛人採用ですか!?

〈やはりメインヒロインじゃったか……

〈アルバイト、そういう選択肢もあるのか

〈まあでも知らん人雇うより納得感はある

〈これには強火ファンも沈黙

〈愛人枠やんけ！

「それと、えー……これが新しいギルドのマークになります」

スマホを操作して、一枚の画像を配信画面に出す。

それは白い狼が壊れた首輪を咥《くわ》えているロゴであった。足立がプロのイラストレーターに頼んで作ってもらった物で、かなりかっこいい。俺も気に入っている。
〈かっこええな
〈気合入っとるやん
〈ギルドマークはギルドの象徴だからね、大事よ
〈これは犬……じゃなくて狼？　ちょっと黒犬《ブラックドッグ》ギルドのに似てるね
〈そういやあのギルドのマークはゴツい首輪が硬そうな鎖で繋《つな》がれてたな
〈首輪を壊して狼に進化してるのか
〈首輪は須田《すだ》のメタファーってわけだ
〈オタクはメタファー好きだからな
「ギルドの名前は『白狼《ホワイトウルフ》ギルド』です。私がいた『黒犬《ブラックドッグ》ギルド』はみなさんご存じの通りとてつもないブラックギルドでした。ですので新しいギルドでは誰もが幸せに働けるホワイトギルドを目指します。そういった意味を込めてこのような名前をつけました」
ブラックからホワイトへ。
飼い犬から自立した狼へ。
ギルドの名前にはそういった俺の意志が込められている。
「充実した福利厚生、活躍に応じたボーナス、各種手当てにフレックスタイム制度の導入。そしてもちろん十分な休日。白狼《ホワイトウルフ》ギルドは、誰もが入りたくなるようなギルドを目指して頑張ります」
〈おお、凄い気合だ

〈ホワイトギルドやなあ
〈田中がいるだけでも入りたいのに
〈大変そうだけど頑張ってほしい
〈黒犬《ブラックドッグ》ギルドほどじゃないけど、ブラックなギルドはまだあるからねえ
〈業界に新しい風が吹くな
〈応援してます
〈こりゃマジで大きいギルドになるかもな
〈俺のギルドもブラック気味だから入りたいわ……
〈辞表出してきた
〈決意早すぎて草
予定していたことを全て話した俺は「ふう」と一息つく。
今の視聴者数は五百万人、この中には外国人もたくさんいる。国内外に向けて十分宣伝になっただろう。
だがここからが本番だ。今日潜るダンジョンはいつものとは違う、特別なダンジョンだからな。
「さて、告知が終わりましたので本題に参ります。今日潜るダンジョンはこちらです」
ドローンの角度を変えて、これから潜るダンジョンを映す。
今までは壁を背にしていたから視聴者はどこにいるか分からなかった。しかし映ったそれを見て一斉にそこがどこかを理解した。

〈ここって……！

〈告知からずっと待ってたよ！

〈マジかよ！　中が見れるの!?

〈ずっと気になっていたんだよ！

配信画面に映ったのは、巨大な樹木。

雲に届くほど高く、ビルより太いその樹《き》はそれ自体がダンジョンなのだ。

『代々木世界樹ダンジョン』。

まだ内部構造が把握されていない、最近できたダンジョンだ。

以前堂島《どうじま》さんにここの調査を依頼されていたが、今日ようやく潜ることになった。

地上に露出している樹木部の調査は政府が終わらせているが、地下の根の部分は強力なモンスターが多くてあまり進んでいない。今日はその部分の調査を配信するのだ。

「それでは業務《しごと》を始めます。どうかみなさん、最後までお付き合いください」

ネクタイを締め直した俺はまだ誰も入ったことのない、そのダンジョンに足を踏み入れるのだった。

「お待ちしておりました、田中様。どうぞこちらへ」

「はい、よろしくお願いします」

代々木世界樹ダンジョンの入り口に着いた俺は、制服を着た人に案内されダンジョンを封鎖している隔壁の中に入る。

この人は『迷宮管理局』の職員だ。出現した迷宮は全て迷宮管理局が管理している。

「……急にお呼び立てして申し訳ありません。今手が空いている政府の者の実力では調査すらままなりませんでした。田中様だけが頼りなのです」

職員さんはドローンに聞こえないくらいの小さな声で、そう言ってくる。

実は今回のダンジョンアタックは、昨日急に決まったことなのだ。本当ならもっと入念に準備してから入るはずだった。

「いえ、構いませんよ。どうせ暇ですので」

それなのになぜ今日行くことになったのか？

それはこのダンジョンが活性化していると報告があったからだ。

なんでも報告によるとこのダンジョンの魔素濃度が急激にあがり、中のモンスターも活発化しているらしい。このような現象が起きるダンジョンは、特異型ダンジョンに変貌する可能性もある。

だから俺の探索は前倒しになったのだ。

今回は既にダンジョンの『破壊許可』が下りている。このダンジョンが特異型だったり危険なものだと判明したら壊していいと堂島さんに言われている。

特異型ダンジョンは世界に数十個存在するが、破壊例は一例のみ。つまり俺がショゴスを倒したあのケースのみなのだ。だから堂島さんは俺に破壊まで頼んだんだろう。

「……ここから底へ行くことができます」

「なるほど、これはなかなか……」

案内された場所には、地下に繋がる大きな穴が開いていた。

ぽっかりと開いたその穴には、世界樹の根がたくさん生えている。これを伝っていけば奥まで歩いていけそうだ。

根以外に足場となるものは見つからない、普通の人間なら足を踏み外したり滑ったりしたら一巻の終わりだ。かなり難度の高いダンジョンと言えるが、俺が気になったのはそこではなかった。

「上層でこの魔素濃度。ここまで濃いのは『皇居直下ダンジョン』以来か……？」

一番浅い層でこれほど濃い魔素を感じるなんて、あのダンジョン以来だ。

歴の浅い探索者であれば、ここに入っただけで魔素中毒を起こすかもしれない。上層でこの魔素濃度であれば、深層はどれだけ強いモンスターが出るのか。少し憂鬱になるな。

「……どうされますか？　夜まで待てば天月《あまつき》課長も手が空くと報告がありました。それを待ってからの調査でも大丈夫です」

「いえ……大丈夫です。今は少しでも時間が惜しいので」

天月が来てくれればかなり頼もしいけど、このダンジョンは今も成長を続けている。なるべく早く潜った方がいいだろう。それに仲間がいるといざという時、逃げにくい。

調査だけで済む可能性も考えると、ソロがもっともやりやすい。

その方が慣れてるしな。

「この太い根を下っていくのが安全だと思われます。しかし調査班では中層までたどり着くことすらできませんでした。それと……え？」

俺は手を上げて管理局の人の喋《しゃべ》りを制する。

その行動の意味が分からず管理局の人は戸惑う。

「そろそろ戻られた方がいいかもしれません。どうやらもう捕捉されているみたいですよ」

「な……!?」

しゅるしゅるというなにかが擦れる音が聞こえる。

それは大きな長い生き物が木の根の表面を動く音であった。それらは長い舌をチロチロと出しながら、俺たち二人を囲むように出現する。

それは紫色の鱗《うろこ》を持った巨大なヘビだった。目算だけど体長は十メートル以上ありそうだ。数にしておよそ三十匹ほど。木の根に巻き付いたそれらの牙からは、紫色の液体が滴り落ちている。

「あれはヴェノムサーペント!?　Aランクのモンスターがこんなに……！」

「ここはすでに奴《やつ》らの縄張りみたいですね」

「しかしここはまだ安全だったはずです、それなのにこんな！」

「それだけ活性化しているということでしょう。早めに来て正解でした」

俺は剣を抜き、構える。

さて、

「――――これより業務を開始する」

『シャアアアア!!』

ヴェノムサーペントの一匹が、大きな声を出して俺を威嚇する。

どうやら品定めが終わり、俺を獲物だと認識したみたいだ。向こうは三十四、こちらは職員さんも含めて二人（まあリリもいるが）。どちらが有利かは誰が見ても明らかだ。

「ひ、ひいいいいっ！」

悲鳴を上げた職員さんは耐えきれず背を向け逃げようとする。

するとすぐさま一匹のヴェノムサーペントが彼の背中めがけて飛びかかる。野生動物に背中を向けてはいけないのは鉄則だ。それはモンスター相手でも変わりない。

俺はまっすぐこちらに飛びかかってくるヴェノムサーペントに向けて、剣を振るう。

「我流剣術、瞬《またたき》」

剣閃が走り、ヴェノムサーペントの頭部が切り落とされる。

頭を失った胴体は根の上にドサリと落ちると、しばらくうねうね動いた後、穴の底へ落下していく。

〈うおおおおっ！　倒した！

〈さすがシャチケン！

〈一発で草

〈まあ相手は所詮Aランクやからね

〈いやAランクのモンスターって普通に強いんだけどね……

〈シャチケン最強！　シャチケン最強！

〈でもまだ三十匹近くいるぞ。いけるか？

〈足元が不安定なのも怖いね

〈ていうか上層でこれかよ。シャチケン以外に攻略無理だろ

一匹倒せば他の個体も逃げてくれないかと思ったけど、残念ながらそうはならなかった。仇討《かたき》ちか、それとも腹を空かせているだけか。ヴェノムサーペントたちは逃げずにジリジリと近寄ってくる。

やる以外に道はなさそうだ。

「職員さん。背中を向けずにゆっくり後退して逃げてください。後は私が」

「は、はい。よろしくお願いします。ご武運をお祈りしてます……！」

職員さんは俺の言う通り後退すると、ダンジョンから出て隔壁を閉じる。

「これで一人。思う存分戦えるな」

「てけ！　りりっ！」

胸ポケットから顔を出したリリが抗議してくる。

どうやら自分もいると怒っているようだ。

〈リリちゃん怒っててかわe

〈実際ショゴスはランクEXだからヴェノムサーペントより格上なのよね
〈でもまだ赤ちゃんだからなぁ
〈成長したら最強の味方になるでしょ
〈りりたんはあはあ
〈ふんぐるいふんぐるい（脳が理解を拒む文章）
〈いやリリたんは成長したらダウナー系激重美少女に成長すると賭けるね
〈俺もそれに須田の命を賭けるわ
〈勝手に須田の命賭けられてて草
「悪い悪い、リリが一緒だったな。それじゃあ一緒に戦うとするか」
「りりっ！」
意気込むリリと共に、ヴェノムサーペントを見る。
奴らはジリジリと近寄り……そして一気に襲いかかってくる。
『ジャアッ！』
まず一匹が牙を剝《む》き出しにして嚙《か》みついてくる。
その牙からは紫色の液体が滴り落ちている。もちろんそれは猛毒であり、大型のモンスターをも一瞬で殺すほどの毒性を持っている。
俺は素早く跳躍しその嚙みつきをかわすと、頭上から相手の脳天めがけて剣を突き刺す。
「よっ、と」

『ジャ!?』

いかに頑丈な肉体を持っていても、脳を貫かれては生きていられない。まだ体がピクピクと痙攣《けいれん》しているが、じきに動かなくなるだろう。

〈瞬殺過ぎるw

〈相変わらずはっや

〈いつの間にか一匹倒してて草

〈残像って本当に残るんだな……

〈でもまだまだいるぞ

〈勝ったな、トイレ行ってくる

『ジャアアアアッ!!』

仲間が二匹も殺されたことに腹を立てたのか、ヴェノムサーペントたちは四方八方から一斉に襲いかかってくる。たとえ一匹がやられても誰かが噛みつけば毒で倒せると思っているんだろう。

しかし、、、この程度の数なら対応できる。

「我流剣術、無尽斬《むじんざん》」

数えきれないほどの剣閃が走り、次々にヴェノムサーペントたちを切り刻む。

無尽斬はその名の通り尽きないほどの斬撃の雨を放つ脳筋技だ。一発一発の威力は瞬《またたき》に劣るが、その分手数で圧倒的に勝る。

相手が多数いる場合は非常に有効な技だ。

〈な、なにが起こってんだ!?

〈速すぎて腕も剣も見えないｗｗ

〈ヴェノムサーペントくんスパスパで草

〈まだこんな技持ってたのかよ！

〈もう少ししか残ってないじゃんｗ

襲いかかってきたヴェノムサーペントをあらかた斬った俺は、一旦腕を止める。

残る三匹のヴェノムサーペントは死んだ仲間を見て警戒心を強め俺から距離を取った。さて、残りをどう片付けるか……と考えていると、俺の背後にいたヴェノムサーペントが急加速し襲いかかってくる。

『ジャア!!』

俺は振り返って剣を振ろうとするが、それより早く胸ポケットからリリが飛び出し、俺の肩に乗る。

「りりっ！」

そして目の下部分、普通の生物なら口があるところから黒い液体をピュッ!!　と発射する。

その液体を顔面に食らったヴェノムサーペントは『ギシャアアアアア!?』と苦悶《くもん》の叫び声を上げた後、バタリと倒れる。

リリの液体が当たった箇所はドロドロに溶け、骨だけが残って肉は完全になくなる。うわ、痛そうだ。

〈……え？

〈ひぃ
〈リリちゃん強すぎて草ァ！

〈いつのまにあんなことできるようになったの？

〈さすがEXランク
〈やばすんぎ
〈いあ！　いあ！（吐き気をもよおす文字列）

〈リリたんもちゃんとショゴスなんやね
賑《にぎ》わうコメント欄。

まさかリリがこんな強くなっているとは思わなかっただろうな。

「りりっ！」

ヴェノムサーペントを倒し、得意げに胸（？）を張るリリ。

俺はすかさず持参したにゃ～るを取り出し、リリに食べさせる。

「よくやった。偉いぞ」

「りり～♡」

嬉しそうに声を出すリリ。

実はこっそり家でリリに芸を仕込んでいた。

最初はお手とか待てとか犬がやるようなことだけだったけど、俺を喜ばせたかったのかリリはそれ以上のことを自ら披露し始めた。
　その一つが今行った『酸弾』だ。
　前に倒したショゴスは、全身に特殊な酸をまとっていた。それは武器が触れると一瞬で溶かしてしまうほど強力なものだった。
　リリはそれによく似た酸を体内で作り、発射することができるのだ。家で遊びながら特訓したおかげで速度も狙いも上々。ダンジョンのモンスターにも通用する武器となっている。
「さて、まだ入り口だ残りをとっとと倒すとするか」
「りりっ！」
『シュルル……』
〈ヴェノムサーペントくん、たじたじで草
〈そりゃ仲間がドロドロに溶かされたらビビりもするｗ
〈相手が悪かったよ……
〈自慢の毒よりリリたんの酸の方がやばいからね
〈どうすんだよシャチケンに遠距離攻撃まで加わったらもうどう攻略していいか分からんぞｗ
〈もともと斬撃飛ばせるからあんま変わらんくね？ｗ
〈どっちにしろクソボスだからな
〈出会ったモンスターがかわいそう
〈弱体調整《ナーフ》はよ

「よっ、ほっ」
攻めるのをためらっている隙を突き、更に俺は数匹ヴェノムサーペントを倒す。
残り一匹、さくっと倒して下に降りようと思っていると、その個体は大きく口を開いて鋭い牙の先から紫色の液体を大量に噴射する。
その液体はまっすぐこちらに飛んできて、俺の体に命中する。
〈え!?
〈あの毒って飛ばせたの!?
〈オイオイ死んだわ田中
〈シャチケン!?
〈おお田中、死んでしまうとは情けない
〈さすがに死んだろ
〈いや絶対死んでないゾ
〈わざと食らったままである
俺の体を覆った毒が、重力に従い足元に落ちる。
皮膚からでも体内に侵入し、大型生物をも簡単に仕留めるその毒だが……俺には効かなかった。
少し口に入ったけど、特に問題はない。ヴェノムサーペントは何回か食っているので耐性はできている。
この程度の毒ならリリも平気だと思うけど、念のためリリに当たらないように手で守っておいた。

「ぺっ、ちょっと苦いな」

〈苦いなは草

〈やっぱり食らってないやんけ！

〈知ってた

〈まあショゴス食ってたしね……

〈ヴェノムサーペントくんドン引きしてて草なんだ

〈絶対勝ったと思っただろうなw

〈運が悪かったね……

〈あ、斬られた

〈あっさり終わったなあw

〈最後の一撃は切ないなあ

〈これで全部倒したかな？

最後の一匹を倒したので、俺は戦利品を拾う。

いくつかは穴の下に落下してしまったが、根の上に残っている物もある。

ヴェノムサーペントの牙に鱗、そして肉。自分のギルドを作ったのでダンジョンの物を売ることもできるようになる。今までは武器や回復薬《ポーション》の素材になる物以外は放っておいたけど、これからはこまめに拾っておかないとな。

「お、いい部位の肉も落ちてるな。リリも食うか？」

「りっ！」

ヴェノムサーペントの肉を一切れ与えると、リリは「んまんま」と美味《おい》しそうに食べる。

肉にも微量ながら毒はあるけど、特に問題はなさそうだ。どうやらリリも毒への強い耐性があるみたいだ。

「よーし、じゃあそろそろ行くか……ん？」

根から飛び降りようとした時、視界の端に黒い物が見えた。

ダンジョンの根に埋まっている長方形の物体。大きさは三十センチほどで、黒くて半透明、中には機械のような物が透けて見える。

ＨＤＤ《ハードディスクドライブ》に似ているといえば分かりやすいだろうか。

「迷宮情報端末《アーカイブ》がこんな浅いところにあるなんて。回収しておくか」

俺はそれをスーツのポケットに入れ、回収する。

〈ん？　なにこれ

〈機械？

〈迷宮情報端末《アーカイブ》やん。なんでこんなところにあるんや

〈これはダンジョンの情報が保存されている謎物体だぞ。モンスターの名前とかランクは全て迷宮情報端末《アーカイブ》のものを参考にしてるんだよ

〈え？　誰かが命名してるわけじゃないの？

〈せやで、ネームドモンスターとかは政府が名前つけてるけど、種族の名前は全部迷宮情報端末《アーカイブ》か

ら取られてる
〈確か魔法の使い方とかも迷宮情報端末《アーカイブ》に記録されていたんだよな。これがなかったらダンジョン探索ももっと遅れていたよな

コメントでも言われているけど、この迷宮情報端末《アーカイブ》にはダンジョン関連の様々な情報が保存されている。その中身はまだ地球人が知らないものがほとんど。怪しさマックスだけど中の情報は正しいものであると証明されているので、人類はこれに頼っているのが現状だ。

なのでまだ人類が出会っていないモンスターも、記録上は保存されている。初めて見るモンスターも名前、強さ、そしてどんな特徴を持っているか分かるのだ。

しかし一般的なモンスターのデータは誰でもアクセスできるが、危険なモンスターやまだ確認されていないモンスターの情報などはアクセス制限がかかっていて誰でも見られるわけではない。

もちろん天月や凛《りん》は政府関係者なので日本が管理している全ての情報にアクセスできる。

というわけで迷宮情報端末《アーカイブ》の価値はとても高い。

基本的に入手したそれは政府に渡す決まりになっているけど、裏で高額取引されることも多いみたいだ。情報を独占するのはいつの時代もメリットが大きいからな。

一応世界の主要国は迷宮情報端末《アーカイブ》の情報を共有する条約を結んではいるみたいだけど、まあ全ての情報を共有してはいないだろう。どこの国も命がけで手に入れた情報を簡単に共有したくないだろうからな。

ちなみに迷宮情報端末《アーカイブ》に入っている情報はランダムで、価値の高いものから既に一般的に知られ

ていてあまり価値のないものまで様々ある。

「いい情報が入っているといいけど、まあ帰ってのお楽しみだな」

俺は呟《つぶや》きながら根の端っこに立つ。

下を見るとかなり奥底まで穴が続いている。奥は暗くてどこまで続いているのか分からない。

根を伝って降りていけば安全なんだろうけど、そうしていたらいつまでも奥にはいけないだろう。

いつもどおりあれでいくか。

〈まさか
〈待ってた
〈なにが起きるんですか!?

〈酔い止めタイム
〈酔止薬《ヤク》キメろ!

俺はぴょん、と根から飛び降りると、ダンジョンの奥めがけて落下し始めるのだった。


根から飛び降りた俺は、世界樹ダンジョンの地下をぐんぐんと降下する。

ふむ、思ったより深い。下は真っ暗でまだ底が見えない。

時々大きな根が行く手を遮るので、避《よ》けたり斬ったりして落下する。

〈ぎゃあああ!!
〈長すぎる！
〈うぷっ
〈おろろろ
〈楽しいぃ！
〈お前らもっと三半規管鍛えろよ……うぷ
〈軟弱な奴らが多いな、初見か？ｗ
〈三半規管マウント草
落下中の映像は中々酔うみたいなので、なにかしら対策をしようと思ったけど、それは足立に止められた。なんでもそれも一つのコンテンツになっているらしい。
うーむ、よく分からん。配信は不思議でいっぱいだ。
「……ん？」
下の方でなにかが動くのが見えた。
あれは……根か？　一本の根っこがうねうねと動き、その先端を俺の方に向ける。
そして先端がかぱっと口のように開く。
「あれは『ツリードラゴン』か。珍しいのがいるな」
ツリードラゴンはその名の通り樹木の体を持つドラゴンだ。
植物が多いダンジョンに出現し、普段は樹木に擬態している。そして探索者《えもの》が近くを通ると急に口を開いて襲いかかってくる。

木に擬態しているモンスターでいうと『トレント』が有名だが、ツリードラゴンはそれよりずっと厄介だ。

硬い体に高い生命力。さすがはドラゴンと言ったところか。

「それがこんなに……さすがに面倒くさいな」

俺はいつのまにか、四方八方をツリードラゴンに囲まれていた。

どうやらここはツリードラゴンの縄張りのようだ。十匹以上のツリードラゴンたちが、俺に狙いをつけ、牙を剥いて襲いかかってくる。

〈なんだこいつら⁉〉

〈ツリードラゴンってこんなに群れるものなの？〉

〈こいつもヴェノムサーペントと同じAランクだけど、場所が悪すぎない？〉

〈逃げ場がなさすぎる〉

〈でもシャチョケンならやってくれるでしょ〉

〈哀れなツリードラゴンくんに合掌しとくわ〉

俺は空中で姿勢を制御、体勢を整え剣の柄を握る。

するとツリードラゴンの一匹が俺に噛みついてくる。

『ギャアアア！』

ツリードラゴンの牙が当たる刹那、俺は空中を蹴って、それを回避する。そして相手の上を取った俺は剣を抜き放ちその頭部を両断する。

〈えええええええ!?

〈空移動してて草
〈なんでしれっと空中移動してんねん
〈二段ジャンプ……現実世界にも実装されてたのか……

〈マジでどうやってんだよ
〈物理法則が乱れる
〈お前はなにができないんだよ!

なにか驚かれているけど、空中ジャンプはコツさえつかめば誰でもできる技術だと思う。

空気には独特の粘性……粘りがある。その感触を足裏でつかみ、上手《うま》く蹴り上げれば体は持ち上がる。

な？　簡単だろう？

『ギュオオオオッ!!』

仲間をやられ、激高するツリードラゴンたち。

一斉に襲いかかってくるが、こいつらは噛みつくか巻き付くしか攻撃手段がない。いくら足場がない状態とはいえ、苦戦はしない。

「よい……しょっと！」

ツリードラゴンの一匹の頭部を受け止め、投げ飛ばして他のツリードラゴンに当てる。投げた反動で他の個体の噛みつきを回避して、脳天に剣を突き刺す。

「ふう、さすがに数が多いな」

一匹一匹はそれほど強くないけど、次から次へと現れるので面倒くさい。

無視して進んでもいいけど後ろから追ってこられるのも面倒だ。ここは一気に片付けてしまうとしよう。

俺は一回大きくジャンプして、ツリードラゴンたちの上を取る。

「我流剣術、天津風《あまつかぜ》・刃旋《じんせん》」

体を思い切りねじったあと、下に向けて力いっぱい剣を振るう。

すると巨大な竜巻が発生し、ダンジョンの中を埋め尽くす。

『ギュア!?』

その風の一つ一つは鋭利な刃物となっている。

巨大な刃の嵐はダンジョンの穴をドリルのようにゴリゴリと削りながら進み、その道中にいるツリードラゴンたちを粉々に砕いていく。

〈やばすぎて草
〈マップ兵器も搭載してたか……

〈こんなのもう天災だろ
〈シャチケンサイクロンと名付けよう
〈バイバイツリードラゴンくん……

台風が過ぎ去ると、ツリードラゴンも木の根っこも綺麗《きれい》に消え失せていた。

これでもう遮るものはなにもない。俺は優雅に落下を再開する。

「……暇だな」

やることもないので横になりながら落下する。

さっきの一撃に驚いたのか、その後モンスターに襲われることはなかった。俺は快適な落下の旅を楽しむ。

そうして数分ほど落下すると、地面が見えてくる。

「おっ、終わりか」

体勢を戻し、片手をダンジョンの壁面に突き刺す。

ガガガガ！　と音を立てながら減速し、俺は安全に地面に着地する。ふう、長い旅だった。

「ここが底か。モンスターはいなそうだな」

降り立った場所には、道が一つ続いていた。その道を歩いていくと、開けた空間にたどり着く。

そこには大きな地底湖もあった。モンスターの姿も見えないし、安全そうだ。

「安全領域《セーフティエリア》かな？」

ダンジョンにはモンスターが現れない場所も存在する。絶対に入ってこないわけではないが、モンスターが避ける比較的安全な場所。そこは探索者にとってありがたい休憩地点となる。

「よし、それじゃあここで休憩にします。視聴者のみなさまも疲れたと思いますので、休憩してください。その間に私もご飯を食べちゃいます」

〈休憩助かる
〈ここまでぶっ通しだったからな
〈トイレ行ってくる
〈少し寝よ
〈この配信長そうだし休憩は大事よ
「それじゃあお昼ごはんは……このヴェノムサーペントの肉を使って料理をしたいと思います」
〈さっそく楽しそうなこと始めてて草
〈トイレ行ってる場合じゃねえ！
〈休憩させる気あります？ｗ
〈むしろ本編だろこれ
〈視聴者数増え始めて草なんだ
〈ダンジョンご飯たすかる
〈モンスターの飯が見られるのはシャチケンだけなんだよなあ
〈待ってました！
俺はテーブルを用意して、その上にヴェノムサーペントの肉を載せる。
さっき取ったばかりなのでまだ新鮮だ。これは美味しい料理になりそうだ。
「塩焼きに香草焼き……後はスープもいいですね。後は……」
料理の献立を考える俺。腹が減ってきた。

視聴者の人たちも盛り上がる中……それは起きた。

ぴちゃ、ぴちゃ。

「……ん？」

突然耳に入る、水の滴る音。

上から水が落ちてきたのかと思ったが、違う。天井に変わりはない。

不思議に思い振り返ってみる。

するとそこには……地底湖から地上に出てきた、謎の生命体の姿があった。

「…………」

一言で言うなら、そいつの姿は『魚人』だった。

体に魚の鱗のような物が生えていて、ヒレやエラのような物もある。顔は完全に魚で、体格はかなりいい。身長百八十センチ以上はあって筋肉も発達している。

こんなモンスター、見たことがない。

明らかに異質、異常な存在に見える。

それはゆっくりと顔を動かし、俺を捉える。

いったいどういう行動に出るのかと警戒していると、突然それは高速で移動し……俺を思い切り殴りつけてきた。

「なっ!?」

とっさに両腕で防御する。

そいつの腕力は凄まじく、防御したにもかかわらず俺の体は後方に弾《はじ》け飛んでしまう。

「おー、いてて」

後ろに飛びながらも俺はずざざ、と着地する。

殴られた箇所がジンジンと痛む。動かすのに支障はないが、こんなに強く殴られたのは久しぶりだ。

〈ええ!?　なにあいつ!?
〈え、怖すぎる
〈調べたけどマジでデータないぞ
〈新種か!?
〈それよりなんだよあの強さ、シャチケンがふっとばされるなんて初めてだろ
〈急に怖くなってきた
〈あの速さと力……確実にSランク以上だな

騒ぎ出すコメント欄。

明らかな異常事態。そうなるのも無理はない。

だが俺は怖さよりも好奇心が勝っていた。

「いいな……久しぶりにいい運動ができそうだ」

剣を抜かず、俺は拳を鳴らしながらその魚人に近づいていく。

「グウゥ……」

魚人は俺が近づくと低い唸《うな》り声を上げる。

かなり警戒しているみたいだ。牙を剥き出しにして威嚇してくる。

「ガァ……アァッ！」

堰《せき》を切ったように飛び出す魚人。

右の拳を堅く握りしめ、殴りかかってくる。


〈来た！

〈速すぎる！

〈怖すぎて草
〈なんなんだよこいつ！

〈シャチケンいけるか!?

俺は魚人の拳を捌《さば》き、懐に潜り込む。

確かにこいつの腕力は強いが、戦い方は荒く稚拙だ。知性があるかは分からないが、少なくとも武術の覚えはないみたいだ。

「はッ！」

お返しとばかりにこちらも魚人の腹に掌底を打ち込む。

「ガアッ!?」

魚人は苦しそうに表情を歪《ゆが》めながら後方に吹き飛び、着地する。結構強めに打ち込んだはずだが、まだ戦意は消えていない。やはり頑丈だ。須田よりは間違いなく強いな。

〈あの魚人強くない？
〈シャチケンと殴り合えるとか何者だよ
〈強すぎる
〈やるやん魚人くん
〈モンスターを褒める流れなの草
〈しょうがない、今までまともに戦えるモンスターがほとんどいなかったからね
〈いつの間にか真っ二つに斬られているのがデフォだからな
〈ていうか本当にあれ魚人なの？　絶対普通のモンスターじゃないでしょ

コメントでも言われているが、あれは普通の魚人じゃないだろう。

前に魚人と戦ったことはあるが、あんなに強くはなかった。魚人はAランクのモンスターだが、目の前のあれはSランク以上の強さはある。

「……あれを使ってみるか」

小さく呟き、俺はポケットの中からある機械を取り出す。

これの名前は『迷宮解析機《アナライザー》』。まるで速度を計るスピードガンのような形をしたこれは、対象の姿形《フォルム》や魔素情報を読み込み、データベースから対象物のデータを引っ張ってくることができる。

この機械なら未発見のモンスターでも、迷宮情報端末《アーカイブ》から情報を得ているモンスターであればその情報を見ることができる。試す価値はあるだろう。

迷宮解析機《アナライザー》は政府の人間しか所持していないが、堂島さんに頼みこんで一つだけ譲ってもらうこ

とができた。後でまた礼を言っておかないとな。

「解析開始、と」

遠くからこちらの様子を窺《うかが》っている魚人に向けて、迷宮解析機《アナライザー》を起動する。

するとすぐさま解析が終わり、相手の情報が空中に映し出される。

・ディープ・ワン　ランク：EXI
魚人によく似たモンスター。

邪神に仕えており、群れで行動することもある。

鋭いヒレと歯、強靱《きょうじん》な肉体を用いて戦闘する。

政府特記：発見例なし

「ディープ……ワン？」
聞き覚えのない名前に俺は首を傾《かし》げる。
最後に書かれていることを見るに、やはり未発見のモンスターだったみたいだ。
〈ディープ・ワンってやっぱりクトゥルフじゃないか！
〈マジで知らんモンスターで草
〈まあ魚人の一種と考えていいだろ
〈ショゴス以外にもクトゥルフモンスターおったんやな

〈SANチェックしなきゃ……！
〈ディープワンとか知らん過ぎる
〈まあ普通の人は知らないでしょ。知ってるのは俺みたいなマニアくらいのものよ（眼鏡クイッ）
〈凄いドヤ顔してそうで草

コメントを見るに、こいつもショゴスと同系列のモンスターみたいだ。

どうりで見ていると頭が少し痛むわけだ。耐性があるとはいえ精神汚染能力には気をつけなくちゃな。

〈つうかEXIってなに？　ランクEXって測定不能でそれ以上の区分分けされてなくね？
〈あー、なんかシャチケンが倒しちゃったからEXランクも区分けいるよねってなったらしい
〈ショゴスもEXIに再分類されたって聞いたぞ
〈ということはこの魚人もEXランクの中では一番弱い部類ってこと？
〈それは違いないけど、EXランクは全員首都壊滅級だから油断できんぞ
〈ショゴスに滅ぼされた街もあるしな

コメントの言う通り、EXランクは五段階分けされるようになった。

EXIが一番弱くて、Ⅱ、Ⅲ、Ⅳ、Ⅴと強くなっていく。その区分は迷宮情報端末《アーカイブ》に載っていない情報なので、政府がそのモンスターの魔素量から独自に算出しランク付けしている。

まあとにかく、相手はEXランクの中では一番弱い部類だが、油断はできないということだ。

このダンジョンが活性化しているのも、こいつの可能性が高い。確実にここで倒しておいた方が

良さそうだ。

「グウゥ……」

「……」

俺と魚人は睨み合いながら間合いを測る。

ゆっくりと呼吸を整え、相手の行動を注視しながら……同時に駆け出す。

「グアッ！」

魚人は両手を広げつかみかかってくる。

その手には鋭い爪が生えている。下手なナイフよりもよっぽど切れ味のよさそうな爪だ。さすがにあれが刺さったら痛そうだ。

俺は相手の両手首をつかむことでそれを阻止する。すると、

「ガッ！」

魚人は牙を剝き、俺の首筋めがけて嚙みついてくる。

奴の牙も爪と同じく非常に鋭利だ。Sランクのモンスターの肉も食いちぎれそうだ。

もちろんそんなものをむざむざと食らう必要はない。素早く真上に『蹴り』を放ち、魚人の顎を真下から撃ち抜く。

〈速すぎて草
〈マジでなにが起きてるか分からんw
〈これがヤムチャ目線か……

〈この先の戦いに俺たちはついていけない
〈最初からついていけてない定期
〈ディープワンくんはようやっとる
〈なんで剣使ってないのにこんな強いんですか？
〈A．シャチケンだから
〈把握

顎を撃ち抜かれたことで、魚人はその場でふらつく。どうやらちゃんと頭の中に脳があるみたいだ。人間と体の作りは似ているようだ。

俺は魚人の腕をつかむと、その場で自分を支点としてぐるぐると回る。そして十分に勢いをつけた後、魚人を地底湖の方に投げ飛ばす。

「ガアッ!?」

回転しながら高速で吹き飛ぶ魚人は、まるで水切りの石の様に水面を跳ねる。

俺はすぐさま駆け出してその後を追う。そして水上で魚人に追いつくと、その体を蹴り上げて上空に打ち上げる。

〈もうめちゃくちゃだ
〈魚人くんよく生きてるな……
〈マジで戦闘規模が人間のそれじゃないんだよなあ
〈戦闘民族やししゃあない

〈そろそろ気弾打ち始めそうｗ
〈もう水上走っていることに誰も突っ込まないの草なんだ
〈まあ二段ジャンプできるし、それくらいはできるでしょ
〈感覚麻痺《まひ》してて草
俺は水面を蹴ってジャンプし上空の魚人に追いつくと、ダメ押しとばかりに蹴り飛ばす。
ズゴン！　と物凄い勢いで地面に叩きつけられた魚人は地面にぐったりと倒れる。
「ふう……」
俺も地面に着地し、魚人に近づいていく。
これだけ攻撃すればさすがにしばらく動けないだろう。そう思ったが、魚人は諦めず襲いかかってくる。
「グ……オオッ！」
まだ向かってくるとはたいした闘争心だ。
俺は敬意を込めて、その顔面を思い切り殴りつける。
「ひぶっ!?」
出鼻をくじかれ大きくよろける魚人。
その隙を突き、俺はゴッ、ゴッ、と何度も魚人の顔面を殴る。
〈容赦なくて草
〈可哀想《かわいそう》になってきた

〈魚人くん顔面ボコボコですよ
〈おっかねえ……
〈こんな奴を奴隷のように使っていた社長がいるらしい
〈そんな奴いるわけ……いたわ
〈マジで命知らずだよな。すげえわ
〈須田再評価路線草

しばらく魚人を殴るが、一向に魚人は倒れる素振りを見せない。

さすがEXランク、その頑丈さはSランクモンスターの比じゃない。

しょうがない、剣を使ってトドメを刺すか。

そう思って腰に下げた剣を抜き、上段に構える。いい戦いをしてくれた礼だ、苦しまないように一思いに斬るとしよう。

剣を握る手に力を込め、振り下ろそうとしたその刹那。想像だにしていなかったことが起きる。

「ひいっ！　もうやめてくれ！　降参だ降参っ！　命だけは助けてくれえ！」

「…………は？」

なんと突然魚人が日本語で命乞いをした。

驚いた俺は振り下ろす刃を、すんでのところで止める。

モンスターが言葉を話すなんて、聞いたことがない。ダンジョン経験が長い俺も思考がさすがにフリーズしてしまう。

〈え？
〈は？
〈まじ？
〈喋ってて草
〈シャァベッタァァァァァァ!!
〈モンスターって喋れるの？
〈んなわけないやろ
〈人の声真似する鳥モンスターとかは知ってるけど、意思持って喋れるのはいないはず
〈なんでシャチケンの配信はいつもめちゃくちゃになるのか
〈マジで鳥肌立ったんだけど
　コメント欄も大騒ぎだ。
　視聴者数もぐんぐん伸びている。モンスターが喋るなんて前代未聞。全世界の人がこの配信に注目しているだろう。
　とにかくこんな機会はそう訪れない。慎重に話してみよう。
「お前、喋れるのか？」
「びっくりして襲いかかっただけで悪気はなかったんです！　だからなにとぞ命だけは……って、あれ？　あんた、俺の言葉が分かるのか？」
　なぜか魚人も驚き、目を丸くする。

どうやらあちらさんも言葉が通じるとは思ってなかったみたいだ。

意思疎通ができる相手はモンスターとみなせない。俺は一旦剣を鞘《さや》に戻し、戦闘モードを解く。

さて、どうしたもんか。モンスターとは殺し合い以外のコミュニケーションを取ったことがないからどうしていいか分からない。

向こうもどうしていいのか分からないようでもじもじしている。戦っている時は恐ろしい顔をしていたが、今はもう人間みたいに見えてきた。

……ひとまず話を聞くためにもリラックスしてもらうか。となればやることは一つ。

俺は敬語《ビジネス》モードに切り替え、魚人に提案する。

「あの……ひとまず、飯でも食いませんか？」

＊

「さ、どうぞ。遠慮なく食べてください」

俺は作ったモンスター料理を魚人の前に並べ、そう言う。

すると魚人は目を輝かせながら「いただきやす！」と言って料理に手を付け始める。

「もぐもぐ……うんまっ！　こんなうめえもん食ったことがねえ！　たまらねえぜがつがつがつがつ……」

一心不乱に食べる魚人。

俺の作ったのはヴェノムサーペントステーキにヴェノムサーペントのスープ。ヴェノムサーペントの唐揚げと蛇料理のフルコースだ。

モンスターの肉を問題なく食べているところを見るに、魔素の耐性は十分なようだ。

「いや～、見逃していただいただけでなくこんな美味《うま》い飯までもらっちまうとは！　この恩は忘れませんよ絶対！」

謎の魚人は気のいいことを言いながら、俺の作ったヴェノムサーペント料理をガツガツと食べる。

ひとまず友好的な関係は築けたようだ、これなら色々話を聞けるだろう。

〈いい食いっぷりだなあ

〈普通に飯食ってて草

〈シャチケンの料理食えて羨ましい

〈なんで馴染んでるんだよ

〈こいつを飯に誘えるの田中くらいしかいないだろ

〈まずは胃袋をつかめっていうしな

〈こいつと結婚する気か？ｗ

〈マジで歴史的瞬間を見てる気がする

〈シャチケンの交渉力が問われるな

しばらく食事を堪能した魚人は満足したのか「ふう、腹いっぱいでさあ」と食事を止《や》める。

だいぶ落ち着いたみたいだし、そろそろ色々聞いてみるか。

「……食事はお口に合いましたか？」

「ええもちろん！　こんな美味いの地元でも食べてないですよ。いやあ遭難してみるもんですね！」

「地元、ですか。そろそろあなたのことを聞いてもよろしいですか？」

「そりゃあもちろんですよ！　なんでも聞いてくだせえ田中の兄貴！」

「田中の……兄貴？」

あまりに言われ慣れてないその言葉に、俺は首を傾げる。

こんな磯臭い奴を兄弟にした覚えはないぞ。それに俺は一人っ子だ。

〈草
〈シャチケンめっちゃ困惑してて草
〈懐かれたなあｗ
〈ディープワンを舎弟にする社畜とかシャチケン以外おらんやろなあ
〈そもそもモンスターを舎弟にする人がいない定期
〈わいも田中の舎弟になりたい
〈俺も愛人でいいからなりたい
〈流れ変わったな
〈魚人になればシャチケンの弟になれるのか……ひらめいた
〈→通報しますた

「俺は兄貴の邪神がごとき強さと深淵のように深い心に惚《ほ》れ込みました！　敬語なんてやめて気軽にダゴ助《すけ》と呼び捨てにしてくだせえ！」

「……はあ」

よく分からんが、想像以上に懐かれていたみたいだ。

まあそっちが呼び捨てにしてほしいというなら、断る理由もない。俺は敬語モードを解いて質問を始める。

「こほんそれじゃあ……ダゴ助、だったか？　お前はどこから来たんだ？」

「へえ、俺は家の近くの池にいました。そこで魚を獲ってたら怪しい人影を見かけましてね。なにしてんだてめえと近づいたら、突然このダンジョンの中に飛ばされましたんでさあ」

「その家、というのはどこにあるんだ？」

「どこと言われましても返事に困りますね。俺みたいなのがたくさん住んでいる場所の下層部です」

話を聞く限り、こいつはダンジョンで産まれたのではなく、他の場所から連れてこられたみたいだ。そしてその場所にはこいつに似たような種族、俺たちで言うところのモンスターが住んでいるらしい。

話を聞いて考えられる仮説は二つ。

一つ目は地球のどこかにこいつのような種族が住んでいるところがあるということ。人間は地上のほぼ全てを開拓しきったけど、たとえば深海にこいつらが住んでいるというならば見つけられてなくても不思議じゃない。

二つ目は、こいつが地球とは違う、どこか別の世界……言うならば『異世界』からやってきたということ。異世界なんて荒唐無稽な話に思えるが、魔導研究局で牧さんも似たようなことを言っていたので可能性はある。

どちらの仮説があっているかで今後取る対処法も変わる。確かめる必要があるな。

そう思考を巡らせていると、ダゴ助がしみじみと語りだす。

「それにしても人間の中にも兄貴みたいな強い人がいるとは思いやせんでしたよ。人間は脆弱《ぜいじゃく》な生物だと言われて育ちましたからねえ」

「お前たちは人間と関わりがあるのか？」

「いえ、ほとんどありやせん。ただ俺たちの住む所に時折紛れ込んできますよ。特に多いのはルスタリア王国の人間ですかね。あそこと俺らの住処《すみか》は近いので」

「……ちょっと待ってくれ」

突然耳に入る聞き慣れない語句。

俺は一旦会話を止めて、そこを深掘りする。

「ダゴ助、お前の知っている国の名前を全て教えてくれないか？」

「えっと、ルスタリア王国にオルシアン帝国……あ、あと聖樹国オルルスウッドもありやした！　人の世界は詳しくないのでこれくらいですかねえ」

次々と出てくる聞き慣れないファンタジー語句。

……間違いない。こいつは地球《ここ》とは別の世界から来たんだ。

⁂

「えぇーーーーー!?　ここは俺がいた世界とは、別の世界なんですかっ!?」

俺の話を聞いたダゴ助は、目を飛び出させながら驚く。

いちいちリアクションが大げさな魚人だ。

まあでも自分がいきなり別の世界に行ってましたと言われたら驚いて当然か。コメント欄も目で追えないほど爆速で流れている。

〈別の世界ってマジ？
〈異世界転移やんけ！
〈マジかよトラック轢《ひ》かれてくる
〈え、これ配信で流していい情報なの？
〈SNSも掲示板も大盛り上がりで草
〈ダンジョンとモンスターがどこから現れたのか、今までなんも分かんなかったからなあ
〈この配信リアタイしててよかった……
〈ガチで歴史的瞬間に立ち会えて草なんだ
〈わいも異世界に行きたい人生だった……

〈魚人転生　～ダンジョンに飛ばされたと思ったら異世界だった件。鬼強い剣士に襲われたけど、命を救われたので舎弟になります～

〈ラ　ノ　ベ　化　決　定

〈ダゴ助くん主人公やんけ

〈ワンチャンここからヒロイン化の流れも……

〈こんな磯臭いヒロイン嫌だ

あまりの盛り上がりに目で追いきれない。きっとSNSも大変なことになっているだろう。

この情報を得た各国の政府も大慌てで動いているだろう。堂島さんも色々と対応に追われているはずだ。

……正直、予感はあった。

ダゴ助は他の世界から来た存在じゃないのかという予感が。

配信を一旦切ってこの情報を秘匿するという選択肢もあったけど、俺はそれを選ばなかった。なぜならこの問題は世界中で共有するべきだと思ったからだ。

俺一人で抱えきれるものじゃないし、秘匿すればダゴ助は世界中からその身柄を狙われる。

まあ今の段階でも他国はダゴ助の身柄を欲しがるだろうけど、こいつの情報をオープンにすれば、ある程度ちょっかいを出してくる人数は減るだろう。

こいつの安全を確保するためにも、こいつの持っている情報は全て吐き出させて公開しなきゃいけない。情報は武器だが、その価値の高さゆえ時として自分を傷つける刃にもなる。

「あ、兄貴っ！　俺はもう元の世界には戻れねえんでしょうか⁉」

ダゴ助は半分泣きながら問いかけてくる。

見た目はおっかないけど、こいつは気弱な性格をしている。突然のことに心が追いつかないんだろう。

「……正直なところ、分からない。どうやって世界を渡るのか、その方法を知ることができればいいけど、なんの手がかりもないのが現状だ」

「しょ、しょんなあ。うおおお……俺はここで一人ぼっちなのか……」

肩をガックリと落としてうなだれるダゴ助。

不憫《ふびん》に感じた俺は、その肩にポンと手を置く。

「帰す方法は分からないが、こっちの世界にいる間は俺が面倒を見る。ここで会ったのもなにかの縁だからな。だからその……元気出せ」

「あ、兄貴……！」

ダゴ助は目を潤ませると、突然抱きついてくる。

「うおおおっ！　俺は感動しやした！　一生兄貴についていきますっ！」

「やめろ！　鱗が痛いし磯臭い！」

〈めっちゃ懐かれて草

〈まーた攻略してる

〈さすが攻略組だ……

〈わいも田中に口説かれたい
〈トゥンクしちゃった
〈ダゴ助ェ！　そこ代われ！

〈田中ヒロインレース板が盛り上がるな
〈そんな板あるのか……

俺は引っ付いてくるダゴ助を引き剥がし、距離を取る。

ＥＸランクなだけあって力が無駄に強くて難儀した。次やったらグーで殴るとしよう。

「ふう、それじゃあひとまず外に出るとするか。それでいいよな？」

ダンジョンの異変はおそらくダゴ助が原因だ。一番下の階層まで行くことはできなかったけど、今はダゴ助を保護するのが先決だ。

もし下に潜ってダゴ助が死ぬなんてことになったら目も当てられない。更に下も気になるけど、こいつを無事地上に送り届けるのが一番重要だ。

「へえ、俺はそれで構いやせんが……いいんですか？」

「ん？　なにがだ？」

そう聞き返すと、ダゴ助は俺が想像もしてなかったことを口にする。

「このダンジョンの一番下、ヤバい奴がいますよね。俺よりずっと強い化物が。それを倒しに来たんじゃないんですか？」

「ダンジョンの……下？」

ダゴ助のまさかの言葉に、俺は戸惑う。

もうこのダンジョンに入ってそこそこ経《た》つが、下からやばい気配は感じたことがなかった。

「へえ、俺はほら、見ての通りビビりなんでそういう気配に敏感なんですよ。下からはヤバい奴の気配がするし、上にはなんか大量の生き物がいるしで上にも下にも行けずこの湖で立ち往生してたんでさぁ」

上の大量の気配というのは、ダンジョンの外の人間のことだろう。

このダンジョンは東京の地下にあるからな。

さすがの俺でもここから地上の人間の気配をたどるのは中々難しい。ダゴ助の感知能力はかなり高いと見て良さそうだ。

「その『ヤバい奴』ってのは誰なんだ？　お前の同族だったりするのか？」

〈確かにそれは気になる

〈クトゥルフだったりしない？ｗ

〈SAN値直葬不可避

〈このダンジョンやばすぎて草

〈ま、一番やばい奴が画面に映ってるんですけどね

〈確かにシャチケンが一番ヤバいなｗ

「詳細は分かりやせんが、少なくとも俺の同族ではないと思います。同族だったら助けを求めに行ってますからね」

「……それもそうか」

さて、どうしたものか。

ダゴ助は絶対に地上に送り届けなくてはいけないが、ダンジョンの底にいる謎の気配についても気になる。

もっとも無難なのは、ダゴ助を急いで地上に送り届けた後、再び一番下を目指すというルートだ。だがこの方法は一番時間がかかる。ここから引き返したら地上に出るまで半日はかかるだろう。そのヤバい奴を長い時間放置していいのかという疑問が残る。

これは俺の勘だ。なんの根拠もない勘だけど……そいつを放置したらマズい気がする。なにか取り返しがつかないことが起きてしまうような焦燥感。こういう勘はだいたい当たるので、そいつを放置したくはない。

次に考えられる選択肢は、ダゴ助を一人で地上に行かせて、俺は一人でダンジョンを潜るという方法だ。これならもっとも時間を無駄にしないで目標を達成できる。

だが……ダゴ助を一人で行かせて大丈夫なのかという疑問が残る。

ダゴ助は気のいい奴だが、見た目はまるっきりモンスターだ。一人で地上に出て、どんな問題が起こるか分からない。魔対省が保護してくれたら安心だが、保護するより先にどこかの団体が攻撃をしかける可能性もある。

そもそも魔対省の職員が攻撃する可能性だってある。どんな組織も一枚岩じゃないからな、モンスターを強く憎んでいる職員もいるはずだ。

最悪のパターンとして、海外の組織が首を突っ込んできてダゴ助を拉致する可能性もある。そうなったら良い子には見せられない解剖実験は免れないだろう。一人で動かすのはあまりに危険だ。

ここに一人で待っていてもらうという手もあるけど、どっかの組織がダゴ助を回収しにここまで来る可能性もある。そっちも同様に危険だろう。

〈シャチケンどうするんだろ
〈さすがに帰ってくるんじゃない？

〈でもそんなヤバい奴放置してほしくないわ
〈うーん、むずいな
この問いに完全な正解はない。

俺は熟考に熟考を重ね、ある決断をする。

「ダゴ助。俺と一緒にダンジョンの奥まで来てくれないか？」

「へえ、もちろんで……って、ええ!?」

綺麗なノリツッコミを決めるダゴ助。

こいつ関西育ちじゃないだろうな？

「なんでわざわざ下に行くんですかい!?　そいつが目的じゃなかったなら放っておけばいいじゃないですか！」

「知ったからには放っておくことはできない。このダンジョンの上にはたくさんの人間がいる」

「そりゃあそうですが……」

ダゴ助は明らかに嫌そうな顔をする。
よほどその『ヤバい奴』が怖いんだろう。
「お前が嫌がるのは理解できる。だけど俺を信用してくれないか？　なにがあってもお前は無事で帰す」
「兄貴……！　分かりやした！　こうなったら俺も腹をくくります！　男ダゴ助、地獄だろうとお供いたします！」
ダゴ助は胸を叩《たた》いて決意を表明する。
なんとか納得してくれたみたいだ。
〈【悲報】ダゴ助くん、ちょろい
〈いや俺もシャチケンに頼まれたら断れんわ
〈プロポーズだろこれ
〈いや下に行って大丈夫？　帰ってきた方が良くない？
〈普通はそうだけど、まあ田中だし大丈夫だろ
〈田中ァ！　気をつけろよォ！
〈実際もう帰るのかと少しがっかりしてたから助かる
〈ヤバい奴見たいもんなw
〈ドキがムネムネしてきた
ダゴ助の了承を得た俺は出していたテーブルセットを片付け、ダゴ助と共にダンジョンの下に続

く道に立つ。

下から漂ってくる魔素はかなり濃厚だ。当然出てくるモンスターも強力になっているだろう。

「いい時間になってきた。飛ばしていくけど大丈夫そうか？」

「ま、任せてくだせえ！　兄貴と一緒ならたとえ火の中、水の中でさあ！」

こうして新たにできた仲間と共に、俺はダンジョンの奥を目指すのだった。

*

「おらおらおら！　どきやがれ！」

大きな声を上げながら猛スピードで先行する、新たな仲間ダゴ助。

ダゴ助は襲いかかってくるモンスターたちを次々と殴り倒していく。

かませ感が強いダゴ助だけど、こいつはEXランクだ。つまりSランクのモンスターや探索者より戦闘能力は高い。この先の戦いでも頼りになるだろう。

「ぎゃー！　罠にかかっちまった！　助けてくれ兄貴ぃ！」

……訂正しよう。やっぱり役に立たないかもしれない。

俺はダゴ助のもとに駆け寄り、体をぐるぐるに巻いている鎖を斬る。こんな古典的な罠に引っかかるなんて先が思いやられる。

〈ダゴ助くん愉快だなあ

〈クラスに一人はこんなお調子者いたなw
〈強いはずなのに全然頼もしくなくて草
〈こんな調子で大丈夫か？

〈ま、シャチケンいるし大丈夫でしょ
「いやあ面目ない。ダンジョンは不慣れなもんで」

「まあ別にいいけど……そっちの世界にはダンジョンは少ないのか？」

「人間たちの住む場所には結構あるみたいですぜ。でも俺たちの住む場所にはほとんどねえです」

ふむ、やっぱりダンジョンはあるにはあるのか。

ということは十中八九ダンジョンは異世界からやってきたということになる。

しかし一体なんのためなんだろうか？　まったく目的が分からない。

やっぱりこれは人為的じゃなくて、自然に起きた事故なんだろうか。

「りり？」

頭を働かせていると、胸ポケットからリリが顔を出す。

そういえばしばらく姿を見せていなかったな。どうやら今まで寝ていたみたいだ。

「あ、そういえば『ショゴス』ってダゴ助の仲間なのか？」

「ええそうですよ。同じく邪神に仕える種族《なかま》でさあ……って、えぇっ!?」

リリを見たダゴ助は目ん玉を飛び出させて驚く。

やはりいいリアクションをする。ひな壇芸人になったら引っ張りだこだろう。

「どうしたんだ？」

「あ、兄貴ぃ！　な、なななななんで『リリ』様がここにいるんですかぁ!?」

「……ちょっと待て。なんでお前がリリの名前を知っているんだ」

こっちの世界にいる者なら、ショゴスのリリの名前を知っているのも分かる。

ネットで爆発的な人気を持っているリリは、新しい写真をＳＮＳに投稿しただけで一瞬で何万いいねがつく。この前投稿したお昼寝している写真なんか一億いいねがついていた。いくら海外勢のファンが多いからっていきすぎだ。

だけどダゴ助《こいつ》は違う。

ここで俺と出会うまで、こいつは異世界にいたんだ。リリのことを知っているはずがない。いったいどういうことなんだ？

「リリ様は俺たちの上司、邪神の方々のアイドルになっていやす。なもんでその手下の俺たちはリリ様のグッズを作らされています」

「……いやだからなんで邪神がリリのことを知っているんだよ」

「んー、詳しくは俺も知りやせんが、邪神の方々は色んな力が使えます。その力で兄貴の活動を見ているんじゃないですか？」

〈マジかよ邪神くんも配信見てるの？

〈草。仲間じゃん
〈いえーい！　邪神くん見てる？

〈リリたんのかわいさは全世界……いや全次元共通だったか
〈クトゥルフがモニターの前でリリたんに声援送ってるとこ想像したら駄目だった。おもろすぎる
〈リリたんグッズこっちも早く作って
〈さすが俺たちのリリたんだ
〈ふんぐるいふんぐるい（名状し難き文字列）
〈この意味分からない文字もしかして……いや、まさかな
〈りりたそ、いあいあ
……まさか視聴者の中に邪神がいるとは思わなかった。
しかもリリがそんな奴らにまで人気なんて。
「よかったな、人気らしいぞ」
「り？」
リリはよく分からないようで首を傾げる。
邪神に観察されているのは少し嫌な感じがするけど、まあ向こうもこっちに手出しはできないだろう。楽しんでくれているみたいだし、気にせずやるとしよう。
「……っと、兄貴。次の奴が来ましたよ」
「ああ、分かっている」
カタカタと音を鳴らしながら、剣を手にした黒い骸骨がこちらにやってくる。
スケルトンの最上位種、『精鋭黒骨兵士《ブラック・スケルトン》』だ。

〈まじかよ、あれ精鋭黒骨兵士《ブラック・スケルトン》じゃん
〈ただの黒いスケルトンじゃん、強いの？
〈確かに弱そうｗ
〈アホ多すぎて草。あれランクＳのモンスターだぞ
〈深層にいるモンスターが余裕で出てくるようになったな
〈ただの黒い骸骨にしか見えないけど、そんな強いんだ
〈スケルトンは多少バラバラにしても復活するからな
〈聖属性の魔法や武器なら楽に倒せるんだっけ？　シャチケンも持ってるのかな？
〈聖属性の武器は貴重だけど、シャチケンなら持ってるかもな
〈ていうか持ってないと精鋭黒骨兵士《ブラック・スケルトン》を倒すのは相当厳しいぞ

『ギャギャ！』

精鋭黒骨兵士《ブラック・スケルトン》はけたたましい声を上げながら襲いかかってくる。

聖属性の武器を持っていたら一発で浄化できるんだけど、生憎《あいにく》そんな物は持っていない。なので少々手荒だけど、強引な手を使わせてもらう。

「よっ、と」

精鋭黒骨兵士《ブラック・スケルトン》の剣の一撃を躱《かわ》し、腹にパンチを打ち込む。するとその衝撃で精鋭黒骨兵士《ブラック・スケルトン》の体はバラバラになる。

スケルトンは斬撃に耐性がある。殴打が弱点なので拳で殴るに限る。

〈一発でバラバラになって草
〈シャチケンの拳は鋼でできているのか？
〈精鋭黒骨兵士《ブラック・スケルトン》ってかなり硬いんだけどな……
〈シャチケンの拳はダイヤモンド製なんでしょ
〈田中の拳は砕けない
バラバラになった精鋭黒骨兵士《ブラック・スケルトン》。
しかしその体が再び一箇所に集まりくっつき始める。スケルトンはこれが厄介なんだ。バラバラになってもすぐくっついて再生してしまう。
だから念入りに砕かなくちゃいけない。
「えいえい」
身近にある骨を踏みまくって粉々になるまで砕く。
それが済んだら別の骨。それも終わったら次の骨。再生できなくなるまで骨を砕きまくる。
〈ひえっ
〈怖すぎて草
〈スケルトンくんの顔がどんどん絶望に染まっていってる……
〈そりゃ再生しようとしても片っ端から砕かれてるんだ。ビビる
〈なんで鋼より硬い骨をあんな簡単に砕けるんだよ
〈シャチケンなので……

〈スケルトンより怖い

何個か骨を粉々にすると、精鋭黒骨兵士《ブラック・スケルトン》は再生を諦めたのか塵《ちり》となって消える。ふう、面倒くさい相手だった。

さて先に進むかと思うと、ダゴ助がなにやら俺のことを見つめていることに気がつく。

「ん？　どうしたんだ？」

「……いや、絶対兄貴を怒らせちゃいけないなと思いやして」

〈同意

〈分かりみしかない

〈それはそう

〈シャチケンと戦わなきゃいけないモンスターが可哀想

〈田中が敵に回った時が地球の終わりだな

なぜかダゴ助の意見に同意するコメントが流れ始める。

俺は一生懸命モンスターを倒しているだけだというのに、酷《ひど》い話だ。

「ほら、さっさと進むぞ。もうすぐ定時を過ぎる」

「あ、待ってくださいよ兄貴っ！」

俺たちは更にダンジョンを奥に進む。

魔素の濃度はどんどん上がっている。おそらく底にたどり着くのは近いだろう。

「ぜえ、ぜえ、さすがに疲れてきたぜ……」

ダンジョンをしばらく降りていると、ダゴ助がそう弱音を吐く。

確かに俺たちは長いこと動き通しだ。絶えずモンスターが襲ってきているのでロクに休憩できる暇がない。

それにしてもまさかここまで深いダンジョンだったとはな。気づけば18時《定時》まで三十分を切っている。どんなに急いでも定時内に仕事が終わることはなさそうだ。

会社員時代を思い出して俺は少し憂鬱になる。

「……それにしても随分ダンジョンの雰囲気が変わったな。上の方はどこか神聖な感じがしたものだが」

ここのダンジョンは潜れば潜るほど、空気が悪くなってくる。

単純に魔素が濃くなったから、というだけではない。死の臭いと言ったら分かりやすいか、そういった嫌な雰囲気がどんどん濃くなってきている。

それを裏付けるように、モンスターはスケルトンなどのアンデッド系モンスターばかりになってきた。

世界樹の根も黒くて腐っている部分が多く見られる。

「確かに嫌ぁな雰囲気がしやすね。でもこれがなにか気になるんですか？」

「ダンジョンの見た目は、ボスと密接な関係がある。巨大な木のダンジョンだから木のモンスターがボスだと思っていたが、そう簡単に推測できなくなってきたな」

例えば水場が多いダンジョンであれば、ボスは水棲《すいせい》モンスターであることがほとんどだ。何事にも例外はあるけど、この法則から外れるダンジョンはほとんどないと言っていいだろう。

このダンジョンはほとんどが『木』でできているからボスもそうだと思っていたが……奥に進めば進むほどそうではないのかという気持ちが強くなってくる。

なにかもっと邪悪なボスが出てきそうな雰囲気がある。

〈確かに嫌なふいんきだな（なぜか変換できない）

〈やっぱアンデッド系ボス？

〈ジェネラルスケルトンとか、アンデッドドラゴンとかかな？　スケルトンキングとかだったら苦労しそう

〈そこらへんなら苦戦しないだろ。シャチケンだぞ？ｗ

〈確かに笑

〈でもなんで途中からダンジョンの様子変わったんだろ、こんなの他にある？

〈ダンジョン配信を毎日見てるけど、他に見たことないな

〈なんでだろうな。もしかしてボスが二体いるとか

〈はは、そんなわけないだろｗ　……ないよな？

〈少なくとも前例はない。まあシャチケン自体は前例ない場面に出くわす達人だけど

〈フラグビンビンで草

……正直今コメントで話題になっていることは、俺も考えた。

このダンジョンは前半と後半、ちょうどダゴ助と会った前後で様相が様変わりしている。ダンジョンに数え切れないほど潜っているけど、こんなダンジョン今まで一度も見たことない。

だから俺はダンジョンの様子が変わった理由は分からない。

一番ありえそうなのは、コメントに出ている『ボスが二体いる』ということ。これなら簡単に説明がつく。どっちのボスの影響も受けたから、こんな歪《いびつ》なダンジョンになってしまったんだ。

だけどそう決めつけるのは早計だ。なにが起きても対処できるよう、身構えておこう。

「お、この下が終点みたいですぜ兄貴」

目の前の大きな穴を覗《のぞ》きながら、ダゴ助は言う。

俺は「よし、行くぞ」と呟いたあと、ぴょんと根から飛び降りて下に向かう。

「ちょ、待ってくださいよ兄貴！」

〈相変わらず躊躇《ちゆうちよ》なくて草

〈行ったれシャチケン！

〈なんでディープワンの方が気後れしてるんですかね……

〈A．シャチケンだから

〈ダゴ助くんようやっとるよ

〈田中ァ！　頑張れよォ！

しばらく落下した俺は、ついに世界樹ダンジョンの最下層に着地する。

「よっ、と」

「ぎゃあああああ！　ぶべ!?」

後ろではダゴ助が落下に失敗して盛大に地面に激突している。

痛そうだけど、少しすると「いてて……」と起き上がる。こいつも大概頑丈だな。放っておいても大丈夫そうだ。

「結構広い空間ですね」

「ああ」

そこは大きく開けた空間だった。根の終端部分らしく、大きな根っこの先端がいくつか見える。

それらの根や地面は黒く染まっており、空気には濃厚な魔素が充満している。

いかにもボスが現れそうな空間だが……待っても誰も襲ってくることはなかった。

「……なにも起きやせんね」

「ああ、こんなことは初めてだ」

「そうなんですね。しかしモンスターが来ないとなると、あれを調べる以外なさそうですかね」

「そうだな……」

俺たちはそう言って視線を最下層の中心部へと向ける。

そこには『光の球』が鎮座していた。直径は二十メートル程度だろうか、かなり大きい。

中央にある巨大な根の先端を覆うように存在するその球体は、明らかに他の場所とは一線を画す異常性が感じられた。

「なんですかね、これ」

「うーん、結界魔法によく似ているな。こんな種類の物は初めて見るけど」

俺たちはその球体に近づき、まじまじと観察する。

光り輝くその球体の表面には、いくつも模様や文字のような物が浮かんでいる。しかしそれがなにを意味しているのかは、残念ながら分からない。

「……見ていても仕方ない、か」

俺は意を決して、その球体を触ってみる。

すると俺の手はその結界らしき物をするりとすり抜け、その奥に行ってしまう。

「あ、兄貴!?　大丈夫なんですか!?」

「ああ。少しあったかいくらいだ。痛みとかはない」

手を出したり入れたりしてみるけど、特に異常は見られない。結界が機能していないのか、それとも俺は敵とみなされていないのか。分からないけど中を調べるのに苦労はしなさそうだ。

「じゃあ俺も中に……って、痛あっ!?」

光の球に手を触れたダゴ助は吹き飛ばされ、地面を転がる。

触れた手は真っ赤に腫れている。痛そうだ。

「なんで俺はダメなんだよォ！」

「どうやらこの結界の主は、お前と仲良くないみたいだな」

「うう、俺みたいな人畜無害なディープワンを、酷いぜ」

悲しそうにするダゴ助。

コミカルな言動をしているから忘れがちだけど、こいつは邪神に連なる種族だ。敵視するものは多いだろう。

「俺が見てくる。ダゴ助は大人しくしててくれ」

「……分かりやした。気をつけてくださいね兄貴」

俺は同じく結界が駄目そうなリリをダゴ助に預け、光の球体の中に入っていく。

その中は外と違って緑に溢《あふ》れていた。根も腐ってなくて世界樹上層部と似た澄んだ空気で満ちている。どうやらこの中は外の嫌な空気が入ってこないみたいだな。

「あれは……」

この空間の中心部。

世界樹の根の先端部分になにかがいる。

剣に手をかけながら、ゆっくりと近づく。

根の先端部分は丸く渦巻いており、ベッドのようになっていた。木の根と葉っぱで作られた、天然のベッド。その上で誰かが寝ている。

「すー、すー」

かわいらしい寝息を立てているそれは、人であった。

とても美しい見た目をしている、金髪の女性。彼女は体を丸めながら気持ちよさそうに寝ている。

胸元にはきらびやかな剣があり、それを抱えるように眠っている。

〈え、誰？

〈めっちゃ綺麗な人だな
〈この人本当に人間？

〈つうか胸もデカすぎる
〈顔整いすぎてて怖いレベル
〈少なくとも日本人じゃないよね？

〈外国人でもこんな美人おらんぞ
〈……ん？　この人の耳、なんか変じゃない？

ゆっくりと木のベッドに近づいた俺は、あることに気がつく。

その女性の耳は……明らかに長く、尖《とが》っていた。このような特徴を持つ種族を、俺は知っていた。

「ん、んん……」

その女性は声を漏らしながら、ゆっくりと目を覚ます。

伸びをしながら体を起こした彼女は、俺の存在に気がつくと「へ、誰っ!?」と驚いたように叫ぶ。

誰と聞きたいのはこちらの方なんだけどな。

「なんで人間がここに!?　ていうかここはどこ!?」

「お、落ち着け。いったん話をだな……」

宥《なだ》めようと近づくが、その女性は抱えていた金色の剣を抜いてその先端を俺に向ける。穏やかじやないな。

「剣を下げてもらえないか？」

「う、うるさいっ！　わらわを誰と心得る！」

「いや知らんが……」

「わらわを知らんだと!?　嘘を申すな！」

そう言われても知らないものは知らない。

なんだろう、もしかしてテレビやネットの有名人とかか？　あいにくそういうのは疎いんだ。

俺が困惑していると、彼女は業を煮やしたように口を開く。

「いいだろう……あくまでしらを切るのであれば、特別に教えてやろう」

彼女はそう言うと、背筋を伸ばし、その大きな胸を張って名乗りを上げる。

「わらわは誇り高きハイエルフの一人にして、聖樹国オルスウッドの姫。リリシア・オルフェウン・オルスウッド！　この名を知らぬとは言わせぬぞ！」

リリシアと名乗ったその女性は自分のことをエルフ、しかもお姫様だと主張した。エルフってあれだよな、ファンタジー作品によく登場する種族だよな。確か整った容姿と長い寿命を持っていることが特徴のはずだ。

それにしても参った、喋る魚人の次はエルフか。いったいなんでこうヤバいものが俺の前に立て続けに現れるんだ？

〈エルフキタ――――(゜∀゜)――――!!

〈魚人がいるならエルフもいる。当然だな（眼鏡クイッ）
〈めっっっちゃタイプだわ、美人すぎる
〈一人称わらわは狙いすぎだろｗｗｗｗｗｗ好き（真顔）
〈リリシアたんはあはぁ
〈そこはかとなく漂うくっころ感
〈姫騎士なんか!?
〈姫エルフではありそう
〈このエルフ、態度と胸がデカすぎる
〈(ﾟ∀ﾟ)o彡ﾟおっぱい！　おっぱい！
〈巨乳《デカ》過ぎんだろ……
〈もうこれエロフだろｗ
〈でもこれからどうすんの？　エルフ倒すの？
〈そもそもこのエルフってボスなの？
　エルフを見たコメント欄は大騒ぎだ。
　その気持ちは分かる。俺だって視聴者だったらテンション上がっていただろう。男の子は何歳になってもエルフが好きなのだ。
　でも当事者になってしまったのだから、浮かれてはいられない。
　このエルフは異世界を知る上で『超』重要参考人だ。ダゴ助も一応異世界から来たっぽいけどあいつはモンスターに片足突っ込んでいるからな、このエルフの方が異世界について詳しいだろう。話を色々聞くためにもまずは仲良くならなくちゃいけない。

「はあ……気が重い」

いち社畜にはあまりに責任が重すぎる仕事だ。もしエルフを保護するのに失敗したら俺だけじゃなくて日本政府が世界中からバッシングされてしまうだろう。考えるだけでキリキリと胃が痛む。ダンジョンを調査するだけの簡単なお仕事のはずだったのに。これは堂島さんに手当を出してもらわないと割に合わない。

「なにをごちゃごちゃと言っている！　貴様は何者だ！　わらわはあの憎き仇と戦っていたはず……答えろ！」

凄い剣幕でエルフは言ってくる。

どうやら彼女もダゴ助同様急にこっちに連れて来られたみたいだ。憎き仇とやらは気になるけど、まずは敵対心を解くとこから始めないとな。

「あー……ええと、私は田中誠と申します。お見知りおきを」

社畜モードオン。

俺は挨拶しながら流れるような動作で名刺を渡す。

リリシアと名乗ったエルフは警戒しながらも剣を持ってない方の手で名刺をひったくる様に受け取る。向こうも情報が欲しいのは一緒みたいだな。

〈エルフに名刺渡すの草

〈さす社畜

〈ビジネスマナーって異世界でも通じるんだな

〈マジで目が離せん。どう着地するんだこれ

〈リリシアたんはあはあ

「なんだこれは、ギルドカードか？　なになに……白狼《ホワイトウルフ》ギルド社長、田中誠？　貴様ギルドの主なのか？」

「ええ、はい。そのようなところです」

「なるほど、多少は話が通じるみたいだな」

まだ目は険しいけど、少し警戒心が和らいだ気がする。

社畜経験が活《い》きたな。

このやり取りで分かったことが一つある。それは相手も『文字』が読めるということ。

俺の名刺は当然ながら日本語で書かれている。あのエルフはそれをなんなく読んで見せた。つまり相手はもともと日本語が読めるか、未知の文字を読めるなんらかの技術を持っている。

……いや、持たされていると考えることもできるか。

ダゴ助だってなにもしていないのに日本語を最初から喋ることができた。邪神の配下の使う言葉と日本語がたまたま一致するなんてことはありえない。

異世界からやって来た知的生物は言葉が自動翻訳されると考えるのが一番辻褄《つじつま》が合う。そしてその翻訳は文字にまで及ぶということか。

ま、これも全て仮説に過ぎないんだが、可能性は高いように思う。

「なにを黙っているタナカ！　なにか知っているなら全て話せ！　ここはどこで貴様はなぜここにいる！」

「ああ、すみません。少し考え事をしていました。ええと、その話は少し長くなりますがよろしいですか？」

「……構わない。話してみろ」

まだ剣先を向けられている状況ではあるけど、話を聞いてくれるみたいだ。

信じてもらえるかは別として、聞いてくれるなら全部話してしまおう。

俺はこの世界がリリシアがいた世界とは違うこと。ここはダンジョンの最下層であること。俺はダンジョンを配信する仕事をしているということ。仕事でこのダンジョンを攻略してたまたまここにたどり着いたこと。そしてあなたを保護する意思があるのでついて来てほしいことをできるだけ丁寧に伝えた。

俺が話し終えるまで、リリシアは黙って聞いてくれた。

そして全てを聞き終え、しばらく考え込んだあとリリシアは口を開く。

「なるほど、違う世界か。確かにここはわらわのいたところとはマナが異なる。その理由が違う世界だというなら納得できる」

「では……」

「しかし」

リリシアは剣を構え直し、敵対的な視線を俺に向ける。

なんだか嫌な予感がする。

「それは貴様を信じる理由にはならない。異世界？　ダンジョン配信？　わらわを騙《だま》すならもう少しマシな嘘をつくのだな。そんな荒唐無稽な話、信じるはずがないだろう」

商談不成立《せっとくしっぱい》。

俺は心の中でがっくりと肩を落とす。まあ確かに信じろって方が無茶な話かもしれないけど、それが真実なのだから仕方がない。

「貴様の主人は誰だ？　わらわをこころよく思ってない周辺諸国か……それとも魔王か？　狙いはわらわの身柄かこの宝剣といったところか。いずれにせよ、このようなところで貴様の様な悪の手に落ちるわけにはいかぬ」

リリシアの持つ金色の剣が、光を帯び始める。

どうやらなにかしらの特殊な能力を持つ剣みたいだな。『宝剣』と言っていたし、名のある剣なのだろう。

さすがに俺も黙って斬られたくはないが、向こうを傷つけてしまったらもう仲を修復するのは不可能だ。……あれ？　これ詰んでない？

〈あーあ
〈攻略失敗
〈選択肢ミスったか

〈もう無理ゲーだろ
〈一度敵対したらもう友好化できないタイプの敵だこれ
〈リリシアたんはあはあ
〈どうすんだよこれ
〈田中ァ！　あの、その……なんとかしてくれェ！
〈エルフを失ったら世界的な損失だぞ。萌え的な意味で
〈なんとか配信者にしてくれ
〈エルフ系配信者か……いけるな
〈んなこと言ってる場合じゃないだろ草

　コメントが盛り上がっているが、俺はそれどころじゃない。

　うう、斬って解決できない問題は苦手だ。

「我が宝剣の力の前にひれ伏すがいい！」

　リリシアは高く跳躍すると、勢いそのままに斬りかかってくる。

　こっちも剣を抜こうかと一瞬考えるけど、怪我《けが》をさせてしまったらまずい。迷った俺は右腕を前に出して、防御姿勢を取る。

「血迷ったか！　エルフの力を思い知れ！」

　勢いよく振るわれた黄金色の剣は、俺の右腕にぶつかり……パキン！　という金属音と共に、中心から綺麗に折れた。

「へ？」
「あ」
サク、と宝剣の折れた上半分が落下して地面に突き刺さる。
訪れる沈黙。や、やばい、気まずい。
思わず防御してしまったけど、こんなことになるなら白刃取りすればよかった。
〈いや草
〈なんで宝剣に勝ってるんですかね（呆《あき》れ）
〈硬すぎる
〈なにしとんねんｗ
〈なにをしたって……体で防御しただけだが？
〈事実なので困る
〈リリシアたん、呆然《ぼうぜん》としてて草
〈そりゃ大事な剣が腕に当たっただけでへし折れたんだからそうなるｗ
〈相手が悪かったよ……
〈絶望したエルフの姫様の顔からしか得られない栄養素がある
〈リリシアたんはあはあ
〈空気気まず過ぎて草なんだ
リリシアはしばらく呆然とした後、ぺたりとその場に座り込んでしまう。

「そん、な……」

彼女は折れた剣を見ながら悲しそうな表情を浮かべる。

そしてその大きな目に涙を浮かべたかと思うと……急に泣き出してしまう。

「うう……宝剣が折れちゃった……大事な物なのにぃ！　母様に叱られちゃうよぉ！」

そう言ってひんひんと泣きじゃくるエルフのお姫様。

いったいどうすればいいんだ。困惑した俺は彼女を慰めるため、リリシアのもとに近づく。

「も、申し訳ない。悪気はなかったんです」

「ヴう……ひぐ……っ」

必死に宥めようとするが、エルフのリリシアは依然泣き続けている。

参った、どうすればいいんだ……？

〈わァ……ぁ……

〈泣いちゃった！！！

〈せんせー、田中くんが泣かせました
〈シャチケンめっちゃ困惑してて草なんだ
〈このエルフ、あまりに萌え属性が多い
〈泣き顔かわいい
〈責任取れよ
〈いーけないんだいけないんだー

〈まあ簡単に折れる宝剣サイドにも問題はある
〈いやシャチケンが悪いだろ。あいつの体はサファイアドラゴンの鱗を砕くくらい硬いんだぞ
〈鱗くん懐かしい
〈鱗くん元気にしてるかな？
〈鱗くんなら俺の隣で寝てるよ
〈相変わらずの鱗くんの人気に嫉妬
　コメント欄は相変わらず好き勝手な言葉で溢れている。
　くそ。物理で解決できないことは苦手だ。いったいどうすればいいんだ。俺は頭を捻《ひね》りまくりある考えに思い至る。
「そうだ。腕のいい鍛冶師を知ってるんです。その人ならきっとその剣も直せます」
「ひぐっ、ぐすっ……ほんと？」
「は、はい。約束します」
「……わかった。しんじる」
　ぐす、と鼻を鳴らしながらもリリシアは泣き止んでくれる。
　ほっ、助かった。
　申し訳ないけど薫《かおる》さんには頑張ってもらうとしよう。前に剣を折った時も直してくれたし、きっと今回も綺麗に直してくれるだろう……たぶん。
「……取り乱してごめんなさい、謝罪します。改めて自己紹介させてもらうわ。わらわは聖樹国オ

ルスウッドの姫、リリシア・オルフェウン・オルスウッドよ。よろしくねタナカ」

「はい、こちらこそよろしくお願いしますリリシアさん」

剣を折られて冷静になったのか、リリシアさんは友好的な態度になる。

これならなんとか会話ができそうだ。よかった。

「えーと、これからはどうしましょうか？　ひとまず私としては一緒に地上まで来ていただきたいです。この様子は配信されてますので、出る頃にはリリシアさんをお迎えする準備もできていると思います」

そこら辺の面倒くさい手続きは堂島さんや天月が上手いことやってくれているだろう。

異世界人を一度に二人も迎えるなんて大変だろうけど、まあそこらは政府の仕事だ。いち零細ギルドの社長でしかない俺が心配するようなことじゃない。

「あ、でもまだ私の言ったことは信じられませんよね。どうしましょうか」

「……ええ、ここがわらわのいた世界と違うとか、ここがダンジョンの最深部とかはまだ信じられない。だけど今はあなたについていくしか道はない、どうやらわらわの力じゃどうあがいてもあなたには敵《かな》わないみたいだし……」

リリシアさんは自嘲気味に言う。

どうやら宝剣を折ってしまったことで彼女の心も折ってしまったらしい。悪いことをした。

〈初めてリアルわからせを見た

〈まあ自慢の剣が腕で折られたら心も折れるw

〈エルフわからせは文化

〈シャチケンって異世界基準でもヤバいんだな

〈え、エルフ仲間になるの？

〈マジかよ興奮してきた

〈国で大事に保管しよう

〈丸く収まりそうだな

〈エルフ争奪戦争起きそうで怖い

「分かりました。それではひとまずこの結界の外に行きましょうか。この結界はリリシアさんが作っているんですよね？」

「ええ。これはわらわの宝剣が作り出した結界よ。意識を失ったら自動で結界が張られるようになっているの。この結界は悪しき者を寄せ付けない強力な結界。思えばこれに入ることができたのなら、あなたも悪人じゃないということだったわね。ごめんなさい」

「構いませんよ。突然私みたいな目が死んだ人間が現れたら警戒して当然です」

「……ふふっ。あなた意外と面白い人間なのね」

ここに来てリリシアさんは初めて笑みを浮かべる。

うん、やはりとてもかわいらしい人だ。

〈リリシアたんはあはあ

〈ヒロインレースが激化するな

〈ファンクラブ早く作ってくれ

〈配信者になってくれ

〈このエロフ……推せる！

〈何事もなく地上に来てくれたらいいけど

〈フラグやめい

俺とリリシアさんは結界の外に向かって歩き出す。

その最中、俺は気になっていたことを彼女に尋ねる。

「ここに来る前はなにをしていたんですか？　国の宝の剣を持っていたのは偶然なんでしょうか」

「……わらわは意識を失う直前まで、とある者と戦っていた。我が聖樹国のみならず周辺国まで脅かす悪しき存在。それを打ち倒すためわらわは宝剣を握り戦っていたのだ」

真剣な表情で語るリリシアさん。

予想はしていたけど、やっぱり戦っていた最中だったのか。起きてすぐがやけに攻撃的だったのも、直前まで戦闘していた影響なんだろう。

「相手は何者だったんですか？」

「魔王ルシフ……わらわのいた世界では有名な『魔王』だ。数多《あまた》の魔法、そして恐ろしい死霊術を操ることのできる強大な魔族の一人。わらわはエルフの精鋭たちと共にルシフに挑んだのだ」

そう語るリリシアさんの目には恐怖が滲《にじ》んでいた。

そのルシフという魔王はよほど強く、おそろしい存在だったんだろう。

〈おいおい魔王までいるのかよ
〈ガチファンタジーで興奮してきた
〈シャチケンも異世界行ったら魔王扱いされそうw
〈社畜の魔王田中か……いいやん
〈勇者が絶望するしかないな
〈毎ターン三回攻撃くらいしてきそう
〈おまけに物理防御も魔法防御もクソ硬い……終わりだ
〈状態異常も完全無効化だしな
〈殴った武器が壊れるのも忘れるな
〈クソボス過ぎて草生える
〈はよナーフしろ

ここまで恐れられる魔王というのは、どんな存在だったのだろうか。

まあ気になるけど無駄な戦いをしたいわけじゃない。飛ばされてきたのが魔王じゃなくてリリシアさんでよかった。

「よっと」

俺と彼女は一緒に結界の外に出る。

すると結界は薄くなっていき、消えてしまう。リリシアさんが出たことでその役目を終えたんだろう。

「兄貴っ！　ご無事でしたか！」

結界から出るとすぐにダゴ助が駆け寄ってくる。すると、

「な……っ!?　なぜ邪神の配下がここにいる!?　騙したなタナカ!!」

「ひいっ!?　なんですかこのエルフは！　俺がいながらまた新しい舎弟を作ったんですか兄貴！」

「……少し落ち着いてくれ」

わちゃわちゃで頭が痛くなってきた。

俺は一旦二人を黙らせ、ダゴ助にはリリシアさんのことを、リリシアさんにはダゴ助のことを伝える。

そうだ、リリのこともまだ話してなかったな。俺はダゴ助に預けていたリリを受け取り、紹介する。

「きゃあ！　しょ、ショゴスが人に懐いているなんて信じられない！　そいつは一体で街を滅ぼすほど危険なのよ!?」

「でもほら、懐いてますし大丈夫ですよ。人に危害は加えません」

俺の指に頭を擦《こす》り付けて甘えるリリを見て、リリシアさんは「ほ、本当だ……」と驚いたように呟《つぶや》く。どうやらよほど珍しいことみたいだな。

リリとリリシア、なんだか名前も似ているし仲良くしてほしい。

「兄貴の話を聞くにこの嬢ちゃんは中で出会っただけで舎弟ってわけじゃないんですね、安心しました」

「邪神の配下と仲良くしている人間など見たことないぞ……？　タナカ、お主本当に何者だ？」

ほっとするダゴ助と、困惑するリリシアさん。

どうやらダゴ助のお仲間たちは異世界ではかなり危険な奴と認識されているみたいだな。リリのファンも多いし、意外と話の通じる奴らだと思うんだけど、向こうでは違うみたいだ。

と、そんなことを考えていると、ダゴ助が「ん？　おかしいな」と首を捻る。いったいどうしたんだろうか。

「なんか気になることでもあるのか？」

「兄貴、結界の中にはこの生意気そうなエルフしかいなかったんですよね？」

「ああ。間違いない」

「でもそれってておかしいんですよ。ほら、俺はダンジョンの下から恐ろしい気配を感じたって言ってたじゃないですか」

確かに言っていた。それの正体を探るために俺たちはわざわざ最下層まで降りてきたんだ。

「でもこのエルフの嬢ちゃんからは、俺が感じたやばい気配はしやせん。俺が感じたのはもっと恐ろしくて冷たい、それこそ邪神様クラスのヤバい奴なんです」

顔に恐怖を滲ませながらダゴ助は訴えてくる。

いったいどういうことなんだ、なにか見落としているのか？　そう考えた次の瞬間、場の空気が急に冷え込む。

「ん？」

なにかの『気配』を感じ取った俺が周囲を見回そうとすると、

「結界を解いてくれたこと、礼を言うぞ」

知らない声が耳に入り、それと同時に視界が黒く染め上げられる。

全身に走る強い衝撃。どうやら魔法のようなものをぶつけられたみたいだ。それはダゴ助の攻撃よりずっと重く、鋭かった。

「死ね」

地面が抉《えぐ》れ、空間ごと押し出される。

その謎の攻撃で俺の体は宙に浮き、「おわっ」という声と共に押し飛ばされてしまうのだった。

▷ 第四章 … 田中、魔王と戦うってよ

SEND

「兄貴っ!?」

ダゴ助《すけ》の慌てた声が、ダンジョンに響く。

田中《たなか》がいた場所は謎の攻撃により大きく抉《えぐ》れ、消し飛んでいた。

もうそこに田中の姿はない、吹き飛ばされたか……もしくは消し飛ばされてしまったか。

心配になるダゴ助だったが、彼の安否を確認している暇はない。なぜならその攻撃を放った張本人が、彼の前に現れているからだ。

黒いマントに深い闇を宿した瞳。黒く伸びた髪は怪しく揺れている。

その男の顔は整っているが、どこか悍《おぞ》ましくも感じられた。

「待ちわびたぞエルフの姫よ。ここで待っていて正解だったな」

「……っ!?　貴様がなぜここに……!!」

ぎり、と歯噛《はが》みするリリシア。

強がってはいるが、その顔には強い恐怖の色が浮かんでいる。

状況が飲み込めないダゴ助はリリシアに問いかける。

「嬢ちゃん、誰だあいつは。知り合いか？」

「知り合いなんて優しい関係ではない。わらわはここに飛ばされる直前まで、あれと戦っていたのだ」

瞳を閉じると、今でもその戦いを思い出すことができる。

それほどまでにその戦いはつらく、苦しいものであった。

「奴の名は魔王ルシフ。死と混沌《こんとん》を撒《ま》き散らす最悪の魔族。我らエルフは奴を討つために死力を尽くし戦った」

「魔王だって!?　なんでそんなやべえ奴がここにいんだよ！」

人間界とあまり接点のないダゴ助でも、魔王のことは知っていた。

強力な魔法を操る『魔族』の中でも抜きん出た才覚を持った者、魔王。その力は一人で一国を落とせてしまうほど強力で凶悪なものであった。

〈魔王とかマジ!?

〈いよいよファンタジー極まってきたな
〈世界の半分くれそう
〈ていうかシャチケン大丈夫なの!?

〈シャチケンなら平気でしょ……たぶん
〈田中ァ！　大丈夫なんかワレェ！

〈でもあんな風に飛ばされるシャチケン、初めて見た。本当にやばいんじゃね？

〈そんな、俺らのシャチケンが……


運良く無事であったドローンが魔王を映す。

基本的にドローンは撮影対象に追従するが、その対象を見失うとＡＩが自動で今視聴者が興味を向けているものを判断し、それを撮影する。

撮影対象である田中が消え、そして魔王の方に視聴者の関心が寄せられている今、ドローンはそちらを自動で撮影するのだ。

「察するにここは我らのいた世界とは違うようだ。だが来ることができたのなら帰ることもできるはず。まずは貴様を殺し、その後に帰る方法をゆっくり探すとしよう」

ゆっくりと近づいてくる魔王ルシフ。

リリシアは「ひっ」と小さく悲鳴を漏らす。すると、

「おい待ちやがれ」

ダゴ助がルシフとリリシアの間に割って入ってくる。

彼はルシフのことを睨《にら》みつけながら声を荒らげる。

「俺を放っておいてなにゴチャゴチャ抜かしてやがる！　よくも俺の兄貴に不意打ちなんて汚《きたね》え真似してくれやがったな！」

「……誰かと思えば邪神の奉仕種族か。人間と関わりを持たぬ貴様らが、なぜそのエルフを庇《かば》いたてる？」

「うるせえ！　この嬢ちゃんのこたあ知らねえが……兄貴に手を出したのは許せねえ。このダゴ助

様が相手してやらぁ！」
　そう意気込むダゴ助だが、その足は震えている。
　相手との間に実力差があることは、十分理解していたのだ。
〈ダゴ助やるやん！
〈男見せたな
〈めっちゃシャチケンへの好感度高いやん
〈もうお前が舎弟でいいよ
〈やったれダゴ助！
〈お前がナンバーワンだ
〈いうてダゴ助もランクＥＸだからな。魔王くらいいけるっしょ
〈仇《かたき》討ちだ！
〈田中の無念を晴らしてくれ！
〈シャチケン死んだことになってて草
〈エロフも守ってくれ！
　ダゴ助は一回深呼吸をすると、キッとルシフを睨みつける。
　そして勢いよく地面を蹴り、駆け出す。
「やってやらぁ！」
　ダゴ助は前腕部の鋭利なヒレを展開し、腕を振りかぶる。

彼のヒレはとても鋭利であり、その鋭さは優秀な刀剣を凌駕《りょうが》する。

「鋭《エイ》ヒレ・スラッシュ！」

思い切り腕を振るい、魔王ルシフに斬りかかる。

ルシフは「ふう」と退屈げにため息をつくと、右手をダゴ助にかざし小さく呟《つぶや》く。

「目障りだ」

瞬間、手から黒い魔力の塊が放たれ、ダゴ助に命中する。

その衝撃波は凄《すさ》まじく、ダゴ助は吹き飛ばされ何度も地面を転がる。

「が……あ……っ!?」

ダゴ助は自分の頑丈さに自信があった。

しかしその自信が一発で消し飛んでしまうほど、その攻撃は凄まじいものだった。全身が痺《しび》れ、立ち上がるどころか指を動かすことすら困難な状況だ。

「今の一撃で消し飛ばないとは。やはり邪神に連なるものは頑丈だな」

感心したように言うルシフ。

彼はトドメを刺そうとダゴ助に近づくが、今度はリリシアが彼の前に立ちふさがる。

「待て！　貴様はわらわが倒す！」

「手が震えているぞ。仲間もいないこの状況で貴様になにができるんだ？」

「うるさい！　わらわは……絶対に貴様を倒さなければならないのだ。倒れていった仲間の為《ため》にも、絶対に……！」

目に涙を浮かべながら語るリリシア。

彼女には絶対に勝たなければならない理由があった。

「お前が私を？　くく、笑わせてくれる。多くの仲間を犠牲にしても私に傷一つ付けられなかったではないか」

魔王ルシフはリリシアをあざけ笑う。

そう、彼女は仲間のエルフと共に魔王ルシフに勝負を挑んだのだ。

魔族を弱体化させる結界を作り、その力を半分以下まで押さえ込んだ上で、百人以上のエルフで魔法を叩《たた》き込んだ。

しかしそれでもルシフに手傷を負わせることもできなかった。

たくさんの同胞《エルフ》が目の前で死んだ。彼らを率いていたリリシアはそれに強い責任を感じていた。

「見ればその宝剣も折れているではないか。エルフの至宝と呼ばれたその剣も、そうなってしまってはゴミ同然だな」

「く……っ」

仲間のエルフもいない今、頼れるのはこの剣くらいであるが、その刀身は真ん中でポッキリ折れてしまっている。こうなっては本来の力を発揮するのは不可能だろう。

〈これぱっかりはシャチケンが悪い
〈折れる剣サイドにも非はあるだろ
〈不可抗力だから（震え）

〈ていうか魔王くんもヤバすぎ。リリシアたんじゃ勝てないでしょ
〈シャチケンもどっか行ったしどうすればいいんだ
〈ダゴ助ェ！　なに寝てんだワレェ！

田中の姿は見えず、ダゴ助はダウンしている。

助けは見込めないと理解したリリシアは宝剣を握りしめ、魔王に立ち向かう。

「貴様に殺された同胞の恨み、ここで晴らす！」

「やってみるといい。退屈しのぎくらいにはなってくれよ」

リリシアは地面を力強く蹴り、ルシフに接近する。

そして宝剣を持っていない方の手に魔力を込めると、魔法を発動する。

「風よ、裂けっ！」

リリシアの手から無数の風の刃が放たれ、ルシフに襲いかかる。

鉄をも両断するほどの威力を持つ風の刃、しかしそれはルシフに当たるとパリン！　と音を立てて砕け散ってしまう。体どころかその身にまとう衣服すら切ることはできていない。

「精霊魔法か、面白い。だがその程度の出力では私の爪を切ることすら叶《かな》わんぞ」

「黙れ！　貴様だけはわらわがこの手で倒す！」

リリシアは全魔力を宝剣に注ぎ込み、ルシフに突き刺す。

彼女の持つ宝剣イーファは光を素材とし打たれたと言われる、エルフの至宝。特に魔族に高い効果を発揮し、その力はエルフの聖なる魔力を注ぎ込むことで更に強大になる。

たとえ強大な力を持つ魔王であろうとも、この宝剣であれば討つことができる……はずであった。

「悲しいな、力がないというのは」

「な……っ!?」

ルシフはなんと、その剣を素手で受け止めていた。

無造作に刀身を握っているというのに、その手からは血の一滴も落ちていない。

「確かにこの剣は魔族に強い力を発揮するようだ。だが私と貴様の間には力の差がありすぎる。いくらよい武器を持っていてもその差は埋められない」

蟻《あり》が剣を持ったとて、象には敵《かな》わない。彼我《ひが》の実力差はそれほどまでに開いていた。

「所詮この程度か」

ルシフはつまらなそうにそう言うと、剣を握っていない方の手でリリシアを殴り飛ばす。

それだけで彼女の体は物凄《ものすご》い勢いで弾《はじ》け飛び、地面を転がる。

「ぐ、う……」

全身に広がる激しい痛み。

リリシアは立とうとするが、体に力が入らない。

悔しさ、不甲斐なさ、無力さが胸の内に広がり、彼女の目に涙が浮かぶ。

脳裏によぎるは仲間たちの顔。しかし消えていった彼らの仇を討つことは叶わなかった。

「さて、そろそろ終わりにしよう。私もこの世界のことを色々と調べなければいけないのでな」

ルシフはゆっくりとリリシアに近づいていく。

彼女を亡き者にした後はこの世界のことを知り、そしてその力を地上で存分に振るおうと思っていた。まだ地上には出ていないが、外の世界に大量の人間の気配があることを彼は感じ取っていた。元いた世界から追い出されたのは不本意であったが、おもちゃならこの世界にもたくさんある。ルシフは外の世界に出るのを心待ちにしていた。

「さて、今とどめを……ん？」

がらがら、という音が聞こえてルシフは足を止める。

その音は壁の瓦礫《がれき》が崩れる音であった。

「あー、びっくりした。なんだっていうんだ、いったい」

そう言いながら瓦礫から出てきたのは、田中であった。

服についた土を落としながら、彼はルシフの方に歩いてくる。

〈田中生きとったんかワレ！

〈信じてたぞシャチケン

〈知ってた

〈そらそうよ

〈なんで魔王の攻撃くらって「びっくりした」で済んでるんですかね……

〈無傷で草

〈図らずも地球代表VS異世界代表みたいになったな

〈さっきまで絶望感やばかったのに急に安心感ヤバすぎる

田中の出現に沸くコメント欄。

一方田中の姿を見たルシフの動きが止まる。

（……この人間、私の魔法を受けて無事だったというのか？）

ルシフは混乱する。

最初に田中に放った一撃、ルシフはあれを殺すつもりで放っていた。余波ですら当たれば人間など粉々になるだろう。

「なにが起きたんだいったい。地面に埋まってどっちが上か分からなくなったし……おかげで戻るのに苦労したぞ」

ぶつぶつと文句を言う田中。

一方ルシフは田中の言葉を聞かず、思考を巡らせていた。

（そもそもなぜ私はこいつを攻撃した？　見るからにさえない普通の男、危険度は明らかに低い。最初はエルフの方を攻撃しようとしていたはず。それなのに……）

結界から出てきた田中たちを見つけたルシフは、リリシアを魔法で攻撃しようとした。しかしその寸前になってその目標を田中に移した。それは無意識の行動であり、そうした理由が自分でも分かっていなかった。

「こいつを危険と判断したというのか、ありえぬ。エルフでも竜人でもない、ただの人間だぞ」

「ん？　誰だあんた。そんな黒いマント着て暑くないのか？」

〈草

〈まあ状況理解してなきゃそうなるか
〈魔王への第一声がそれかよ
〈実家のような安心感
「貴様……魔王である私を舐《な》めているのか？」
「え、魔王？　そういうこと言いたくなる時期は俺にもあったけど……そういうのは早めに卒業した方がいいですよ」
〈草すぎる
〈めっちゃ煽《あお》るやん
〈魔王を厨二病扱いしてるw
〈てかシャチケンにもそんな時代があったんだな……草
〈可哀想《かわいそう》なものを見る目してるぞ
〈気遣っているつもりが煽りにしかなってないw
〈どうなるんだこれ
〈さすがシャチケン。いつも通りだぜ
「……もうよい。貴様もこいつらと同じように始末してやろう」
ルシフは右手に黒い魔力をまとうと、その手で田中の体を貫こうと高速で田中に迫る。
しかし田中はそれに動じず、落ち着いた様子で向かってくるルシフを見据える。
「そうか、ダゴ助とリリシアさんはお前がやったんだな」

すっと目が細くなり、田中は戦闘態勢に入る。

そしてこちらに向かってくるルシフめがけ、目にも留まらぬ速さで拳を突き出し、魔王ルシフの頬に打ち込む。

「な……っ!?」

田中は思い切り拳を振り抜き、ルシフを吹き飛ばす。

地面を数度跳ねたルシフは、なんとか体勢を立て直し着地する。

(馬鹿な!? こいつ……何者だ!?)

彼は常に強固な魔力の鎧《よろい》で身を守っている。

しかし殴られた頬はズキズキと痛んでいた。魔法を使ったようには見えない、ということは相手は『筋力』だけで魔力の鎧を破ったことになる。

たかが人間に。ありえない。

ルシフは激しく混乱する。

そんな彼に向かって田中は歩き出す。

「魔王だか誰だか知らないが……俺の友人を傷つけたんだ、ただでは帰さないぞ」

「ははっ……面白い。あのエルフよりは楽しませてくれそうだ」

闘気をぶつけ合う両者。

その光景を見たリリシアは信じられないといった表情をする。

「あの魔王を素手で殴るなんて……ありえない。いったいあの人間は何者なんだ……!?」

魔王ルシフは異世界でも名の知られた傑物。その強さは群を抜いている。

そのランクは政府基準で『ＥＸⅢ』に位置する。

日本政府はそのクラスの生物を『大陸消滅級』と呼んでいる。

一つの生物ではなく、巨大な災害と表現した方が正しい強さ。とても一個人で敵う相手ではないはずなのだ。

「大丈夫かエルフの嬢ちゃん、少し休んでな」

加勢すべきかとリリシアが考えていると、側《そば》にダゴ助がやって来てそれを止める。

「しかし、見ているだけというわけには……」

「無理すんなや。兄貴が来たからもう大丈夫だ。俺たちは邪魔にならないように離れていた方がいい」

「だが相手はあの魔王だぞ!?　人間が敵うはずがない！」

「ああ、普通の人間ならな」

ダゴ助は田中のことを見ながら語る。

「あの人は普通じゃねえ。俺は今までたくさんおっかない邪神を見てきたが……あの人はどの邪神よりも底が知れない。まあ見てろ、あんたもすぐに分かる」

「…………」

ダゴ助に諭され、リリシアは黙って戦況を見守ることにする。

一方、田中はすたすたと魔王ルシフのもとに近づいていく。

「確かに凄い魔素量だ。魔王を名乗るだけのことはある」

「生意気な口を叩く人間だ」

ルシフが右手を上げると、田中の周囲に漆黒の剣がいくつも出現する。

それらは禍々《まがまが》しい形をしており、内包する魔素もかなり高かった。

「死ね」

ルシフが命じると、それらの剣が一斉に田中めがけて射出される。

魔王の魔力が込められた魔法の剣は、一つ一つがSランクのモンスターをも死に至らしめる、高い殺傷能力を持っていた。

そんな恐ろしい武器を、田中は全て素手でつかんだ。

「よっと」

指と指の間に剣を挟み、握る。

それだけで剣はぴたりと止まってしまう。

そして「むんっ」と力を込めると、それらの剣はバキッ！　と音を立てて砕けてしまう。まるでギャグ漫画のようにあっけなく壊れてしまう剣を見て、ルシフだけでなくリリシアとダゴ助も絶句する。

「あ、ありえぬ。我が闇の剣が……!?」

「わらわは夢でも見ているの？」

「さすが兄貴、パねえぜ」

〈みんな驚いてて草

〈シャチケンを見るのは初めてか？　肩の力抜けよ

〈田中ァ！　そんな奴やっちまえ！

〈魔王くんも運がなかったね……

〈こっちには勇者より厄介な社畜がいるからね

自分の攻撃がたやすく防がれたことで動揺したルシフだが、すぐに平静を取り戻し次の魔法を作り始める。

「なるほど、たいしたものだ。ならこれならどうだ？　召喚《サモン》：エルダーデーモン!!」

地面に魔法陣が浮かび、そこに体長五メートルはある巨大な悪魔が出現する。

その悪魔は『ゴギャアアアア!!』と恐ろしい叫び声を上げながら田中に向かって突っ込んでいく。

その恐ろしい形相に視聴者たちは画面越しでも恐怖を覚える。

〈ひえっ

〈なにこいつ!?

〈怖すぎてちびった

〈こんなの召喚できんのかよ

〈魔王の名は伊達じゃないな

エルダーデーモンは数多《あまた》の魔法を操る上級悪魔。

その強さは凶暴なタイラントドラゴンを凌駕する。だが、

「我流剣術、瞬」
その力を振るうよりも速く、高速の居合によりその体は一刀両断されてしまう。
強固な肉体を持つエルダーデーモンであったが、田中の剣閃を防ぐことはできなかった。
〈瞬殺で草
〈これくらいじゃ無理かー
〈リリシアたん大きな口開けて驚いててかわいい
〈きっと異世界だと厄介なモンスターなんやろな
〈こっちでも厄介なモンスター定期
〈感覚おかしなるわ
〈実際Sランク探索者でも倒すの難しいからねあれ……
「ぐ……ならば物量だ。召喚《サモン》：骸骨軍隊《スケルトンアーミー》！」
数え切れぬほどのスケルトンが出現し、雪崩《なだれ》のように田中に襲いかかる。
一体一体の戦闘力は大したものではないが、この数に飲み込まれれば大変なことになるだろう。
「この数をどう処理する人間！」
「……確かに一人ずつは面倒くさいな」
そう呟いた田中はその場にしゃがみ込むと、地面にズボッと両手を突き刺す。
〈なにやってんだ？
〈どうせろくでもないことだぞ

〈期待
〈地面掘って逃げるとか？

〈それは田中エアプ
〈シャチケンが逃げるとこは想像つかんw
盛り上がるコメント欄。

田中は地面に突き刺した手に「ふんっ！」と力を込めると、思い切り地面をひっ、く、り、返、し、た。

「おら！　岩盤ちゃぶだい返し！」

「「「ギャアアアア!?」」」

地面が丸ごとひっくり返り、スケルトン軍団はそれに飲み込まれる。

まるで土砂災害が起きたかのような現場には、スケルトンが一体も残っていなかった。

「ふう、すっきり」

いい仕事をしたかのように額を拭う田中。

一連の流れを見ていたルシフは、しばらく呆然《ぼうぜん》とした後、真剣な表情を浮かべる。

「……人間。貴様の名はなんだ」

「ん？　俺は田中誠《まこと》だ」

「タナカか、まずは貴様を侮った非礼を詫《わ》びよう。今分かった、私は貴様と戦うためにこの世界に来たのだと」

ルシフの体から濃厚な魔素が漏れ出す。

彼は目の前の人物が本気を出すに値する人物だと理解した。

「ずっと私は渇いていた。元いた世界には私を満たせるほどの強者はいなかった。だがようやく出会えた、本気を出せる相手に！」

ルシフの背中から漆黒の翼が生える。

それを見た田中は「うわっ、ゲームのボスの第二形態みたいだ」と呑気《のんき》に反応する。

「褒めてやろう。この姿にさせた人間は初めてだ」

「そうか、それは光栄だな」

〈全然思ってなさそうで草
〈早く帰りたいくらいにしか思ってなさそう
〈もういい時間だしな
〈ルシフくんを相手にしてあげて
「余裕を見せられるのはここまでだ。黒の夜明け《ブラックドーン》」

ルシフが手をかざすと、黒い魔力の嵐が巻き起こり、田中を空間ごと吹き飛ばす。

その威力は凄まじく、空間にバキバキバキ！　と亀裂が入るほどであった。

「おわっ!?」

「遊びはしない、全力で叩き潰してやろうタナカ！　召喚《サモン》：ジャイアントデーモン！」

巨大なデーモンが出現し、宙に浮いていた田中を地面へ叩き落とす。

そしてそのまま巨大な拳を何度も叩きつけ田中を滅多打ちにする。

『ガアアアアアッ!!』

拳を叩きつけるごとにダンジョンは大きく揺れ、地面に亀裂が走る。

それほどまでにジャイアントデーモンの力は規格外であった。

〈うおお!?

〈え、つよ

〈シャチケン大丈夫!?

〈ま、まままだ慌てる時じゃなななな

〈クッソ焦ってて草

〈今までで最強の敵なのは間違いないな

魔王ルシフは異世界で負けなしの魔族であった。

魔法だけでなく死霊術にも精通し、その実力と知識量は魔族の中でも群を抜いていた。

彼の前には凶悪な悪魔《デーモン》も頭《こうべ》を垂れ、忠誠を誓った。

最強にして最恐の存在、それが彼であった。

自分に敵う者などいない、そう思っていた。

————今日この日までは。

「ガアガアうるさいっ!」

胴体を真っ二つに斬り裂かれ、崩れ落ちるジャイアントデーモン。

砂煙から現れたのはピンピンした田中であった。

「服が汚れちゃったじゃないか……はあ」
〈なんでそれだけで済んでんだよ
〈知ってた
〈強すぎてキモいレベル
〈スーツ汚しただけでも健闘賞をあげよう
〈ジャイアントデーモンくんはようやったよ
召喚した配下を瞬殺されたルシフ、しかし彼の顔には笑みが浮かんでいた。
それほどまでに強者と出会えた喜びは大きかった。
「素晴らしいぞタナカ。人の身でよくそこまで鍛え上げたものだ」
ルシフは心からそう称賛する。
「どうだ？　その力、私のもとで振るう気はないか。そうだな、この世界を支配した暁には……」
「世界の半分をくれてやる、とか言わないよな？　そんなものいらないぞ」
「……そうか。残念だよ」
「本当にその気だったのかよ。魔王ってのはどの世界でもこんな感じなのか？」
呆《あき》れたように言う田中。
彼は世界の半分など、全くもって魅力に感じていなかった。
「それほどの力を持っていて現状に満足しているというのか？　強者には支配者になる権利がある」

「ほどほどに仕事して、ほどほどに給料がもらえて、たまに友人と酒でも飲めれば俺は十分だ。それ以上はいらない。世界の半分なんてもらったら激務そうだしな」

　ははっ、と田中は笑い飛ばす。

　その言葉を聞いたルシフは残念そうに「そうか」と呟く。

「残念だ……ではここで死んでもらうとしよう」

　冷たく、そして濃密な魔素がルシフの体より放出され空間を満たす。

　それは高い魔素量を持つリリシアとダゴ助ですら気分が悪くなるほどの魔素濃度であった。常人であれば一瞬で魔素中毒に陥ってしまうだろう。

「タナカ、貴様は強い。しかし魔力は私の方が多い。その差に気づかぬほど馬鹿ではあるまい」

「……確かに今のままではお前に勝つのは厳しいかもな」

　田中はあっさりそれを認める。

　大きなダメージこそまだ負っていないが、先程のように多種多様な魔法で攻撃されては反撃する隙はない。このままではいずれこちらが先に体力が尽きると認識していた。

〈嘘だろ？　シャチケンが負けるの？

〈魔王には敵わないか……

〈おいおい終わったわ

〈田中ァ！　嘘だよなァ!?

〈いや、俺はシャチケンを信じるよ

〈やばい泣きそう
視聴者たちの間にも不安が広がる。

大人しく負けを認めた田中を見て、魔王ルシフは笑みを浮かべる。

「ほう、潔いな。なら……」

「ああ……惜しいな。俺たちがあと一時間早くここに着いていたら、お前が勝っていたかもしれないのに」

「ん？」

田中の言葉にルシフは首を傾《かし》げる。

一時間早くてもなにかが変わるようには思えない。いったいなにを言っているんだと困惑していると、田中が自分のつけている腕時計を見せてくる。

「十八時二十三分……定時を過ぎている。定時外先《ここから》は、正規労働時間《いままでどおり》にはいかない」

田中はそう言ってネクタイを外し、スーツの上着を捨てる。

〈え、なにが始まるの？

〈シャチケン負けないで！

〈とうとうおかしくなった？

〈マジで流れが分からない
〈なにが起きるんです!?

困惑する視聴者たち。

そんな彼らをよそに、田中は言葉を続ける。

「――――俺はもともと、長く戦えるタイプじゃなかった。短期決戦型とでも言うか、二時間も戦い続けると疲れて満足に動けなくなってしまった」

田中は社畜時代を思い出しながら語る。

通常のダンジョン探索であれば休憩を挟みながら進めばいいのでそれでもなんとかなったが、過酷なノルマを課せられていた社畜時代はそうはいかなかった。

「だけど仕事はそんなこと考慮してはくれない。一日何時間も残業する毎日を過ごす中で、俺は戦法を変えることを余儀なくされた」

短期決戦型から、長期継戦型へ。

田中は無限に襲いかかってくるノルマをこなすために自分のスタイルを変える必要があった。

そこで田中は鍛冶師の志波薫《しばかおる》に頼み、ある物を作ってもらった。

「さっき外したネクタイは『枷《かせ》』だ。あのネクタイは魔素の出力を抑える強力な効果がある。当然そうすることで力は弱くなるが、出力を絞ることで長い労働時間にも耐えられるってわけだ」

「なんだ？　なにを言っている……？」

困惑するルシフ。

田中の言っていることが正しいと、彼は今まで力を制限していたことになる。そんなこと信じられなかった。

「枷の力を強くするためにダンジョンの深層で取れた色んな素材を使ったせいで、定時内は外すことのできない呪いの装備になってしまったが……定時を超えた今、その呪いは解かれた」

田中は湧き上がってくる力に浸りながら、宣言する。

「―――久しぶりに、少しだけ本気を出すとしよう」

田中は今までキツく締めていた強さの栓を少し緩める。

すると彼の体から莫大な量の魔素が放たれ、一瞬にして空間を満たしていたルシフの魔素《それ》を塗り替える。

「な……っ!?」

絶句するルシフ。

そんな彼に、田中は宣言する。

「斬業《ざんぎょう》モード。悪いが残業を長引かせる趣味はない。とっとと終わらせて退勤《かえ》らせてもらうぞ」

斬業《ざんぎょう》モード。

これこそが田中のとっておきであった。

体から噴き出る魔素は可視化できるほど濃密であり、その場にいる者だけでなく映像越しに見る者すら圧倒する。

〈え!?　今まで力を抑えていたって……コト!?

〈いやいや、さすがにそれは嘘やろ
〈でもなんかガチの戦闘民族みたいにオーラ出てますけど
〈超《スーパー》社畜人か

〈気弾打てそう
〈シャチケンはまだ変身を二回残している。この意味が分かるな？
〈やばすぎて草も生えない
「三割……いや四割くらいは出しても平気そうか」
そう呟いた田中は歩いている途中で止まると、宙に浮いているルシフをジッと見つめる。
そしてぐっと足に力を込めると、突然その場から消える。
「……っ!!」
とっさにルシフは自分を覆う球状の結界を出現させる。
それは彼の魔法の技術の粋を結集して作った、超上級魔法。竜の吐息《ブレス》をも簡単に防ぐ代物だ。しかし、
「そこ」
突然目の前に現れた田中の拳により、いとも容易《たやす》く砕かれてしまう。
高速で放たれたその拳は、結界を破りルシフの腹部に命中する。その凄まじい速度と威力を秘めた拳は、周囲の空間を歪《ゆが》ませるほどであった。
〈なんか空間歪んでて草
〈俺の画面がバグったのかと思ったわｗ
〈怪獣大戦争だろこれ
〈日本のサラリーマンって強いんだな（英語）

〈海外ニキ、誤解やで……

〈こんなんがそういてたまるか
「が、あ……っ!?」

その一撃をまともに食らってしまったルシフは苦しげな声を出しながら吹き飛び、壁に激突する。

幾度も戦い、何度も強力な攻撃を食らったルシフであるが、これほどの痛みを覚えたのは初めてであった。

（なんて攻撃だ、内臓をやられたか……っ!?）

体の中に魔素を集中させ、ルシフは損傷した内臓を修復する。

彼もまた普通の生物とはかけ離れた力を持つ者であった。しかしそんな彼であっても、目の前に立つ男に勝てる光景《ビジョン》を想像できなかった。

「貴様、何者だ……？」

「俺は通りすがりのサラリーマンだよ。ま、元だけどな」

「サラリーマン？　知らぬ言葉だが、この世界ではよほど強い存在なのであろうな」

「ああそうだな。最強だよ」

田中が剣を構えると、ルシフも漆黒の剣を生み出し手に持って構える。

彼我の実力の差は歴然に思える。しかし魔王としてのプライド、そして強者と戦いたいという欲求が戦闘《それ》を続行させる。

「嬉《うれ》しいぞタナカ、血が滾《たぎ》る……っ!!」

ルシフは自分の周囲に無数の剣を出現させ、それを一斉に射出する。

そして自身も高速で田中に接近しながら、次の魔法を構築する。

「次元魔法、次戒封錠《じかいふうじょう》！」

突然田中の周囲の空間から複数の鎖が出現し、田中のことを縛り上げる。

それは対象を空間に縛り付ける、拘束魔法の中でも最上位に位置する代物。ルシフのこの魔法で動きを封じることができなかった者は、今まで一人としていなかった。だが、

「ふんっ！」

田中は筋力のみでそれを破壊する。

そして向かってくる漆黒の剣を全て叩き切り、次にルシフを迎え撃つ。

「タナカァ！」

ルシフは体内の魔素を活性化させ、筋力を増強させる。

そこから放たれる剣撃は山をも両断する威力を持つが、田中はそれをギィン！　と剣で受け止める。受け止めた衝撃で地面にヒビが入り、空間が歪むが田中の体幹は一切ぶれなかった。

「人間一人がこれほどの力を……貴様、どれほどの修羅場をくぐり抜けた」

「月残業三百五十時間を超えればこれくらい誰でもできるようになる」

〈無理定期
〈死ぬわw
〈それ乗り越えても廃人になるだけなんだよなあ

〈なにって……残業してただけだが？

〈それがマジなのが凄い

〈よい子は真似すんなよ！

〈よい企業も真似するなよ

田中は受け止めていた剣を弾くと、今度は鋭いキックを放ち、ルシフを吹き飛ばす。

地面を数度バウンドした後、体勢を立て直すルシフ。しかし何度も田中の重い攻撃をその身で受けていた彼の体力はかなり削れていた。

「ぜえ、ぜえ……いいだろう。貴様には私の全てを見せてやる」

そう言ったルシフの体が光り始める。

そして彼の漆黒の髪、服、そして翼が『純白』に変わっていく。頭上には天使の輪のような物まで浮かび彼の姿は魔王どころかまるで『天使』のようになる。

「『神《じん》魔《ま》逆転《ぎゃくてん》・熾天使モード《セラフィム》』。これが私の最終切札《すべて》だ」

魔王ルシフは、元天使である。

今は天使としての力を失い魔法と死霊術で戦う彼だが、天使としての力を取り戻すことができる秘術を編み出した。

それこそが『神魔逆転』。

堕天することで手に入れた魔の力を、逆転させることで彼はかつての力を取り戻すことに成功した。

しかし魔族となった肉体は天使の力に拒否反応を示す。

熾天使《セラフイム》モードを使用している間、彼の体は徐々に崩れていってしまう。

つまりこの状態は数分しか持たず、しかも激痛を伴う。

しかしルシフは後悔していなかった。今ここで全力を出さずにいつ出すのか。持てる力を全てぶつける覚悟が彼にはあった。

「天光失墜《ヘブンズフォール》」

ルシフが右手を掲げると、その頭上に数え切れないほどの光の粒子が出現する。

そして右手を下ろすと、眼下にいる田中めがけて、光の粒子が一斉に降り注ぐ。

〈ひいっ
〈戦いの規模がヤバすぎる
〈これもう最終戦争《ラグナロク》だろ
〈宗教画みてえだ……

〈頼む！　ＣＧであってくれ！

〈シャチケンいけるか!?

〈残業中だしいけるでしょ
自らに降り注ぐ光の雨。

その一粒一粒が莫大な威力を誇るが、田中はそれを正面から迎え撃つ。

「よっ、はっ」

田中は素手でそれら光の粒を弾いた。

まるで自分にたかる羽虫を追い払うかのように、手でペシペシと叩いて対処した。もちろん光の粒子は物凄い数なので、田中の腕の動きは常人では捉えられないほど速い。

まるで早送りしているかのような動きに、視聴者たちは混乱する。

〈腕見えなくて草
〈フレームレートの敗北
〈ドローンくん頑張って！
〈ようやっとる方でしょ
〈速すぎて止まっているようにも見える
〈ギャグ以外でそれ言うことあるんだ……
〈腕の動きもキモいけど、まず光を素手で弾いてるとこつっこまない？

「これしきでは傷も与えられぬか……ならば！」

光弾を全て防がれたルシフは、両手に光の剣を出現させると、高速で田中に接近する。

熾天使の裁剣《セラフィムソード》。彼の生み出した剣は超高熱を帯びた天使の剣《つるぎ》。いかなる鎧をも断ち切るその剣は、彼が生み出せる武器の中でも最上位のものであった。しかし、

「熱いな」

田中は二本の剣を手で握って受け止めてしまう。

片手で一本ずつ、刀身を握っている状態。真剣白刃取りよりずっと高度な技だ。

「えい」

田中がそう言って両手に力を込めると、熾天使の裁剣《セラフィムソード》がパリン！　と音を立てて砕け散る。

初めて熾天使の裁剣《セラフィムソード》が壊れるところを見たルシフは「な……っ!?」と愕然《がくぜん》とした表情を浮かべる。

「次はこっちの番だな」

田中はその隙を突き、拳を構える。

その恐ろしい殺気にルシフは平静を取り戻し、背中に生えた純白の羽を前面に展開し防御態勢を取る。熾天使の羽は一枚一枚が恐ろしいほどの硬度を誇り、最強の盾として機能するのだ。

だが……残業中の田中の拳はそれよりも硬かった。

空間を捻《ね》じ曲げながら放たれた彼の正拳は、熾天使の羽を容易く粉砕し勢いを落とさずルシフの腹部に命中する。

「う、おおおおおおっっ!!」

まるで台風に吹き飛ばされた木片のように地面を転がるルシフ。

服は破れ、全身に傷を負い、翼は千切れてしまっている彼の姿が凄惨であった。

熾天使《セラフィム》モードの副作用で全身に強い痛みも覚えている。しかしそれでもルシフは嬉しそうに笑っていた。その笑みはまるで、久しぶりに親に遊んでもらった子どものように純粋で、無垢《むく》なものであった。

「ここまで……とはな。貴様のような強者が存在するとは。私は今、最強を自負していた己を恥じている」

口の端から血を流しながら、ルシフは立ち上がる。

「それほどの力を持っていて、虚《むな》しくならないのか？　こちらの世界に貴様のような強者がそう何人もいるとは思えない」

「……そう感じる時がないわけじゃない。だからこそ」

田中は腰に差していた剣を握り、構える。

「お前は満足させて送ってやる。全力で来い」

田中の言葉に、ルシフは目を丸くする。

そしてその後に「ふふっ」と嬉しそうに笑うと、天使の翼を再構築し、宙に浮かび上がる。

「ではお言葉に甘えて、全力を出させてもらおう。我が最強の秘技にて、貴様を討つ！」

ルシフが掲げる右手に、光が集束していく。

その光はみるみる内に光度を増していき、すぐに直視するのも難しくなる。

〈うおっ、まぶし

〈目がああああ!!

〈バ〇スかな？

〈なにをやる気!?

〈ドローンくん大丈夫!?

〈やっちゃえシャチケン！

〈眩《まぶ》しすぎて見えねえw

光度が上がるに従い、空間内の温度も急激に上昇していく。
光とは、それそのものがエネルギーの塊である。ルシフの奥義はその光を限界まで圧縮し、放つというシンプルなもの。
だがその中心温度は百万℃を優に超える。小さな『太陽』と形容しても遜色ない代物だ。その熱に生み出しているルシフ自身の体もジリジリと焼けている。
「分かるだろう？　これがこの地球《ほし》に当たれば、その中心部を破壊するほどのエネルギーを持つことを」
「ああ、そうみたいだな」
〈マジかよ
〈急にヤバすぎて草
〈そんなもの投げるな
〈地球終わったわ
〈やっぱこいつらだけ世界観おかしいよ
「これが私の最後の技だ……受け取るがいい、タナカァ！」
ルシフは生み出した光の玉を田中めがけて解放する。
すると超高温の光線が田中に向かって発射される。これこそ彼の最終奥義『明けの明星』。今まで誰にも使うことがなかった、とっておきの技であった。
田中はそれをまっすぐに見つめ、握っている剣に力を込める。

「我流剣術、真式――――」

腰をかがめ、田中は居合の形を取る。

それは斬業モード中にしか使えない、彼の本当の剣術。

我流の力強さと、橘《たちばな》流のしなやかさを併せ持つその剣術は、たとえ光であっても逃げることは叶わない。

「瞬閃《しゅんせん》」

短く呟き、不可視の剣閃が放たれる。

生き物が認識することのできる速度を大きく超えたその居合は、空気を、音を、光すらも断ち切る。

星すらも焼き尽くす光の奔流すら、その剣閃の前には頭を垂れる。綺麗《きれい》に両断された光の束は霧散し消え去ってしまう。

「素晴ら、しい……」

目を見開きながら呟くルシフ。

田中の剣閃は光の奔流を断ち、その先にいるルシフの体を深く切り裂いていた。

体に刻み込まれた傷跡から大量の血を流しながらも、ルシフは満足したような笑みを浮かべながら地面に落ちる。

田中はそれを見送った後、剣を鞘《さや》に収め呟く。

「お前も強かったが……相手が悪かったな」

無事勝負を終えた俺は「ふう」と一息つく。
斬業モードを使ったのは久々なので、少し疲れた。やっぱり持久力をもっと鍛えた方が良さそうだ。堂島《どうじま》さんが「スタミナを鍛えるには潜るのが一番だ。今度深海まで一緒に潜らんか」と飲みながら言っていたので、やってみてもいいかもな。

〈うおおおっ！　シャチケンが勝った！
〈強すぎる！
〈誰がお前に勝てんだよ！
〈魔王くん正面から叩き潰されて草
〈シャチケン最強！　シャチケン最強！
〈マジで今回はやばいと思ったわ
〈シャチケンいなかったらあれが地上に来たと思うとぞっとするわ
〈田中ァ！　ありがとなァ！
「おわっ」
コメントの表示をＯＮにすると、立体映像《ホログラム》に大量のコメントが流れる。
追いきれないけど、どうやら満足してくれた人が多いみたいだ。よかったよかった。

「ええと確かここら辺に……お、あった」

俺はめちゃくちゃになった地面の中からネクタイと上着を見つけて、身に着ける。

ネクタイを着けたことで『斬業モード』は解除され、いつも通り力が制限される。もうこの状態が普通になってしまっているので、私生活でもネクタイを外すことができない。寝る時も風呂に入る時もネクタイを着けているので変態にしか見えないのが悩みだ。

でも外すと上手《うま》く力を制御できずにドアノブとかをぶっ壊してしまう。難儀だ。

「兄貴ィ！　大丈夫ですかっ!?」

上着を着終わると、ダゴ助が走って近づいて来る。

その後ろにはエルフのお姫様、リリシアさんもいる。結構派手に戦ったけど二人とも無事だったみたいだ。

「ま、魔王の奴は倒したんですか!?　姿が見えやせんが」

「ああ。死んでるかは分からないけど、もう戦うことはできないだろう」

「さっすが兄貴！　兄貴ならやってくれると信じてましたぜ！」

まったく、調子のいい奴だ。

だけどこいつは俺がいない間、逃げずにリリシアさんを守ってくれていた。軽い性格をしているけど、意外と頼りになる。少し足立《あだち》と似ているかもな。

「信じられない……あのルシフを一人で倒してしまうなんて」

エルフのお姫様、リリシアさんはルシフが落ちた方向を見ながらぽつりと呟く。

服がところどころ破けてはいるけど、怪我《けが》はなさそうだ。
〈よかった。リリシアたん無事だった
〈ほっ
〈貴重なエルフを失うわけにはいかんからな
〈もうファンクラブできてるしなw
〈服破けてるのエッッすぎる
〈やっぱエロフだろ
〈この体で姫は無理がありますよ
相変わらず彼女が出るとセクハラコメントが多く流れる。
本人はこういったコメントは苦手そうだから見せないようにしないとな。
「しかも人間一人の力で成してしまうなんて……信じ難いけど、この目で見てしまった以上目を逸《そ》らすわけにはいかないわね」
リリシアさんは俺の近くに来て、真剣な表情で俺のことをじっと見る。
わめき散らしていた時は子どもに見えたけど、そうしている彼女は確かにお姫様のように気品を感じられた。
「感謝しますタナカ。あなたのおかげで我が同胞の無念は果たされました。この恩は忘れません、必ずや返させていただきます」
「構いませんよ。仕事でやっただけですので」

別に使命があって戦ったわけじゃない。結果的にはエルフの悲願を果たしてしまったのかもしれないけど、俺は仕事をしてただけ。お礼は堂島さんからもらえれば十分だ。
「そんなわけにはいかないわ！　わらわがお礼すると言ってるんだから受け取りなさい！」
「ええ……だからいらないですって」
エルフのお礼ってなんか怖いし。
森とかプレゼントされても困る。
〈めっちゃ断ってて草
〈無欲やなあ
〈まあ確かにちょっと躊躇《ちゅうちょ》するのは分かるw
〈ワンチャンリリシアたんお嫁にもらえるかもよ？w
〈実際英雄級の活躍はしてるからな
〈勇者シャチケン
〈社畜で剣聖で社長で勇者か……属性が渋滞してきたな
俺たちはしばらくお礼をするいらない論争を繰り広げた。
俺はしつこく断ったけど、リリシアさんもなかなか頑固で話は平行線になってしまった。
「はあ、はあ……なかなか頑固ですね」
「あなたには負けるわタナカ……。ひとまずこの話は落ち着いてからまたするとしましょうか」
「ええ、そうですね。魔王の様子も確認しなきゃいけませんし……」

話は一旦保留にして俺たちはルシフが落ちた場所に向かう。

大きな瓦礫をよいしょとどかしながら進む。まだわずかに感じ取れる魔素を探知しながら探すと、程なくして魔王ルシフが見つかる。

「ふふ……見つかってしまったか」

不敵に笑うルシフ。

余裕を感じられる表情を浮かべているが、その体は胴体から半分に両断され腰から下はなくなっていた。その切断面からは大量の血が流れ落ちている。

いくら普通の人間よりずっと頑丈な魔王であろうと、これだけ血を流していたら無事では済まないだろう。

「少し待ってろ」

いくら敵とはいえ、このまま死なれるのは忍びない。俺はポケットの中から回復薬《ポーション》を出して治療しようとするが、

「いい……大丈夫だ。私は満足した、治療の必要はない」

魔王はそれを拒否した。

確かに魔王は満足そうな表情をしている。強がりで言ってたり騙《だま》そうとしているようには見えない。

本人がそれを拒否していると、回復薬《ポーション》の効果は薄くなる。俺は無理強いせず、回復薬《ポーション》を一旦しまう。

それを見て満足そうに笑みを見せた魔王は、口を開く。

「タナカ、貴様には感謝している。これほど満ち足りた気持ちになったのは初めてだ……だからこそ、申し訳ない。私では貴様の全力を引き出すことができなかった」

魔王は目を伏せ、申し訳なさそうに言う。

「……そんなことないさ。いい勝負だった」

「謙遜しなくてもいい。私では貴様の全力の半分も引き出せなかった……まさかこれほどの高みがあるとはな。もっと真面目に鍛えておくべきだった」

魔王は視線を上げると、俺の目をじっと見つめる。

その顔色はどんどん悪くなっている。最期の時は近いようだ。

「タナカ、一つだけ聞かせてくれ。それほどの力を持っていながら、なぜ私のようにならなかった。私は渇きを癒すため様々な種族や国家を襲い、私を満足させてくれる強者を求めた。そなたも虚《むな》しく感じる時があると言っていたのに……なぜだ？」

「……まあ確かにそんなことを思うことは、ある」

力を制限して戦うと、どうしてもストレスがかかる。

俺もたまにはのびのびと戦いたくなることがないわけではない。

「だけど戦うだけが全部じゃない。仲のいい奴と飯を食べたり、酒を飲んでくだらないことを喋《しゃべ》ったりできれば意外と満足できるもんだ」

「……なるほどな。私にも友がいれば、貴様のように生きることができたのかもしれないな」

納得したように魔王は言う。

すると魔王の体が、端から段々と崩れていく。どうやら体を維持するのが限界のようだ。

その様子を見ていると、エルフのリリシアさんが横にやってくる。

「魔王ルシフ……どうやら貴様も終《しま》いのようだな」

「エルフの姫か。くく、よかったな。今ならその鈍《なまくら》でも私の首を落とすことは容易いぞ」

「見くびるな。貴様は憎い仇だが、死に行く者の背を押すような真似はせぬ。その手で葬った罪なき者に詫びながら逝くといい」

リリシアさんは毅然《きぜん》と言い放つ。

すると魔王は驚いたように目を丸くした後、納得したように「ああ、そうさせてもらおう」と言った。

このまま消えていく……かと思われたが、最後に魔王は俺の方を向く。

「タナカ。私はおそらく何者かの手によってこの世界に送られた。その行動になんの理由もないとは思えない」

「……!!」

魔王はとんでもないことを言い出す。

これは重要な証言だ。俺は集中してその言葉を聞く。

「おそらくエルフの姫と邪神の眷属《けんぞく》も同じであろう。何者かが、なにか目的があってそれを行った。もしかしたらこの世界にダンジョンがあるのも、そいつの所為《せい》かもしれない」

確かにダンジョンが異世界から来たものならば、そいつが犯人の可能性は高い。

異世界とこっちの世界を繋《つな》ぐことができる奴がそう何人もいるとは思えないからな。

「次元を跨《また》いで移動するなど、魔王である私もそうやすやすとは行えない。そいつは未知の技術を使う厄介な相手だろう、だが」

魔王ルシフは俺の目をまっすぐ見ながら、言い放つ。

「お前なら負けることはない。遠慮なくぶっ飛ばしてやるといい」

「ああ、そうさせてもらうよ」

そう返すと、魔王は笑みを浮かべ、頷《うなず》く。

そして最後に天を仰ぎ……満足そうに消えていった。

その様子を見届けたリリシアさんは、俺の方に向き直る。

「感謝する、タナカ。貴公のおかげで、我らの無念は果たされた。きっと同胞も喜んでいることだろう。この恩は必ずや返させてもらう」

「そんなにかしこまらないでいいですよ。仕事をしただけですので」

「いいやそうはいかん！　魔王を討伐したんだ、それ相応の褒美をあげないとエルフの名が廃る！」

リリシアさんはそう言って詰め寄ってくる。

うーん、どうしよう。本当にお礼なんていらないんだけど。それより今は早く帰ってシャワーを浴びて寝たい。

そう思っていると「カラン」となにか硬い物が地面に落ちるような音がする。

「ん？」

見れば魔王がいた位置に、小さな球体が転がっていた。

その球体には徐々に亀裂が入っていっており、少しすると唐突にパリン！　と音を立てて割れた。

「あ」

まずい予感がして、思わずそう呟く。

すると次の瞬間ゴゴゴゴ！　とダンジョンが強く揺れ出す。どうやら俺の嫌な予感は大的中したみたいだ。

「な、なななんだいったい!?」

「さっきのはダンジョンコアだったんです！　急いで逃げますよ！」

どうやら魔王ルシフがこのダンジョンのボスに設定されていたみたいだ。

その結果彼の体内にコアが生成され、俺がそれを倒したことでコアも壊れてしまった。

コアを壊せばダンジョンは消滅する。このままジッとしてたら俺たちは仲良く生き埋め。それだけは避けなければいけない。

「ダゴ助、走れるか!?」

「ま、任せてください！　行けますぜ兄貴っ！」

少し離れたところで待っていたダゴ助は元気よく答える。

ダメージはまだ残っているみたいだが、走る気力は残ってそうだ。

「リリシアさんは大丈夫ですか？」

「わらわも大丈夫……痛《い》っ！」

走ろうとしたリリシアさんは足を痛そうに押さえる。

どうやら怪我をしているみたいだ。走るのは厳しそうだな。

「き、気にするな。わらわは誇り高きエルフの姫。これくらいなんともな……にょわ!?」

抵抗されないよう高速で近づき、お姫様だっこするとリリシアさんはかわいらしい悲鳴を上げる。

申し訳ないけど手段を選んでいる余裕はない。無理やりでも運ばせてもらう。

「な、なにをしているタナカ！」

「すみません。苦情《クレーム》なら後で受け付けますので」

「いいから一回降ろし……きゃあ!?　速いっ!!」

俺は顔を真っ赤にするリリシアさんをしっかり支えながら、ダゴ助と共にダンジョンから脱出し始めるのだった。

＊

行きこそ時間のかかるダンジョン探索だが、帰りは意外と大変じゃない。

道は分かっているし、モンスターもそれほど襲ってこない。姫様を抱っこしている状態ではあるけど、俺たちはサクサクと帰還していた。

〈なんでこんなサクサク帰れんねん
〈速すぎて草
〈もう壁を走るの見ても驚かんわ……
〈あっ、モンスター出てきた
〈危ないぞ！　シャチケンにやられるぞ！
〈心配されるのモンスターの方なんだ
〈あっ、蹴ったら上半身消し飛んだ
〈腕ふさがってるのに強すぎる
〈ダゴ助くんはようついていってる
〈この調子なら脱出できそうだな
「ひぃ、ひぃ、疲れた……」
「もう少しだぞダゴ助。頑張れ」
「は、はいぃ……」
俺の言葉にダゴ助はへろへろになりながらも返事をする。
既にダゴ助と会った地底湖は越え、上層までたどり着いている。ここからはモンスターも弱いし、障害になるものはない。
俺もそこそこ疲れてはいるけど、地上まで走るくらいなら問題ない。リリシアさんも大人しく抱かれてくれているので元気だ。

「……感謝するぞタナカ。必ずこの礼はする、楽しみにしてなさい」
「だからいいですって。仕事で助けただけですから」
移動している間、リリシアさんはお礼をすると言ってきた。
今回の件の仕事の報酬は堂島さんからもらうので、それ以上のものはいらない。俺は固辞しているんだけどリリシアさんはお礼をすると言ってきかないのだ。
うーむ、どうしたものか。
「わらわがなんでもすると言っているんだぞ！　なんで嫌がるのだ！」
「あの、あんまり言うとまた炎上するので静かにしていただけると……」
「炎上？　火の魔法なんて使ってないじゃない！」
「いやそういうわけじゃなく……」
〈シャチケンたじたじで草
〈いちゃいちゃしやがって
〈リリシアたんにお礼されたい人生だった
〈早く薄い本作ってくれ
〈厚い本でも構わんッ
〈コミマが盛り上がるわね
〈わらわかわいすぎる
〈わらわー

〈ヒロインレースにダークホースが現れたわね
〈ぎぎ……わいの田中に色目使いやがって……

〈シャチケンそろそろ刺されそうw
〈まあ刺した包丁の方が折れるから大丈夫でしょ
〈草
「それとタナカ。いい加減敬語はやめたらどうだ。そなたは魔王を倒した勇者、わらわにかしこまる必要はない」

「いやでも……」

「なんだ、文句あるのか？」

ぎろ、とリリシアさんは睨んでくる。

あまり仲良くしすぎるのはよくないんじゃないかと思ったけど、関係が悪化するのも困る。

彼女は超重要参考人だ。

こっちの世界の人間に非協力的になってしまったら俺は責任が取れない。しょうがないので俺は折れる。

「分かったよ……リリシア。これで文句ないか？」

そう言うと彼女は嬉しそうに笑みを浮かべ「ええ、それでいいわ」と言う。

改めて見るととんでもない美人だな……コメントで人気が出るのも当然だ。

〈落ちたな（確信）

〈あかんかわいすぎる
〈攻略速すぎて草
〈わいのリリシアたんがーない
〈頼む、ダゴ助だけは落とさないでくれ……
〈マニアがいるわね
〈ダゴ助も落ちてはいるだろ
〈異世界は物騒そうだし、強い田中はモテるだろうなw
〈あっちの世界の方が向いてそうw
〈頼む、行かないでくれ……
〈行っちゃったら損失がデカすぎる

コメントで色々言われているけど、異世界に行くつもりなんてない。

まあ確かに楽しそうではあるけど、こっちの世界で生活するので俺は精一杯だ。お世話になった人たちに恩も返さないといけないし、ギルドの運営もある。

ま、全てが終わったら考えてもいいけどな。

「……お、そろそろ出口だ」

「本当ですか!?　やったぜ！」

俺の言葉にダゴ助は歓喜する。

ここまで来ればなにも起きないだろう。ふう、今回もなんとかなったな。

〈やったぜ

〈おかえりシャチケン！

〈おつ

〈お疲れ！

〈今回も最高だったぞ！

〈[¥10000] シャチケン最強！

〈[¥1000] 少ないですがお祝いです！

〈おかえり！

〈[¥2000] リリシアたんの配信も待ってます

〈とま

〈[¥3200] 今回もよかった

〈あれ

〈ん……？

〈ぐるぐる

〈配信止まった？

〈ちょ

〈なに!?

〈[￥200]

〈てす
〈お
〈

「……ん？」

突然配信のコメントが止まってしまう。

おかしいな、今までこんなことなかったのに。

ダンジョン内に漂っている魔素は、電波を中継して地上まで送ってくれる効果も持っている。そもそもこの場所はダンジョンの最上部だから電波が届かないなんてことはないはずなんだが。

「機械の故障か？」

俺は首を傾げる。

うーん……ゴールの様子を配信できないのは悲しいけど、今はそんなことを悩んでいる暇はないか。俺はひとまず脱出を優先する。すると、

「止まれ」

突然第三者の声がダンジョン内に響き、俺は足を止める。

すると俺たちの行く手を遮るように五人の男たちが姿を現す。そいつらは全員高そうなスーツに身を包んでいる。ちなみに全員顔に覚えはない。

「……どなたでしょうか？　急いでいるんですが」

「引き止めるつもりはありません。私たちの目的は田中誠、あなたではありませんので」

そう言って男たちのリーダーらしき人物は腕を上げ、俺が抱きかかえている人物を指差す。

「我々の目的は『彼女』です」

謎の男はリリシアを指し示す。

……そう来たか。これは面倒なことになりそうだ。

「彼女の持つ価値は非常に高い。それはあなたもよくお分かりでしょう。よって我々が保護、管理をします。これは政府の『決定』です」

男は、事務的にそう言い放つ。

「政府の人間……ですか」

俺は警戒度をぐっと引き上げる。

そう聞いてはいそうですかとリリシアを引き渡すほど、俺は騙されやすくはない。

「はい、私はとある政府組織に属しています五十住《いそずみ》と申します。お見知り置きを、田中様」

胡散《うさん》臭い笑みを浮かべる五十住。きっとその名前も偽名だろう。

どこを信用すればいいのか分からないくらい胡散臭いけど、彼らが政府の関係者であることはおそらく本当だと思う。

でなければ政府が管理しているこのダンジョンに簡単に入ることはできない。だが、

「仮にあなたが本当に政府の人間として、ここで引き取ろうとする理由はなんでしょうか？　私は元々魔対省の仕事でこのダンジョンに来ました。当然彼女は魔対省に保護してもらうつもりです」

異世界から来たお姫様なんて、いち社会人の俺の手に余る。堂島さんと天月《あまつき》に彼女は保護してもらうつもりだ。

そうすることくらい政府の人間なら分かるはず。なのにこうやって秘密裏に身柄を引き受けようとするということは、俺が魔対省に彼女を引き渡したら困るということになる。

「どうしてもここで身柄を引き受けたいのであれば、魔対省の堂島さんか天月を呼んでください。そうすれば大人しく引き渡します」

「……そうですか。我々としても穏便に事を運びたかったのですがね」

五十住がそう呟くと、男たちがずいと前に出てくる。

実力行使も辞さない感じだ。

「政府も一枚岩ではないのですよ。魔対省のぬるいやり方では困る方がいるのです。『彼女』の価値は果てしなく高い……存在を徹底的に秘匿し海外の人間の目に留まらないようにしなくてはいけません。堂島大臣では情を捨てきれない、今はそんな甘いことを言ってられる局面ではないのですよ」

確かに堂島さんは保護した人にもある程度の自由をあげるだろう。監禁するようなことは絶対にしない。

だけどそれじゃ困る人がいるってわけだ。

ここまで迅速に、そして強行的な手段を『表』の政府が取るようには思えない。

総理大臣とかとは違う、表に出てこない権力者が親玉《ボス》ってことか。きっと目の前にいるこいつらも『存在しない』ことになっている組織だろう。

そういえば秘密警察的な人知れず汚れた仕事を請け負う組織が日本にもあると堂島さんに聞いたことがある。こいつらがそれの可能性は高い。

そんな奴らにリリシアを渡したらどう扱われるか分かったものじゃない。渡すわけにはいかないな。

俺は抱きかかえていたリリシアを降ろし、後ろに下がらせる。

「あいつらは危険だ。少し下がっていてくれ」

「わ、分かったわ。タナカを信じる」

リリシアは混乱している様子だけど、そう言って俺の言う通り動いてくれる。

どうやら信頼してくれているみたいだ。この状況だと非常に助かる。

それを見た自称五十住は眉をぴくりと動かす。

「……よろしいのですか？　我々の権力はあなたが思うよりも大きい。良くない結果になると思うのですが」

「や、やいやい！　好き勝手言いやがって！　俺たちゃ道具じゃねえんだぞ！」

するといきなり今まで黙っていたダゴ助が口を挟んでくる。

相手の失礼な物言いに我慢できなくなったみたいだ。

「異世界の魚人、ディープワン。あなたももちろん確保対象です。エルフの姫様より重要度は落ちますけどね。あなたも我々と共に来て色々と話していただきますよ」

「だ、誰がてめえらと！」

ダゴ助は威勢よく言うけど、少しビビっている。純粋な実力で言えば、ダゴ助は彼らより強いだろう。しかしダゴ助はもうかなり疲弊している。本来の力の半分も出せないだろうし、薬などで眠らされたりしたら抵抗できず簡単に無力化されてしまうだろう。

さて、どうしたものか。

出口が塞がれている以上、二人を抱えて逃げるのは難しいだろう。

となると戦って抵抗するしかなさそうだけど、政府の人間を倒してしまって大丈夫だろうか。あいつらの権力が大きいというのは事実だろう。堂島さんでも庇いきれるか分からない。

そう考えていると、五十住が命令を出し部下の一人がこちらにやってくる。

そしてリリシアの腕をつかもうとしたので、反射的にその手をつかんで止めてしまう。やっぱり黙って見過ごすわけにはいかない。

「一つ教えてください。彼女たちの人権は保証されるのでしょうか」

「安全は保証するが、それ以上のことは保証できない。この世界の人間ではない以上、人権はない」

興味なさげにその男は言う。

その言葉で俺の心は決まった。俺はつかんだ腕を振り回しその男を地面に叩きつける。

「が……っ!?」

覚醒者だったんだろう。男の体は頑丈だったがその衝撃に耐えきれずがくりと意識を失う。

一連の行動を見ていた五十住は、眉をぴくりと動かす。どうやら少しは動揺したみたいだ。

「交渉決裂、と考えてよろしいのでしょうか。賢い選択だとは思えませんね」

倒れた部下を見て、五十住は不機嫌さを含ませながら聞いてくる。

まさか抵抗するとは思ってなかったんだろう。確かに社畜時代だったらお上に逆らうことなんてなかっただろう。だけど、

「申し訳ありませんが会社員を辞めた時にやめたんですよ。権力に黙って従うのはね」

俺はそう答え、今日最後の仕事に臨む。

「相手は頑丈です。殺す気でやって構いません」

五十住がそう指示を出すと、彼の部下三人が俺を囲むように陣を取る。

それぞれ手には短刀、鎖鎌、そして槍《やり》を持っている。

「まるで忍者だな……」

「ご明察です。我らの祖は幕府に仕えた『御庭番衆』。その使命は裏からこの国を守ること。時代が移り組織の形が変われど、その精神は変わりません」

なんと、まさか本当にＮＩＮＪＡだったとはな。

配信に乗っていたら海外視聴者が狂喜乱舞したことだろう。配信が止まったのも彼らがなにかしらの手段でジャミングしたんだろうな。現代のＮＩＮＪＡはハイテクも使いこなせるというわけだ。

「――――ハッ！」

などと考えていると短刀を持った男が高速で斬りかかってくる。

独特な歩法で距離感がつかみにくい。だがこれくらいの速度であれば惑わされることなく捉えられる。

「よっ、と」

短刀の軌跡を見切り、ギリギリまで引き付けてから回避する。そして目の前に出された相手の手首を片手でつかむ。

「なっ!?」

「少し痛いぞ。受け身は取れよ」

そのまま相手の力を利用し、ぐるんと地面に投げつける。

橘流柔術、風車《かざぐるま》。

剣術で有名な橘流だけど、その技の中には剣術以外のものも含まれる。大昔の合戦時、橘流の剣士は武器を失っても油断するなと言われたそうだ。実におっかない。

「が……っ!?」

ガン！　と地面に叩きつけられた男はそう声を出すと、意識を失う。

彼が叩きつけられた地面には大きな亀裂が入っている。どうやら上手く受け身を取れなかったみたいだな。俺が師匠と修行している時は上手く受け身が取れるようになるまで投げられ続けたものだ、懐かしい。

「く……っ」

政府の男たちは武器を構えたまま俺を睨みつける。

どうやら俺が大きな抵抗はできないと踏んでいたみたいだ。それかダンジョンに長く潜っていたから疲れていると思っていたのか？　まあ確かに斬業モードも使ったし疲れてはいる。だけど、

「こっちは残業終わりで疲れています……上手く手加減できるかは保証できません。それでもよければかかってきてください」

体から魔素を放出し、威圧する。

しかし相手は命が惜しくないのかまっすぐに突っ込んでくる。

「やりづらいな……」

できるなら人間はあまり斬りたくない。相手が政府の人間なら尚更だ。

剣を使わず、素手で戦わなきゃな。

「はっ！」

相手二人は挟み込むようにして俺に襲いかかってくる。

槍と鎖鎌による、連携の取れた動き。特に鎖鎌の軌道は読みづらいので普通の人間だと混乱するだろう。

だが相手の手元をよく見れば、軌道を読むのはそれほど難しくない。俺は鎖鎌の軌道を読み切り、向かってくる分銅《ふんどう》をパシッとつかむ。

「なっ!?」

「よっ、と」

捕まえた分銅を引き寄せると、相手の男の足が地面から離れ、こちらに飛んでくる。どうやら手

を離すのが間に合わなかったみたいだ。

これはラッキーだ。俺は飛んできた相手のボディにトンッ、と軽くジャブを打ち込む。

「みぎゅ」

潰れたカエルのような声を出して、男はその場に膝をつく。

よし、あと一人だ。

「この……っ！」

男は槍を突き出し攻撃してくる。

俺は避《よ》けるのも面倒なのでその一撃を腹筋で受け止める。よし、上手く挟み込めた。

「な、槍が動かな……!?」

相手が困惑している間に、俺は槍の先端を手刀で斬り落とす。

そしてただの棒を握っている相手の首を右手でがっしりとつかむ。男は棒を離して俺の手を無理やり外そうとするが、俺はそこそこ力を入れているので外すことはできない。

よし、これで制圧完了だ。

そのまま五十住の方に視線を移す。

「私の勝ちです五十住さん。これ以上は命に関わります。退いてください」

「……素晴らしい、さすがの強さです。映像では拝見していましたが、実際に見ると圧倒されますね」

「？」

五十住は驚いてこそいるが、慌てている様子はない。

もう少し強めに脅さないと駄目か？

「申し訳ありませんが、そのような交渉は我らには通じません。我らの命など、とうに国に捧げているのですから」

「なにを言って……おわっ⁉」

首をつかんでいた相手が突然どこからかナイフを出し、俺に斬りかかってくる。

こんな状況で抵抗してくるなんて。俺はとっさにつかんでいる手の人差し指を首に突き刺す。

「ご、あ……」

すると男はがくりと項垂《うなだ》れて意識を失う。

橘流柔術、活《い》き締《じ》め落とし。相手の首に指を刺すことで気道を塞ぎ気絶させる技だ。危ない危ない、思い切り首を締めたら殺してしまうところだった。

「我々では束になっても勝てないことくらい、分かっています。しかし捨て身で向かってくる我々を『殺さず』に、後ろの方々を『守り』きれるでしょうか？」

五十住がそう言うと、スーツを来た男が十名ほどスタッと高速で現れる。

うげ。どうやら思っていたより仲間を引き連れていたようだ。

正直なところ、守るだけなら疲れてる今でも余裕だ。だけど二人を守りながらあの人数を相手にするならそれなりに力を出さないといけない。

しかし力を出すと、相手を殺してしまいかねない。モンスターが相手なら気が楽なんだが……。

「それでは、観念してください」

五十住の部下が各々の武器を構える。

やるしかないか。そう覚悟を決めた次の瞬間、

「そこまでです。刃を収めなさい」

凛《りん》とした声がダンジョンの中に響き渡る。

そして声から一秒遅れてピキピキピキ！　という音と共に地面が厚い氷で覆われる。その氷によって男たちの足は氷漬けになり、身動きが取れなくなる。

これは魔法？　この規模の氷魔法の使い手は自然と限られる。もしかして、

「なんとか間に合ったようね」

そう言いながら、一人の女性が姿を現す。

それを見た五十住はぎり、と歯を鳴らしながら彼女の名を口にする。

「天月、奏《かなで》……っ！」

「魔物対策省大臣、堂島龍一郎《りゅういちろう》よりこの場を預かりました。これ以上の戦闘行為、及び本人の意思を無視した保護行為は私が許しません」

俺の世界一頼りになる幼馴染みは、そう毅然と言い放つ。

「……驚きました。これでも迅速に動いたつもりなんですけどね」

五十住は天月を見ながらそう呟く。

平静を装ってはいるが、その声にはほんのわずかに苛立《いらだ》ちが混じっているように見える。天月の

魔法のせいで足はカチコチに凍っているし、いい気味だ。

しかし五十住の言っていることにも一理あるな。

天月は今日夜まで仕事があったはず。それなのにそれが終わってすぐこっちに来るだろうか？　助けに来るのが早すぎる。

そう疑問に思っていると、天月は俺たちの側に来て五十住たちに向き直る。

「堂島大臣は誠が魚人と接触した時点でこの事態を予期していました。別世界から来た知的生命体、その価値は計り知れない……必ずや横槍が入ると」

なんと。リリシアに会うより早く堂島さんは動いてくれてたのか。それなら天月がこちらに来たことにも説明がつく。ダゴ助に会った時点でここまで予期して動いてくれていたなんて、やっぱりあの人は頼りになる。

「横槍を入れてくる者に誠が負けるとは考えられませんが、搦手《からめて》……例えば人質を取るなどの手段も考えられます。そうなるとお人好しな誠では分が悪い。ですので私が来ました」

確かに人質とか使われたらマズかったかもしれない。

一人だけなら相手が動く前に攻撃すればなんとかなるけど、二人とか取られるとさすがに困る。特訓して三人までなら救えるくらいに速くなった方がいいかもしれない。

「私は堂島大臣よりこの場の全権を預かっています。忠告を無視し、田中誠、並びに二人の異世界人への敵対行為を続けるようであれば、魔対省を敵に回すと考えてください。それでもまだやろうと言うのであれば……」

天月は刀の刀身を抜き放ち、その先端を地面に突き刺す。するとパキン！　という音と共に地面が凍りつく。

「魔物対策省討伐一課課長、天月奏がお相手します。いかがいたしますか？」

相手を強く睨みつけながら天月は言い放つ。

い、イケメン過ぎる。俺が女だったら間違いなく惚《ほ》れていただろう。

「……我々が何者かは理解してますよね？　魔対省にとってあの異世界人たちの利用価値はそれほど高くないはず。つまらない任侠《にんきょう》で敵対するのは賢い選択とは思いませんが」

「『おととい来やがれ』と堂島大臣から言伝《ことづて》をもらっています。二人の身柄は魔物対策省が責任を持って預かります。得た情報も隠すことなく政府に共有します。理解したのならば早急に飼い主のもとに帰りなさい」

天月がそう言うと、彼らの足を覆っていた氷が一瞬にして溶ける。

しかしまだ警戒は解いておらず、体からは強い魔素が放たれている。すぐにでも先ほどの魔法が放てそうだ。

解放された男たちは再び武器を構えなおし、天月を睨みつける。

あんな風にされたんだそりゃ怒ってるよな。しかし彼らのリーダーである五十住は、

「分かりました、今日は引きましょう」

あっさりと天月の要求を受け入れた。

怪しい、なにか裏があるんじゃないか？　そう訝《いぶか》しんでいると、五十住は俺の気持ちを察したよ

うで、

「我々が争っていては国の戦力をいたずらに消費してしまいます。それは我らの望むところではありません」

　ふむ、確かにその通りだ。

　魔物対策省がダメージを受ければ、海外から攻め入られる隙もできてしまう。それは彼らにとっても痛手だろう。敵対して得はない。

「ですのでひとまずそのお二人はあなた方に預けます。もしその二人を守れなくなったその時、再び預かりに参るとしましょう」

「そのようなことは起こりませんから安心しなさい」

「……そう祈ってますよ」

　五十住はそう言うと最後に俺の方を向き一礼すると、部下を連れて去っていく。

　ダンジョンに再び訪れる静寂。俺はほっと一息つく。

「ありがとう天月、助かったよ」

「当然のことをしたまでよ。むしろあなたには政府のいざこざのせいで迷惑をかけてしまったわね。ごめんなさい」

　天月は申し訳なさそうに眉を下げる。

　別に天月が悪い訳じゃないというのに。律儀な奴だ。気にしなくていいのに。

　おっとそうだ。ダゴ助とリリシアは無事か？　目を離した隙に攫《さら》われたりしてないだろうか。

振り返って確認してみると、ちょうど二人が俺に飛びかかって来るところだった。

「ありがどう兄貴～!! このご恩は一生忘れません～!!」

「おい！ 邪魔だぞダゴ助！ ここはわらわが抱きつくところだろうが！」

心配せずとも二人は元気いっぱいだった。

ふう、一安心だ。

「外に車を用意してあるわ。二人を保護するから一度魔対省まで来て頂戴」

「ああ、分かった」

俺は天月にそう返事をする。

気がつけば後ろからゴゴゴ、と振動する音が聞こえる。どうやらダンジョンが崩れるまでそう時間はないみたいだ。

「よし……帰るか」

俺は抱きついてくる二人を連れて、このダンジョンから脱出するのであった。


無事ダンジョンを出た俺たちを出迎えたのは、大量の人であった。

いつも出待ちの量は凄いんだけど、今日は輪をかけて多い。覚醒者の警備員が数十人がかりで抑えているけど、今にも決壊しそうだ。

まあ今日は異世界人が二人いる上に、配信が途中で切れちゃったからな。気になった人が押し寄せてきたんだろう。

「おい！　シャチケンが出てきたぞ！」

「マジかよ！　お帰り！」

「待ってたぞッ！」

「シャチケン最強！　シャチケン最強！」

どっ、と地面が揺れるほどの歓声が巻き起こる。

凄い熱気だ。俺は人気アーティストか。

「お、おいタナカ。人がいっぱいおるぞ……」

「大丈夫。襲ってきやしないよ」

リリシアは俺の背中に隠れてびびっている。こんなにたくさんの人間を見るのは初めてみたいだな。

ちなみにエルフってあまり人と関わらないイメージだし、やっぱり向こうの世界でもそうなんだろうか。

ダゴ助は普通の人間が直視すると精神汚染されてしまうので俺のスーツの上着を頭から被《かぶ》らせている。どうやら効果はあるみたいで様子がおかしくなった人は見当たらない。

「リリシアたん！　こっち見て！」

「エルフはあはあ」

「俺も臣民にしてくれ！」

リリシアを見た人たちは目をギラギラにしながら大きな声を出す。

それを見た彼女は「ひっ」と小さく声を出して俺の後ろに完全に隠れてしまう。完全にびびってるな……借りてきた猫みたいだ。

だけどその様子がツボに入ったのか、男たちの野太い歓声が一層強くなる。困ったもんだ。

「いちゃついてないで車に乗りなさい。これ以上は警備員も持たないわ」

天月が不機嫌さを含ませながら言ってくる。

ふ、不可抗力だ。

そう心のなかで抗議しながら車に乗り込もうとすると、

「大学生の次はエルフとはね。そこまで見境なしの節操なしだとは思わなかったわ」

後ろからぐさりと嫌味を刺される。

天月の中での俺の印象がどんどん悪くなっている気がする。どこかで挽回できるといいんだけど。

「なんですか兄貴この鉄の箱は？　馬車にしちゃあ変な形ですが」

「おお、この椅子ふかふかしてる……ってのわっ!?　揺れだしたぞタナカ!?　どうなっておる!?」

二人の異世界人は楽しく車の初見リアクションを繰り広げている。どうやら向こうの世界では科学は発達していないみたいだな。

まるで過去からタイムスリップしてきたみたいな反応を続ける二人を尻目に、俺は車の中で目を閉じ久しぶりの休息を取るのだった。

ダンジョンから脱出し無事魔対省に着いた俺たちだけど、その後もバタバタと忙しかった。

まずはリリシアとダゴ助を入念に検査した。二人はダンジョンから生まれた存在ではない。未知のウイルスや病原菌を持っている可能性もある。

なので入念に検査されたのだが、ひとまず人に有害なものは発見されなかったみたいだ。なら俺も帰れるか……と思ったけどそれは許されなかった。

リリシアだけじゃなくダゴ助まで心細いから俺に帰らないでくれと泣きついてきたのだ。

そうされると弱い。仕方なく魔対省でシャワーだけ浴びさせてもらい、魔対省のゲスト用の部屋のベッドで寝たのだ。

「ふあ……ねむい」

いつもよりふかふかのベッドで寝た俺は、伸びをしながら起き上がる。

ぐっすり寝たおかげで疲れも取れた。これなら今からダンジョンに潜ることもできそうだ。やらないけど。

顔を洗い、スーツに着替えながらスマホを確認する。

するとニュースサイトもＳＮＳも俺たちの話で持ちきりだった。特にリリシアのことは世界中で報じられているみたいだ。

どの国も彼女から話を聞きたがっているだろうな。お偉いさんが焦って強硬手段に出るのも無理ないか。

などとぼけっと考えていると、突然バン！　と扉が勢いよく開かれる。

「おう起きたか田中！　今回はご苦労じゃったな！」

「堂島さん!?」

鼓膜が痺れるほどの大きな声を出しながら入ってきたのは、ここ魔対省の大臣、堂島さんだった。

魔対省にいるんだから堂島さんがいるのは普通なんだけど、朝一番にこの人の顔を見るとびっくりしてしまう。迫力が凄いのだ。

「いやー来るのが遅くなってすまんな！　色々根回しをしてたらいつの間にか一晩経《た》っておったわ！」

がはは、と笑い飛ばす堂島さん。

きっとリリシアたちを保護するに当たって起きる問題を解決していたんだろう。スーツのよれ具合を見るに寝ずに働いていたみたいだな。それなのに疲れを一切見せないのはさすがだ。

「さて、起きぬけで悪いがもう少し付き合ってもらうぞ。エルフの嬢ちゃんがお前がついてこないと外には出んと言ってるからな」

「……分かりました」

行くのは確定みたいなので無駄な反抗は諦める。

それに拾ったからにはちゃんと面倒を見なくちゃいけない。どうせ家に帰っても寝るだけだしな。

「それでどこに行くんですか？　あまり外に出ない方がいいんじゃないですか？」

「まずは魔導研究局で二人の追加検査を行う。その後は首相官邸で総理と対談し、その後はリリシア殿にメディア向けの映像を撮らせてもらう。はは、楽しくなってきたな！」

「ええ……まったく」

恐ろしくぎゅうぎゅうなスケジュールにうんざりしながら、俺は堂島さんと共に部屋を出るのだった。


「はあ……さすがに疲れたな」

リリシアと共に怒濤《どとう》のスケジュールをこなした俺は、車の中でそう呟く。

俺が乗っている車はモンスターの攻撃でもビクともしないという特製リムジンだ。なんでもダンジョン製の素材で作られているらしい。それなら人間の兵器程度なら傷ひとつつかないだろう。

後部座席に座っているのは俺と堂島さん。リリシアは助手席に座っていて外の景色を興味深そうに見ている。

最初は天月とダゴ助もいたんだけど、天月は途中で別の仕事に行ってしまい、ダゴ助は先に魔対省に戻った。見た目が人間に近いリリシアの方が表に出る役目が多いからな。

窓の外はもう夜になっていて、ビルの明かりが煌々《こうこう》と光っている。

前はこのくらいの時間でも平気で働いていたけど、最近は早く寝ている生活を続けているので眠い。俺もすっかり健康的な生活に慣れてしまったな。

「それにしても帰って早々仕事を詰め込み過ぎじゃないですか？　一日くらい空けてもよかったんじゃ」

「ワシだってそうはしたかった。だが早めに済ませることは済ませておかんと色々とマズいことになる。リリシアちゃんの価値は非常に高い、またいつ特公《とくこう》のような輩《やから》が来るか分からんからのう」

「特公《とくこう》？」

堂島さんが口にした、聞き慣れない単語を聞き返す。

「特殊公安委員会……お主がダンジョンを出る時に会った連中じゃ。全く、普段はこっちの仕事を手伝わんくせに嫌なときだけ横槍を入れおってからに。今度会ったらぶん殴ってやろうか」

堂島さんは苛立たしげに言う。

「まあ魔対省で保護している内はあいつらも手を出してはこんじゃろう。問題は海外の連中がどう動くかじゃ。早い内にリリシアちゃんの情報を独占しないことを宣言せんと強硬手段に出てきてしまう。彼女に平穏な暮らしをしてもらうためにも、しばらくは忙しくしてもらうことになる」

利用価値が下がれば下がるほど、リリシアたちが攫われる危険性は下がるというわけだ。その為にも情報を引き出すだけ引き出して、公表する。情報を独占できれば国としても利はあるけど、その分リリシアたちも危険になってしまう。

安全を考えれば堂島さんの判断は正しいだろう。

「まあ手に入れた情報をタダで公開することに反対してくる奴も多いんじゃがな。そいつらを黙らす為に明日も奔走せならん。はあ……今他国とドンパチやる余裕などないというのに、腹立たしい。文句があるなら自分が前線で戦えばいいんじゃ、それができんなら役に立たぬ口など縫って塞げばいい」

　愚痴をこぼす堂島さん。

　堂島さんはゴリゴリの武闘派だ。こういう面倒なことに気を回すのは苦手だろう。それなのによく続けていられるな。口には出さないがそういうところは素直に尊敬できる。

「……と、着いたか。降りるぞ」

　リムジンが魔対省に着いたので、俺たちは降りる。

　ふう、これで俺の仕事もひとまずは終わりかな？　ダンジョンに入ってから帰れてないので、あの狭いアパートが恋しく感じる。

「それじゃあ俺はもう帰って大丈夫ですか？」

「いや。お前に見てほしいものがある。中に来てくれんか」

「見てほしいもの……？」

　なんだろうと思いながら、俺は堂島さんの後をついていく。

　魔対省の敷地内に入り、しばらく歩いていくとなにやら急ピッチで建物が造られているのが目に入る。二階建ての建物だ、覚醒者の職人たちが重機を使わず手作業で組み立てている。

「ん？　あいつは……」

　そんな工事現場で、俺は見知った顔を発見する。

　向こうも俺に気づいたみたいで上機嫌に近づいてくる。

「よう田中、お疲れ。今回も大活躍だったな」

「……なんで足立がここにいるんだよ」

「なんでとは挨拶だな。今や同じ会社《ギルド》の仲間じゃないか」

俺の友人にして同僚の足立はそうおどけて言ってみせる。

「それにあの建物はなんだ？　お前と関係があるのか？」

「なんだ聞いてないのか。今建てているあれが俺たち白狼《ホワイトウルフ》ギルドの事務所になるんだよ」

「……は？」

あまりにも想定外の返事に、俺は盛大に困惑する。

いや確かに事務所は探していた。ここは都内だし、建物も広そうだしで条件としては悪くない。

でも場所に関しては大問題だ。ここは魔対省の敷地内だぞ？　意味が分からん。

「それにしてもお前も隅に置けないねえ。なんでもエルフのお姫様がお前と離れたくない、一緒にいられるなら協力を惜しまないって言ったそうじゃないか」

「え」

「だったら魔対省に住めばいい。更に事務所を造ってしまえばこの中で全部完結する。完璧な計画だな」

「え、え」

「あ、唯《ゆい》ちゃんにこの件を伝えたら彼女もこっちに住むってよ。一つ屋根の下で暮らすなんてラブコメみたいだな」

「え、え、え」

あまりの情報量に脳がパンクしそうになる。

聞いてないぞ、俺は社長のはずなのに。

どういうことなのかと堂島さんを見ると、サッと目を逸らされる。あのオヤジ、黙ってやがったな？

「どういうことですか堂島さん」

「いや、えーと……すまん。言ったら反対すると思ってのう」

「すまんじゃありませんよ！　なに勝手に進めてるんですか！」

更に問い詰めてやろうと近づこうとすると、リリシアが申し訳無さそうな顔をしながら間に入ってくる。

「す、すまぬタナカ！　わらわが頼んだからやってくれたのだ！　迷惑なら断ってもよい！　だから堂島殿を責めないでやってくれぬか？」

目をうるませながら訴えるリリシア。

むう……こうされると弱い。勝手にやられたことは癪《しゃく》だが、ここに事務所が造れるならマスコミに押し入られたり、誰かにイタズラされたりすることもないだろう。そう考えると悪くはない。

「……分かった。ひとまずリリシアがこっちの世界に慣れるまではそうするとしよう。その後どうするかは分からないけどな。それでいいか？」

「も、もちろんだ！　ありがとうタナカ！」

そう言うとリリシアは嬉しそうに抱きついてくる。

堂島さんにいいように使われている気はするが……まあ世話になってるし目をつむるとしよう。

「あ、そうじゃ。一応形式として政府の者も見張りとしてつけなければいかんから、天月と絢川《あやかわ》も事務所に住まわせることにしたからの」

「え」

とんでもないことをさらりという堂島さん。

前言撤回だ。このジジイの好きにさせちゃいけない。俺は大変なことになると抗議するのだが
……それは徒労に終わってしまうのだった。

▷ エピローグ … 姫様、配信するってよ

SEND

「聖樹国オルスウッド特別国民のみなさん、ごきげんよう。今日もわらわ、リリシアア・オルフェウン・オルスウッド第一王女が配信を始めさせていただきます！」

リリシアアがドローンのカメラに向かって元気よく言うと、コメントが勢いよく流れ始める。

〈こんにちは！
〈待ってた
〈生きがい
〈わらわー
〈こんわらわ
〈わらわ待ってた
〈姫！　愛してます！
〈俺の王女が美し過ぎて今日も生きるのが辛《つら》い
〈姫ーー！　俺だ！　国民にしてくれーー！
〈[¥100000]　本日の住民税です。お収めください

「わ、わ、今日もコメントがたくさん……感謝いたします！　期待に応えられるよう、頑張らせていただきます！」

ふんす、と気合を入れて配信を開始するリリシア。

王女である彼女は向こうの世界でも人前で話す機会が多かったんだろう、配信という文化にもあっという間に適応した。

俺なんて今でも上手《うま》くやれてる自信がないのに、たいしたもんだ。

「今日もたくさんお便りをいただいているので、読んでいくわ。えーと、『姫様こんにちは、いつも配信ありがとうございます。向こうの世界での食生活が気になってるのですがどの様な物を普段食べておられたのですか？　教えていただけると嬉《うれ》しいです。これからも美しい姫様に応援と忠誠を誓います』……と。ありがとうございます、あなたの忠義に深い感謝を」

リリシアはカメラに向かって優しく微笑《ほほえ》む。

その様はまるで絵画のように綺麗《きれい》だ。ぽんこつな面が目立つリリシアだけど、こういうところを見ると本当のお姫様なんだと分かる。

〈俺の姫様が美しすぎる……〉

〈は？　天使か？〉

〈汚れきった心が浄化された……〉

〈シャチケンのファンだけど姫様の心を奪ったのだけは許してない〉

〈社畜はとんでもないものを盗んでいきました……〉

〈忠誠を誓いたい。そしてあわよくば手の甲をぺろぺろしたい
〈親衛隊、こいつです
〈早く特別国民じゃなくて本当の国民になりたいぜ
〈[¥400000]　スマイル代
〈[¥650000]　住民税払わなきゃ
〈姫の配信って富豪多いよな
〈[¥150000]　訓練されてると言ってくれ
乱れ飛ぶ投げ銭の嵐。
俺はスマホでそれを見ながら「凄《すご》いな……」と呟《つぶや》く。
「登録者も一千万人をとっくに超えてるし、俺のチャンネルも抜かされるんじゃないか？」
俺は部屋の隅の配信スペースで楽しげに話すリリシアを見ながら、そう呟く。
今いるのは新しく建てられた白狼《ホワイトウルフ》ギルドの中だ。魔物対策省の敷地内に建てられていて、数日前に完成したばかりだ。
リリシアはここに来てから自由時間のほぼ全てを配信に注いでいる。
それは決して遊んでいるわけではない。そうすることで味方《ファン》を増やし、そして異世界の情報を不特定多数の人に無償で提供しているのだ。
そうしていれば彼女を攫《さら》うリスクはリターンに見合わなくなっていく。
この建物には常に俺か天月《あまつき》、凛《りん》の誰かがいるしな。来られるものなら来てみろというものだ。

「彼女、頑張っているわね」

そう言いながら俺の机を挟んだ向かいの椅子に座ったのは、天月だった。

普段は忙しく働いている彼女だが、リリシアの護衛という仕事ができたので最近はこの事務所で穏やかに過ごせる時間も増えてきた。

そうすると自然と一緒に過ごす時間も増えて、なんだか同棲している気持ちになってドキドキしてくる。

俺はそんな気持ちを出さないよう、努めて冷静にしながら返事をする。

「そうだな。本当にたいしたもんだよ。違う世界に急に放り込まれたっていうのに弱音も吐かずに。俺たちがサポートしてあげないとな」

ダンジョンで出会って助けたのもなにかの縁だ。

自室で爆睡しているダゴ助《すけ》含め、できる限り力になってあげたい。

と、そんなことを考えていると、天月が俺のことを見ながらおかしそうに笑っていることに気がつく。

「なんだ？　俺の顔になにかついてるか？」

「いえ、あなたのそういうところは昔から変わらないなと思って」

「なんだよそういうところって」

「底抜けのお人好しなところよ。ま、そういうところを私は好きになったんだけど」

「な……っ!?」

突然の言葉に俺は固まる。

そんな俺の様子を見て、天月は「ふふっ」と意地悪そうに笑みを浮かべる。ぐぐ……いいようにやられてしまっている。悔しいがなすすべがない。どうしたものかと悩んでいると、

「そうですね、それが先生のいいところです」

ドサッとソファの右隣に凛が座ってくる。

そして俺の腕に手を回して抱きついてくる。まるで天月に見せつけるように……なにがしたいんだ？

「姉さんだけでなく私もお手伝いしますので、私のことも頼ってくださいね」

「あ、ああ。頼りにしてるよ凛」

そういうと凛は「むふー」とドヤ顔をする。

凛も今はこの事務所でほとんどの時間を過ごしている。最近はバンバン私物も運び入れてきていて、完全に事務所の住民と化してきている。その手際のよさは恐怖すら感じる。

「わ、私も頑張ります！　リリシアちゃんはお友達ですから！」

そう言って逆隣に星乃《ほしの》も座ってくる。

彼女も白狼《ホワイトウルフ》ギルドの一員ということで、事務所に住んでいる。まだ大学生の彼女を預かっていいのかと疑問には思ったけど、母親の純《すみ》さんは心良く送り出したらしい。なぜだ。

まあでも歳《とし》の近い彼女はリリシアとも仲良くやってくれているし、いてくれると事務所の空気も明るくなるので正直助かる。

「あ！　みんな集まってなにをしてる！　わらわも交ぜんか！」
俺たちが集まっていることに気がついたリリシアがこちらにやって来て、なぜか俺の膝の上に飛び乗ってくる。それを見た天月はぴくりと眉を動かす。まずい、怒ってそうだ。
「お、おいリリシア。一旦降りないか？　ほら、配信にも乗っちゃってるじゃないか」
「む？　よいではないか。我が国民《しちょうしゃ》たちはこれくらいで怒るほど狭量ではないぞ！」
〈そうですね（血の涙を流しながら）
〈シャチケン……覚えてろよ……
〈姫のお尻を味わいやがって（ブチギレ）
〈凛ちゃんにゆいちゃんもいるじゃん。いい匂いしそう
〈相変わらずハーレム事務所で草
〈奏《かなで》課長もいるやん！　踏んで！
〈本当羨ましいわ。俺も田中《たなか》の膝の上座りたい
〈そろそろシャチケンＡＳＭＲも出してくれ
〈シャチケンファンもぶれないな
爆速で流れるコメント。
その中には明らかに怒ってるものもある。うう、胃が痛む……。
「あ、そうだタナカ！　わらわがこっちの世界に馴染む、良い方法を思いついたのだ！　国民《しちょうしゃ》も聞いているし、今言っても構わんか？」

「ん？　なんだ？」

なんとなしに聞き返す。

するとリリシアはとんでもない爆弾発言をぶちかます。

「わらわとタナカが結婚すればよいのだ！　そうしたらわらわもこっちの世界の一員。どうだ、よい手段であろう？」

「…………へ？　ええええええ!?」

俺だけじゃなく、天月たちも驚いて大きな声を出す。

当然コメント欄も阿鼻叫喚《あびきょうかん》。俺でも目で追えないほどの量が書き込まれる。

「ん？　ん？　どうしたのだみんな？」

はあ……これはまた、大変なことになりそうだ。

そんな中、一人だけリリシアはきょとんとしている。

「け、結婚!?　リリシアちゃん、いったいどういうことですか!?」

「驚いた……まさかそう出るとはね……」

「なるほど、配信しながら言うことで退路を断つ。いい方法です」

突然のリリシアの求婚を聞き、星乃と天月と凛は三者三様のリアクションを取る。

今この状況で落ち着いているのはテーブルの上でぐてっと寝ているリリだけだ。

「ん？　ん？　わらわはなにか変なことを言ったか？」

「当たり前じゃないですか！　結婚というのはもっとこう、過程を経てですね……」

星乃が説明するが、リリシアはきょとんとしていてあまり納得した感じではない。

考えてみればリリシアはエルフ、異世界人だ。こっちの人間と価値観が違って当たり前だ。男女が結婚するという文化が共通しているだけでも奇跡に近い。

ダンジョンが生まれてから結婚という文化は昔よりカジュアルになったけど、向こうの世界ではもっとカジュアルなのかもしれない。エルフ独自の価値観もあるだろうしな。

〈修羅場キタ――――(゜∀゜)――――!!

〈盛　り　上　が　っ　て　き　ま　し　た

〈いきなり求婚とはたまげた

〈これなんてエ○ゲ?

〈姫様ご乱心で草

〈とんだハーレムハウスだぜ

〈男一人のテ○スハウスだろこれ

〈大胆な告白は女の子の特権

〈姫ー!　まだ結婚しないでー!(泣)

〈シャチケンとエルフの子どもとかめっちゃ強そう。やっぱ魔法も使えるのかな

〈魔法使えるシャチケンとか考えたくねえな

スマホをチラと見ると案の定コメントが爆荒れしている。

「ふむう、いきなりの求婚はよくないのか?」

「いけないというわけじゃありませんが、その、なんというか……」

星乃はしどろもどろになっている。

うーん、確かにどう説明していいか難しいだろうな。

「わらわの世界では王族が政治的婚姻をするのは普通だ。友好を結ぶ為《ため》、戦争を終える為に嫁ぐことこそ姫の仕事、そう考えられている」

ふむ、なるほど。

そういう価値観の世界から来たのなら、求婚してきたのも頷《うなず》ける。リリシアはこっちの世界と友好関係を結ぶため、数少ない男の知り合いである俺に求婚してきたというわけだ。

「あ、じゃあ田中さんが好きだからというわけじゃないんですね。ふう……よかった」

「いや、わらわはタナカに好意を抱いているぞ？　そうでなければわらわとて政略婚をこんなに早く申し出たりはしない」

「えっ」

リリシアの返事に星乃が固まる。

俺の頭も固まりっぱなしだ、誰か助けてくれ。

「我らエルフにとって重要なのは見た目の美醜《びしゅう》よりも魔力の強さ。タナカの魔力《それ》はあの魔王ルシフをも超えている。我が国に来たら国中の女エルフが放っておかないだろう」

魔力というのはこっちの世界で言う魔素のことだろう。迷宮情報端末《アーカイブ》でも魔素のことは魔力と説明されていたらしいからな。それが見つかるよりも先に魔素と名付けられていたから、今でもそう呼ばれているけど。
……それにしても魔素の大きさが魅力になるとは、さすが異世界といった価値観だな。
「それだけではない。魔王から助け出された時、わらわは強い胸の高鳴りを感じた。あのような気持ちになったのは初めてだ。つまりこれは運命！　さあわらわと結婚しようタナカ！」
胸を張り力強く言い放つリリシア。
ここまで堂々と婚姻を申し込んでくるなんて色々と凄すぎる。これが姫様の力か……。
俺も星乃や天月たちも口を開くことができず、場を沈黙が支配してしまう。
〈クッソ気まずくて草
〈地獄みたいな空気だな
〈そらそうもなるわ
〈よりによってゆいちゃんたちが全員揃《そろ》っている時に言うんだもんな
〈まあ姫はシャチケンがゆいちゃんとかから好かれてるの知らないから……
〈なにも知らないリリシアちゃんかわいい
〈こんな奇跡の場面が配信されていることに感動している
〈俺は見てるだけで心臓が痛む。見るけど
〈どうなるんやこれ
とりあえずこの空気をどうにかしなければ。
俺は気合を入れ直し、なんとか声を出す。

「あのだなリリシア」

「お、結婚する気になったか？」

「いや、違くてだな……」

「ん？　嫌なのか？　こう見えてもわらわは尽くすタイプだぞ！　顔も整っているし、スタイルに自信もある。魔力だって他のエルフより高いんだぞ。他に足りないものがあるなら言ってみろ。お前の好みに合わせてやろう」

〈うちの姫様が魅力的すぎて生きるのが辛い

〈俺が結婚したい（血涙）

〈自分の魅力自覚してるの好き過ぎる

〈魔力量自慢するのかわいい

〈断っても受け入れても恨み買いそうだな

〈俺は姫が決めたなら受け入れるよ……ぐぎぎ

〈受け入れられてなくて草

〈[￥30000] ご祝儀送っとくか

〈ま、まだ決まったわけじゃないから！

〈せや！　結婚なんて認めんで！

〈王国民必死だな笑

コメントは盛り上がっているが、事務所の空気は完全に冷え切っており肌寒くすら感じる。

星乃は泣きそうだし、天月からは恐ろしい殺気が放たれている。凛はなにかを期待しているように俺を見ているし……どうすればいいんだ。

「リリシアが魅力的じゃないってわけじゃないんだ。ただほら、今はだな。みんなもいるし……」

「みんな？　ああ……なるほど、分かったぞ。つまり星乃たちもタナカを好いておったのだな！　これは気がつかなかった。申し訳ない」

あっけらかんと言うリリシア。

すでに知られているとはいえ、配信でそのようなことを言われた星乃は恥ずかしそうに顔を赤らめている。

「リリシア、ひとまず配信を切……」

「だったら全員娶《めと》ればよいではないか。アダチに聞いたぞ、この国でも重婚は認められているのだろう？」

「あいつそんなことまで教えて……」

家のないダゴ助はこの事務所の一階に住んでいるが、家庭のある足立《あだち》は家から事務所に通っている。そして運営のかたわらダゴ助とリリシアにこの世界での暮らしを教えたりもしている。

俺はあまりそういうのが上手くないので教えるのは任せてたけど、まさかそんなことまで教えていたとはな。

「リリシアちゃん、そういう問題じゃ……」

「少し落ち着きなさい。そんなこと今決められることじゃないでしょうが」

星乃と天月がリリシアを止める。凛だけは沈黙を貫き行末を見守っている。
〈凄いことになってきたな
〈どう決着つくんだ
〈まあ先送りじゃない？　シャチケンの手に余るでしょ
〈斬れるものなら田中もどうにかできるんだけどな
〈田中ァ！　責任取れよォ！
〈凛ちゃんが黙ってるのが気になる
〈わらわはブレーキぶっ壊れてて面白いなw
コメントも変わらず大盛りあがりだ。
とはいえコメントがうるさいのはいつもと変わらない。今無理やりこの話を終わらせて、配信を止めたとしても致命的な事態にはならないだろう。
リリシアだって馬鹿じゃない、言えばこれ以上その話題を人前ですることもないはずだ。だが、
「……分かった」
「む？」
「へ？」
「どうしたの？」
不思議そうな顔をするリリシア、星乃、天月。
俺は椅子から立ち上がってみんなから少し離れると、努めて真剣な顔をしながらずっと言おうと

していたけど言えなかった言葉を口にする。

「天月、星乃、凛。俺と結婚してほしい。必ず幸せにする」

俺の言ったことを理解できなかったのか、数秒沈黙が場を支配する。

う、魔王と戦った時より緊張する。だがこれは言わなくちゃいけないことだ。

「え、えええええ!? け、結婚ですか!?」

「誠《まこと》!? 本気なの……!?」

「先生……その言葉を待ってました」

「あれ、わらわは？」

三者三様の反応をする一同。まあ突然こんなことを言われたら驚いて当然だ。

だけど俺だって気まぐれでこんなこと言ったわけじゃない。

三人に想いを告げられてから俺はずっと悩んでいた。先輩の九条院《くじょういん》さんから全員を幸せにするという選択肢を提示されてもなお、悩み続けていた。

俺にそんな器用なことできるのだろうか、不誠実じゃないんだろうか。悩みに悩んだその末に、やっぱり俺は一人を選ぶことなどできないという結論に至った。幸い今は経済的に余裕もできてきた、三人くらいであれば養えるであろう。

俺は不器用なので至らない点もあるだろうが、みんながサポートしてくれればなんとかなるはずだ。まあ三人が俺の提案を受けてくれれば、の話ではあるんだけど。

〈言ったあああああ!!

〈うおおおおお！
〈まじかよ
〈きたあああああ！！！！！
〈シャチケン最強！　シャチケン最強！
〈田中ァ！　マジ？
〈っぱハーレムルートよな
〈現代のハーレム王やんけ
〈よかった、負けヒロインはいないんですね
〈姫様はまだ正式加入してないぞ
〈しれっとはぶられてて草
〈これは明日の一面ニュースですね
〈お、おまえらおちつけkek
〈[¥300000]　取り急ぎご祝儀です
〈式はいつですか!?
〈もちろんリリたんも妻にするんですよね
「あ、あわわ、どうしようまずはお母さんに相談しなきゃ……」
「さすが先生です。そう言ってくれると思ってましたよ」
「あなたって人はまったく……断られたらどうするつもりなの？」

「ねえ！　わらわは!?」

もっとんでもない空気になるかと思ってたけど、不思議と和やかな空気になる。

いくら法的にＯＫとはいえ、この道は大変な道になるだろう。視聴者の中には忌避感を示す人もいると思う。

だけど今の俺は、もう社畜の時みたいに弱気にはならない。

これからは自分の幸せの為に生きる。辞める時にもそう決めたはずだ。

「え、えっと不束者《ふつつかもの》ですが……」

「よろしくお願いしますね、先生」

「はあ……これが惚《ほ》れた弱みってやつなのね……」

「タナカ！　聞いておるのか!?　わらわは!?」

相変わらず爆速で流れるコメント欄から目を外した俺は、ネクタイを締め直しみんなのもとへ向かうのだった。

▷ 書き下ろし配信 … 「新事務所お披露目配信」

SEND

「みなさんこんにちは、田中誠《たなかまこと》です。今日も配信に来てくださりありがとうございます」
ある日の昼下がり。
俺は一人、ある建物の前で配信を始めていた。
〈え、配信始まってる？
〈うそ突発配信じゃん
〈さっきＳＮＳで告知されてたぞ
〈田中ァ！　配信サンキュー！
〈今日はどこのダンジョンなんだろう
〈タイトルに「新事務所お披露目配信」って書いてあるぞ
〈ほんとだ
〈まじかよ、ずっと待ってたんだよな
配信が始まるとたくさんの視聴者が集まってきてくれる。
ものの数分で十万人を超え、更に伸び続けている。俺みたいななんの面白味もない男を追ってくれてありがたい限りだ。

「タイトルにあります通り、今日は新しくできたこの事務所の中を紹介したいと思います」

そう言って俺は背後にある事務所を紹介する。

二階建てのその事務所は、かなり立派な造りをしている。部屋の数も多く、最新機器も揃《そろ》っていてかなり住みやすい。これよりいい事務所は都内を探してもそうは見つからないだろう。

〈中見れるんだ、気になってたんだよね
〈ここゆいちゃんとかも住んでるんだろ？　田中の愛の巣やん
〈若い男女が一つ屋根の下、なにも起きないはずがなく……

〈まあ魚人もいるんですけどね
〈ダゴ助《すけ》がノイズすぎる
視聴者の反応は上々。どうやらみんな気になっていたみたいだ。

この事務所に住んで二週間経《た》つ。中でリリシアが配信したりはしていたが、こうして中を詳しく紹介したことは今までなかった。

結婚騒動とか色々あって忙しかったのが落ち着いたので、今日それをやることになったのだ。

「それでは中に入ります。どうぞ見ていってください」

俺は事務所にある二つの扉の内、一つを開いて中に入る。

玄関を上がり、少し奥に行くとそこは大きなリビングとなっていた。

「ここは事務所の居住スペースです。仕事がない時はだいたいここでゆっくりしてますね」

〈ええやん、おしゃれ
〈広いなー
〈姫様の配信でたまに映るところだね
〈俺の姫様はいないの!?　わらわー！　俺だー！
〈臣民ここにもいるのか
〈生活感あってドキドキする
〈めっちゃ高そうなソファだな
〈いや家具系全部高級品だぞ。あのテーブルとかウン百万する
〈ははそんなわけ……ないよな
〈配信者は夢があるなあ
　なんか色々推測されてるけど、俺は正直家具の値段はよく知らない。そこら辺は足立《あだち》が見繕ってくれたからな。
　あいつそんな高級品買ってたのか？　まあ使いやすいからいいけど。
「そしてこっちの扉の先は仕事スペースです。私はあまりしませんが、事務系の仕事はこっちの部屋でやります」
　リビングにある扉を開くと、オフィスデスクが並べられた部屋に出る。
　さっきのゆったりとしたリビングとはまるで違う、普通の事務所感がある部屋だ。外にある二つの扉の内の一つは、こっちに繋《つな》がっている。

「おー田中、配信中か」
「ああ、言われた通りやってるよ」
俺はデスクで絶賛仕事中の足立にそう返す。
足立はカメラに愛想の良さそうな笑みを見せながらも大量の書類を片付けている。あいつも仕事超人だな。
〈足立やんけ
〈忙しそうだな足立ィ！
〈足立さんかっこいい
〈仕事のできる男って感じで私も好き
〈足立ファンも増えたな
〈まあ足立は田中にぞっこんなんですけどね
〈まあ田中の為《ため》に仕事辞めてるからな。覚悟が違う
白狼《ホワイトウルフ》ギルドを作ったことで、足立のことも知られるようになった。
うちには人手が足りない、足立は広報もやってくれているから自然とメディアに出ることがあるんだ。
まあ前から人に好かれやすい奴《やつ》だったからこうなるのも必然か。本当に器用な奴だ。
「そうだちょうどいい。視聴者さんも集まっていることだし、宣伝させてもらおう」
そう言って足立はデスクに置かれている『剣』を手に取ってカメラに見せる。

あれってもしかして……。
「みなさんお待たせしました！　この前告知しました『DX《デラックス》シャチケンソード』の発売が来月に決定しました！　予約特典として『リリと一緒ストラップ』も付いてきます、ぜひ忘れず予約してくださいね！」
そう言って足立はシャチケンソードのボタンを押し、『ジャキーン！　我流剣術、瞬《またたき》』と音を出す。恥ずかしいからやめてほしい。
それにしてもこれ、本当に発売するのか。星乃《ほしの》家は欲しがっていたが、本当にこれ売れるのか？
〈うおおおおお！
〈来たわね
〈待ってた
〈1000000000本買います
〈キタ――――(ﾟ∀ﾟ)――――!!
〈サイト見たけどできいいよね
〈ファン垂涎《すいぜん》のグッズだよな
〈よくやった足立ィ！
〈早く欲しい！
まさかのめっちゃ好評だった。
俺の声がするだけの剣だぞ、本当に欲しいか？　この世は不思議でいっぱいだ。

「ていうか『リリと一緒ストラップ』ってなんだよ。聞いてないぞ」

「悪い悪い、伝え忘れてたな。ほれ、これだ」

足立はデスクの上からそのストラップの見本を見せてくれる。

リリの形を模した、かわいらしいストラップだ。サイズは本体より小さく、邪魔にならないくらい。剣にぶら下げる他、カバンとかにも付けられそうだ。

「ほれ、持ってみろ」

「おお……ぷにぷにしてる。結構触り心地いいな」

そのストラップは結構リリの感触を再現していた。まあ本物と比べたらまだまだだけど、ここまで再現できれば及第点だろう。

〈これも欲しすぎる
〈むしろこっちだけ売ってくれ！

〈1000000000個買います
〈私もぐにぐにしたい〜

〈ふんぐるふんぐる！（なにかを欲する悍《おぞ》ましい言語）

〈邪神様も欲しがっとる
リリの人気も凄《すさ》まじいな。

まだ発表してないが、等身大フィギュアも開発中らしい。こっちも発表したらとんでもないことになりそうだ。

「ではそろそろ居住スペースの方に戻りましょうか」
事務所スペースに見て楽しいものはない。さくっと済ませるつもりが宣伝が入って長居してしまった。
俺は足立と別れ、リビングに戻る。そしてリビングにある階段の側《そば》に行ってそこを指差す。
「この階段を上がると二階に上がれます。二階には私と星乃、天月《あまつき》に凛《りん》にリリシア、それぞれの私室があります。申し訳ありませんが、今回そちらはお見せできません」
〈へー、みんなの部屋も見てみたかった
〈そりゃ勝手に配信できんわな
〈ゆいちゃんの部屋はいい匂いしそう
〈通報しました
〈他に見れるところはあるんですか?
私室を見られなくて残念だという意見がちらほら見られる。
確かにこれで終わったら尻すぼみか。
「私室は案内できませんが、他にも色々あるので見ていきましょう」
そう言って俺はリビングと繋がっているキッチンに向かう。キッチンは広くしてほしいと要望を出したので、かなり広いし器具もしっかりしてる。
〈いいキッチンだな
〈もはやこれ厨房だろ

〈マジで店みたいなキッチンしてるｗ
〈なに作るねんこんなデカくて
ふむ、確かにそう疑問を持たれるか。
そうだ。夜ご飯の仕込みをしようと思ってたから調理の様子を見てもらおう。俺はキッチンに備え付けられている業務用の大きな冷蔵庫から『ドラゴンの尻尾』を取り出しまな板の上に置く。
〈え
〈なんかデカいの出てきて草
〈なんで冷蔵庫に竜の尻尾入ってるんですか？
〈唐突にダンジョンご飯始まったｗ
〈モンスター料理の為にデカくしたのか……
そう、このキッチンは俺の趣味のダンジョン料理の為に作ったのだ。
最高クラスの器具を取り揃えているのでかなりのお金がかかったが、まあ足立もこれくらいならいいと言っていたので大丈夫だろう。車とか時計とかには興味ないので、こういうことくらいしかお金の使い道ないしな。
「えっと包丁は、と」
器具が収納されている棚のスイッチを押すと、棚が稼働して大量の包丁がズラッと眼の前に並ぶ。
その中から竜の尻尾を切るのに適した物を選び、俺は尻尾の解体を始める。
うん、よく切れるいい包丁だ。さすが志波《しば》さんが作った逸品だ。

〈めっちゃ手際いいな
〈包丁だけで何本あるんだ……
〈なんだよこのキッチン、金かかりすぎだろw
〈ていうか調味料とかもめっちゃ置いてある、下手な店よりあるだろうな
〈もう店開こうぜ
〈確実に繁盛するだろうなw
このキッチンは俺のお気に入りの場所だ。コメントで褒められるのは嬉《うれ》しい。
肉を切り分け、後は焼くだけの状態にした俺は再びドラゴンの尻尾を冷蔵庫にしまう。八王子ダンジョンから帰って以降、星乃もモンスターを食うことに抵抗がなくなったしきっとこれも美味《おい》しく食べてくれるだろう。
〈いいなー、俺もシャチケンの手料理食べたい
〈その為には結婚しないといけないいな。ハードル高すぎw
〈ダゴ助の例もあるし舎弟になればワンチャン……
〈田中の兄貴ィ！　舎弟にしてくれェ！
〈いや無理だろw
うーん、視聴者にモンスター飯を食べさせてあげたい気持ちはあるけど、まあ現実的には厳しいだろう。魔素中毒になったら責任取れないしな。
覚醒者限定で食事会を開くくらいならいけるか？　今度足立に提案してみよう。

「……と、そろそろいいお時間ですので配信を終了しようと思います。他に見てみたい物はありますでしょうか？」

そう尋ねるとたくさんコメントが流れ始める。

駄目だと言っているのに「私室」を見たいという声が多いな。なにかいいのはあるか……お、これなら良さそうだ。

「最後にお風呂を紹介しますね。ここのお風呂は広くてとてもいいんですよ。疲れも取れます」

〈お風呂きた！

〈楽しみ

〈どんなお風呂なんやろ

〈シャチケンが入ってると思うとドキドキしてきた

〈ラッキースケベはありますか!?

〈誰か入ってる可能性あるよね

〈ここはやっぱり姫様でしょ

〈ゆいちゃんの裸が見られたら死んでもいい

視聴者は風呂と聞いて息を荒くする。欲望に忠実な奴らだ。

期待しているところ悪いがそんなことは起きない。

「風呂は一階と二階両方にあって、女性陣は二階のを使ってます。そんなことは起きませんよ」

〈なんだ

〈残念
〈嘘だッ！（血涙）
〈ですよねー
〈いや、俺は諦めないぞ……！
〈それでも俺は録画を止めない
〈●ＲＥＣ
　すると、
　まだ諦めていない視聴者に呆《あき》れつつ、俺は風呂に繋がる脱衣所の扉を開く。
「きゃー!!」
　なんと脱衣所には半裸の人が立っており、甲高い悲鳴をあげる。
　引き締まった肉体に、パンパンに張っている大きな胸。
　その人物は俺を見て、抗議の声を上げる。
「な、ななな、なに見てんですか兄貴ィ！」
「…………」
　脱衣所にいたのはパンイチのダゴ助だった。
　そうだ、こいつが入っている可能性を失念していた。誰かいるのかと一瞬ドキッとした気持ちを返してほしい。
〈ずこーっ

〈ダゴ助かよ！！！！

〈泣いている。俺は泣いている
〈知ってた
〈なんでお前がいるんだよ!!　ふざきんな！！！！！！

〈うう、姫様……ゆいちゃん……

〈ダゴ助いい体してるな……いい……

〈喜んでる奴いて草なんだ
〈世界は広いな
悲しみのコメントがたくさん流れる。なんだか悪いことをした気分になる。

一方ダゴ助は配信していることに気づいてないようで、

「兄貴、もしかして俺と風呂に入りに来たんですか？　いやそれとも……俺の裸に興味が」

「んなわけないだろ」

危ないことを言い出したので近くに置いてあった風呂桶をつかみ、バゴッと頭を殴りつける。その衝撃で風呂桶が粉々に砕けてしまったが、ダゴ助はケロッとしている。石頭だなこいつは。

「いてて、冗談じゃないっすか兄貴ぃ」

「配信中なんだ、あんまり騒ぎになりそうなことは言わないでくれ……」

「あ、なるほど。撮ってたんすね」

ダゴ助はドローンに気がつくと手を振る。

見た目はモンスターなのに現代社会への馴染みが早い。ＳＮＳの上手《うま》さなんかもう俺以上じゃないかと思う時がある。

「これからお風呂を紹介するんだ。暇だったら手伝ってくれるか？」

「任せてくだせえ！　漢《おとこ》ダゴ助、手助けさせてもらいます！」

こうして俺たちは一緒にお風呂の紹介をして、楽しい空気のまま事務所紹介配信を終えることができたのだった。

あとがき

みなさんこんにちは、作者の熊乃《くまの》げん骨《こつ》です。2巻でもまた、みなさんにお会いすることができて嬉しいです。

さて、もうみなさん本編は読まれた後と思いますが、楽しく読んでいただけましたでしょうか？ 今巻も1巻に負けず劣らず面白くできたのではないかと思っております。楽しんでいただけましたなら嬉しいです。

キャラも増え、どんどん賑やかになっていく「社畜剣聖」をこれからもぜひ、よろしくお願いいたします！

さて、今回はなんのお話をしようかとうんうん考えた結果、新たに仲間になった魚介系舎弟のダゴ助《すけ》のことを話すことにしました。

彼の種族『ディープワン』はあまりメジャーなものではないので、それの説明がもっとほしいという方もいるのではないでしょうか？

ディープワンはクトゥルフ神話に登場する『深きもの』という生き物の英語名、または別名です。

見た目は人の形をした魚で、知性と恐ろしさを併せ持つ不気味な種族です。

とても人間と友好的に付き合える存在ではないのですが、ダゴ助はかなり親しみやすく、コメディチックに書かせていただきました。

あの見た目で舎弟キャラというのも面白いんじゃないかなと思って作りましたが、実際読んでくださった方々の反応もよく、いいキャラになったんじゃないかなと自負しております。

と、コメディ感マシマシな魚人であるダゴ助ですが、クトゥルフ神話に出てくるそれと同じくちゃんと強いです。登場してから戦うことになった相手がことごとく格上なのでかませ感が強くなってしまっていますが……きっと今後は活躍してくれるでしょう。たぶん。

彼はただの敵キャラの予定であり、田中に斬られてあっさりと退場することになるはずでした。それがいつの間にか喋るようになり舎弟となり同じ家の中で過ごすことになるのですから面白いですね。


そして次にコミカライズのお知らせもさせていただきます。

1巻のあとがきでもコミカライズが決まっていると告知させていただきましたが、とうとう始まることとなりました。

媒体はマンガUP！になり、そして2巻発売と同時期に連載開始予定です！

つまりあなたがこの文を読んでいる時、すでに始まっているか連載間近というわけです。これは読むしかありませんね……！

私も微力ながら監修という立ち位置でかかわらせていただいてますが、とても上手な漫画家さんに担当していただいており、特にバトル描写は素晴らしかったです！

この感動をぜひみなさんにも味わっていただきたいです。漫画版「社畜剣聖」の方も追ってくださいね！


最後に謝辞を。

今回もイラストを担当してくださったタジマ粒子《りゅうし》先生、ありがとうございます。

本編のものはもちろん、裏表紙のイラストも毎回楽しみにしてます。読者さんもぜひそちらも見てくださいね。

そして担当編集のSさんもありがとうございます。またご飯に連れて行ってもらえるのを楽しみにしてます！　深夜に連絡が来がちで不安になるのでちゃんと寝てくださいね。

そして校正さんや営業さんといったこの本に関わってくださったみなさま。そしてなにより、ここまで読んでくださった読者のみなさまに感謝の言葉を述べ、あとがきを締めさせていただきます。

ここまでお付き合いいただきありがとうございました！

SQEXノベル

社畜剣聖、配信者になる
～ブラックギルド会社員、うっかり会社用回線でS級モンスターを相手に無双するところを全国配信してしまう～　2

著者
熊乃げん骨

イラストレーター
タジマ粒子

2024年6月7日　初版発行
2024年7月8日　2刷発行

発行人
松浦克義

発行所
株式会社スクウェア・エニックス
〒160－8430
東京都新宿区新宿６－27－30　新宿イーストサイドスクエア
（お問い合わせ）スクウェア・エニックス　サポートセンター
https://sqex.to/PUB

印刷所
中央精版印刷株式会社

担当編集
鈴木優作

装幀
阿閉高尚（atd）

本書は、カクヨムに掲載された「社畜剣聖、配信者になる　～ブラックギルド会社員、うっかり会社用回線でS級モンスターを相手に無双するところを全国配信してしまう～」を加筆修正したものです。

ISBN978-4-7575-9238-4　C0093　　Printed in Japan